Du même auteur

Origine Primaire - La Marque

Kohlena Xander

Origine Primaire Tome 2

L'expédition

Kohlena Xander, 14620 Beaumais

Imprimé par Amazon

Impression à la demande

Dépôt légal = 11/22

ISBN : 9798840453490

Ce livre est une fiction. Toute référence à des comportements, évènements historiques ou lieux réels serait utilisée de façon fictive. Tous les noms, personnages et évènements sont le produit de mon imagination. Toute ressemblance avec des personnes, et des évènements serait totalement fortuite.

Avertissement

Ce livre contient des scènes de violences physiques, mutilations et viols.

Ce livre n'est donc pas recommandé aux personnes sensibles.

Je rappelle que la trilogie " Origine Primaire " parle d'animaux. Bien que d'apparence humaine et sans transformation, leurs instincts primaires sont quand même là. Ce qui peut engendrer des propos et comportements crus.

Remerciements

Je remercie Delphine, qui m'a beaucoup aidé à parfaire ce tome. Sans elle, je ne me serais pas aperçu qu'Akira traversait une mauvaise passe . Et ne t'inquiète pas, je sais que tu adores Anuba, je ne t'oublie pas.

Je remercie également mes autres bétas : Yzélie, Emma et Cunegonde, qui m'ont aidé à progresser dans mon roman et dans mon écriture.

Et puis je ne peux pas passer par la case remerciement et oublier mon mari. Il reste à mes côtés et désespère quand il me voit arriver dans le canap avec mon PC sous le bras. Il se dit "elle va t'y réussir à le finir un jour ?! Elle va encore passer toute sa soirée et une partie de la nuit dessus...", et pourtant quand je lui demande de me ramener un carré de chocolat, ou de brancher le chargeur car j'ai oublié de le faire avant de m'installer, il est toujours présent. Merci de rester patient, et au fait, n'oublie pas que je t'aime.

Et pour ceux qui suivent mes déboires avec mes enfants, que je partage parfois sur les réseaux, et bien oui, ils me font tourner chèvre ! Mais je les aime plus que tout et leurs mots d'amour n'ont pas de prix. J'espère qu'ils aimeront autant la lecture que moi en grandissant et que leur imagination ne se tarira jamais.

Lexique

Clans

Originel : Individu d'apparence humaine ayant gardé des caractéristiques propres à l'animal dont il est l'évolution.

Caractéristique animale d'un Originel: Elle peut être unique ou se cumuler avec d'autres. On les retrouve chez une multitude d'individus, ou bien en fonction de sa rareté chez un seul individu. Exemple de caractéristiques : ouïe, odorat, et vue développés, force brute, vitesse de déplacement, peau dure et épaisse...

Soukso : Clan d'Originel vivant à l'Ouest du Tanon.

Varkies : Clan d'Originel vivant à l'Est du Tanon. On dit Varkie pour un homme, et Varka pour une femme.

Sans Dons : Humain sans aucune caractéristique animale. Les Originels ne les considèrent pas à leur juste valeur, mais les respectent quand même.

Urbanisme

Choza : Maison des Originels fabriquée à partir du bois de la forêt, et recouverte de torchis. Le toit est réalisé avec de grandes feuilles, posées et croisées ensembles sur des poutres. Elle peut être plus ou moins grande, et en fonction des régions être rectangulaire ou arrondie, voire un mélange des deux. Habituellement, ce sont plusieurs espaces ovales, chacun formant une pièce, réunis les uns aux autres par des couloirs rectangulaires faits de la même manière.

Immeuble : Construction de pierre et ciment, inventé par les Sans Dons. On les retrouve exclusivement à la Grande Ville (hormis deux à Varice). Un immeuble sert à héberger plusieurs familles, ou ateliers, commerces... Ne dépasse généralement pas les trois étages.

Barraca : Nom donné à la grande choza qui sert de lieu de rassemblement et réunion à Bouchko. Faite de la même manière que les chozas, elle est cependant un seul très grand cercle, avec des murs amovibles pour l'ouvrir de plus de moitié si besoin.

Le Cercle : Nom donné au lieu de réunion des Varkies. Se trouve au rez-de-chaussée de l'immeuble situé au centre de Varice.

Animaux

Tirnoton : mammifère effilé, grand, recouvert d'un fin pelage noir, avec quatre pattes à sabots, une corne en bois qui démarre entre ses deux yeux et qui peut s'élever jusqu'à un mètre, avec diverses ramures. Il offre une viande tendre et savoureuse. Son bois est très solide, et sert dans la fabrication d'arcs de chasse.

Ménonaure : Mammifère très grand et très gros, plus lent que la moyenne à cause de son poids. Sa peau forme une cuirasse très épaisse, difficile à percer. Au milieu de son nez, trône une longue défense pointue, capable de transpercer n'importe quoi.

Milame : Mammifère volant, à quatre pattes, recouvert de longues plumes noires aux reflets bleus. Il aime se percher en haut des arbres les plus grands, se servant de ses pattes avant, pour grimper, cueillir et plein d'autres choses, tandis qu'il se sert de ses membres inférieurs pour se déplacer. Pour voler, il déploie ses ailes couvertes de plumes bleues nuit pleines de reflets, qui sont cachées sous son épais plumage. Extrêmement rapide, avec des sens ultra développés, et des griffes acérées.

Linarde : Oiseau au plumage blanc, qui jacasse en permanence.

Sirel : Animal ovipar de la basse-cour, de petite taille avec deux jambes et des ailes de tailles réduites qui ne lui permettent pas de s'en servir. Par contre, il court assez vite. Il a des plumes marrons et vertes assez longues. Plat d'excellence, avec une viande ferme et gustative.

Marra : Mammifère de taille moyenne, recouvert d'une épaisse toison grise. Il se déplace lentement et toujours en groupe. Son odeur est forte, mais sa viande est tendre et charnue. Le tissu obtenu après filage de sa toison, sert à la conception de vêtements par les Sans Dons.

Minuche : Insecte équivalent de notre mouche.

Coufard : Insecte visqueux et nuisible, doté de six pattes et de pinces à l'avant de sa tête, pour broyer la nourriture.

Pouf : petit rongeur au pelage rouge qui sent très mauvais, ce qui lui permet de maintenir les prédateurs à distance.

Kinette : Mammifère fouisseur de petite taille, au poil noir avec des petites oreilles rondes et d'épaisses moustaches et une longue queue.

Ratattame : Mammifère à quatre pattes, au poil court. Avec une grande gueule et un odorat très développé, sans queue, et de taille moyenne arrivant à l'âge adulte au niveau des genoux d'un humain. Il aime recevoir des câlins et des caresses, mais craintif il a peur d'être capturé et repart toujours vagabonder dans les plaines.

Alimentation / Végétation

Coupo : Alcool commun chez les Varkies.

Kmini : Alcool commun chez les Soukso.

Sirupeux : Alcool fort réalisé après plusieurs distillations par les Sans Dons. Consommé en grande partie par ces derniers.

Frichti : Mélange de légumes mariné qui cuit dans du jus de Pochi, sur petit feu, pendant plusieurs jours.

Jus de Pochi : Le Pochi est une baie qui pousse dans les buissons denses des bois et forêts du pays. On l'écrase et obtient un jus coloré et goûtu. Cette baie est violette, odorante, avec un goût acidulé.

Tisane de Badiane : La badiane est une feuille cultivée pour ses vertues gustatives et apaisantes. Elle est infusée dans de l'eau pour donner une tisane.

Kaliné : Plante aux vertues curative et désinfectante, qui lui vaut les symboles de protection et puretée. Pour la mère de Naro, elle est aussi le symbole de son amour sincère pour son père.

Autre vocabulaire

Birouche : mot provenant d'une langue étrangère, signifiant bagage / paquetage.

Faramissime : mot provenant d'une langue étrangère, signifiant fabuleux.

Grande blanche : mot provenant d'une langue étrangère et qui fait référence à la montagne aux neiges éternelles

Moésseux : Une petite poudre issue d'une mousse qui se développe sur la roche humide.

Sel de pierre : Poudre jaune contenue dans certaines pierres.

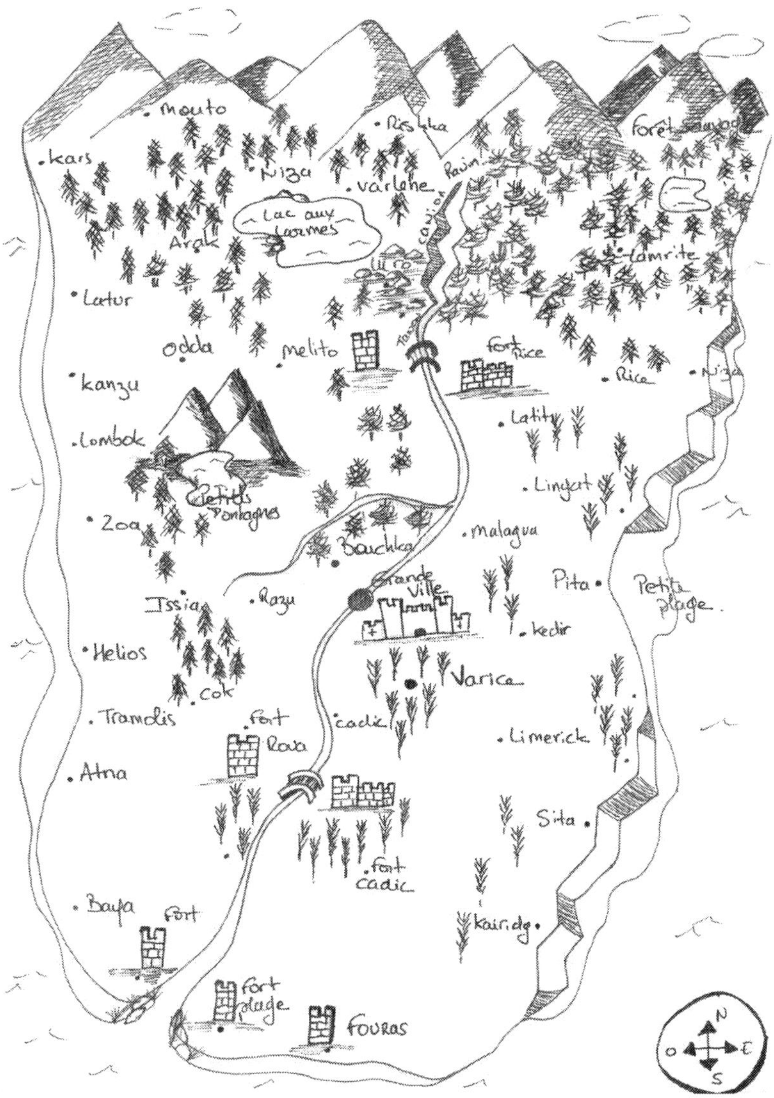
Mouto
Kars
Niga
Ravin
Lac aux larmes
Arak
Tamrite
Latur
Odda
Melito
Fort Rice
Rice
Kanzu
Lombok
Latity
Lingat
Petites Montagnes
Zoa
Malagua
Bouchka
Pita
Petite plage
Grande Ville
Issia
Razu
Kedir
Helios
Varica
Cok
Tramdlis
Fort Roua
Cadic
Limerick
Atna
Sita
Fort cadic
Baya
Fort
Kairidg
Fort plage
Fouras
N
O
E
S

Résumé

Naro, un Varkie au sang mêlé, traîne derrière lui une réputation de bête sanguinaire. Akira, la princesse Soukso, l'a observé en secret depuis l'enfance et sait qui il est réellement.

Après des années à taire ses sentiments, Akira se retrouve au milieu de sa route. Leur essence profonde prend le dessus, le temps d'une nuit, marquant réciproquement l'autre comme sa propriété. Seulement les Soukso et Varkies n'ont pas le droit d'entretenir des liens, de quelque façon que ce soit.

Alors qu'Akira cherche une solution pour leur permettre de vivre librement leur union, Naro découvre que ce qu'il croyait être une rencontre récente, ne l'était en réalité que pour lui. Savoir que tout ce temps, malgré tout ce qu'elle l'avait vu subir, elle était restée loin de lui, dans l'ombre, le laisse sous le choc. Alors il réagit comme il l'a toujours fait, en s'éloignant pour s'isoler, loin de tous ceux qui lui ont fait du mal, et en qui il n'a pas confiance. Pour être seul, comme il l'a été la majeure partie de sa vie.

Le départ de Naro laisse Akira dans un grand état de détresse, abandonnée.

Chapitre 1

Kindsley

Kindsley retrouve Akira, sa petite fille, recroquevillée sur le sol. Elle a les yeux ouverts mais elle n'est plus vraiment là. Ses yeux sont vides, Kindsley essaie de l'appeler pour la faire revenir, mais Akira reste silencieuse.

Que s'est-il passé ? Où est Naro ?

Kindsley ne lâche pas Akira, et cherche du regard, tout autour d'elle. Mais Naro n'est pas là, et l'inquiétude continue de la submerger. Elle remarque cependant qu'il n'y a aucune trace de lutte. Elle n'a pas le temps de se poser des questions, sa petite fille est dans un piteux état, et elle risque de la perdre. Kindsley charge Akira sur son dos, et bien qu'elle ne soit plus toute jeune, elle a conservé beaucoup de sa force physique, ce qui lui permet de la ramener jusqu'à la choza, où elle la couche, avant de ressortir en courant. Elle va trouver dans le pré Orou, l'étalon d'Akira, qui sent son état de panique et tend les oreilles vers elle. « Va chercher Nino ! Ramène-le vite, Akira a besoin de lui ! ». L'étalon s'élance au galop vers Bouchko, et quand il revient à la hutte d'Akira, Nino est perché sur son dos.

— Qu'est ce qui se passe ? Où est Akira ?

— On est en train de la perdre, viens vite. Peut-être que toi tu arriveras à la ramener.

Nino suit Kindsley jusqu'à la chambre, puis lui passe devant et découvre Akira, inerte, sur le lit. Il se précipite dessus, et la saisit dans ses bras.

— Akira ?! Akira, qu'est ce qui se passe ? Parle-moi !

Il relève la tête, interrogateur, vers Kindsley.

— Akira s'est enfin laissée aller à aimer. Elle a uni son âme à celle de Naro. Ils étaient ensemble tout à l'heure, mais je ne sais pas ce qui s'est passé. Je l'ai seulement retrouvée dans cet état, sur le sol, et Naro, quant à lui, n'était plus là. J'ai déjà vu ça par le passé, si on n'arrive pas à l'atteindre, elle va se laisser mourir.

Nino saisit le visage d'Akira entre ses mains et fixe ses yeux dans les siens. Elle a le regard vide, comme si elle n'était plus avec eux.

— Akira, c'est Nino... Je suis là, je suis près de toi ! Je serai toujours là... Oublie pas notre promesse ! Tu n'as pas le droit de me faire ça ! Akira tu peux tout enfermer dans ton cœur, mais n'oublie pas que moi, j'ai ma place à part. Tu dois me laisser y rester, tu n'as pas le droit de me chasser, tu me l'as promis. Cette partie de ton cœur, elle est rien qu'à nous deux et tu dois la protéger. Accroche-toi à moi de toutes tes forces pour que cette fraction, qui n'est qu'à nous, continue de battre... Vis pour moi Akira, car moi je serai toujours là, et je suis là en ce moment, je ne te laisse pas, je reste près de toi jusqu'à ce que tu me chasses. Pleure, pleure autant que tu veux ! Crie, hurle, parle-moi... fait tout ce que tu veux Akira, je serai toujours là. Je t'en supplie Akira reste avec moi !

Une larme roule sur la joue d'Akira, Nino l'essuie avec son pouce et serre plus fort Akira contre lui, pleurant avec elle. Il l'entend murmurer « Nino... », il se redresse sans relâcher son étreinte et commence à la bercer, pendant qu'elle continue de pleurer, lui répétant qu'il est là, qu'il ne bougera pas, tout en caressant ses cheveux. Entre deux sanglots, elle murmure à nouveau « Il m'a quitté... Il ne reviendra jamais. Il ne me pardonnera jamais. Je l'ai... perdu ». Nino l'embrasse sur le sommet de la tête et lui réponds « Je suis là moi. Et je ne te quitterai jamais » tout en continuant de la bercer.

La souffrance qu'elle ressent est bien plus dure à supporter qu'à ses dix-sept ans, lorsqu'elle avait décidé de s'éloigner de Naro après l'avoir vu coucher avec toutes ces femmes. Elle se sent brisée en mille morceaux. Son cœur anéanti, la fait souffrir à chaque battement.

Naro

Naro se réfugie dans son loft, situé dans le sous-sol d'un immeuble de la Grande Ville. Il frappe les sacs de frappe, en criant et tournant en rond, tout en essayant de reprendre le contrôle sur ses émotions. Il se sent violé d'avoir été observé si longtemps, dans chaque instant de sa vie sans même le savoir, dans des moments difficiles, mais aussi intimes. Il se sent trahi, comprenant qu'elle ne lui aurait jamais dit s'il ne l'avait pas découvert. Mais ce qui lui fait le plus mal, c'est de savoir qu'elle l'a laissé seul alors qu'il avait eu si désespérément besoin de quelqu'un comme elle près de lui.

Si elle avait été près de moi à l'époque, les choses auraient surement été différentes. Je ne me serai pas senti rejeté par les miens... Non ! Tout aurait été pareil, car elle n'a jamais eu foi en moi. Quand nous étions enfants, elle ne me faisait pas assez confiance pour se montrer à moi, et aujourd'hui encore, elle garde ses secrets. Quand je pense qu'elle a réussi à me regarder souffrir, me battre pour ma vie, sans même essayer de m'aider. N'a-t-elle pas de cœur ? Elle n'est pas la femme que je croyais, c'est impossible ! Elle a réussi à me tromper...

Après quelques jours, l'absence d'Akira se fait sentir et surpasse sa colère. Il doit admettre que ce n'était que son orgueil, qui était blessé. Chaque minute loin d'elle, devenant de plus en plus pesante, et le faisant souffrir, l'oblige à vraiment réfléchir. Il se rend compte que sa colère n'a aucun sens, car en se mettant à la place d'Akira, il est capable de comprendre pourquoi elle a agi ainsi. Avec le recul, il saisit quel genre d'enfant Akira avait été, et ses choix. Elle n'était pas très différente de lui.

Elle est la puissance, cachée derrière Zaïnof, que j'ai ressentie alors que nous n'étions encore que des enfants. Et elle aussi, a passé son enfance à se cacher de tous, ce qui lui a permis d'être en sécurité, mais ignorée et incomprise, même de son propre peuple. En fin de compte, Akira a dû se sentir très seule également... Aurais-je vraiment bien réagi à l'époque, si elle était apparue devant moi pour qu'on devienne amis ? Je venais d'être rejeté par les Soukso, et elle est Soukso, je l'aurais surement repoussée, comme je l'ai fait à mon retour à Varice, et j'aurais perdu la chance de me lier à la Akira d'aujourd'hui... De toute façon, même si je l'avais acceptée, comment aurait-elle pu venir jouer avec moi sans se créer de gros ennuis avec son père et son peuple ? Ce qui l'aurait rendu visible aux yeux des Soukso et donc vulnérable. « Pour ta survie et celle de ta descendance, tu dois rester tapi dans l'ombre et ne montrer ta vraie nature que s'il y a un danger. Et dans ce cas ne laisse aucun survivant », disait grand-mère. Au final, mon enfance a été bercée de menace, m'obligeant à me révéler plus d'une fois. Si j'avais pu être à la place d'Akira et rester dans l'ombre, pour nous protéger moi et maman, j'aurais fait exactement la même chose qu'elle.

Naro prend conscience de vérités qu'il n'avait pas vu jusque-là, et s'en veut d'avoir réagi aussi promptement et excessivement, ce qui accroît son besoin de retrouver rapidement Akira. Alors il commence à réfléchir à ce qu'il lui dira quand il ira la voir.

Chapitre 2

Naro

Naro sort de son immeuble avec le sourire. Il a pensé toute la nuit à ses retrouvailles avec Akira. Il est pressé d'aller la serrer dans ses bras, mais il doit rester prudent et ne pas se faire remarquer, alors il a décidé d'attendre la tombée de la nuit. En attendant il part faire le tour de ses petits commerces. En chemin il surprend une conversation qui le stoppe sur place.

— Tu as entendu ce qui arrive à la princesse ?
— Oui, c'est affreux.
— Zaïnof doit être maudit.
— Ne dit pas n'importe quoi !
— Ce n'est pas n'importe quoi. Elle aura vécu plus longtemps que sa mère c'est tout. Mais au final, elle est aussi frag...
— Qu'est-ce que vous avez dit ?! les interromps brutalement Naro, en tirant l'une des femmes par le bras. Elle... elle est décédée ?

Dire ses mots à voix haute lui brise le cœur. Il sent que l'air a du mal à emplir ses poumons. Les Soukso qui discutaient jusque-là, le dévisagent. Elles ne comprennent pas sa brutalité, ni qui il est, mais elles comprennent qu'il est en état de choc. Celle dont il a saisi le bras essaie de se libérer, en le rassurant.

— Non ! Elle vivante, mais malade.

Naro sent sa main sur la sienne, et baisse le regard.

Merde, quand est-ce que j'ai attrapé son bras ? Je dois lui faire mal en plus. Elle va finir par alerter toute la rue.

Naro la libère.

— Excusez-moi. Je n'ai pas fait attention.
— Vous avez été surpris. Vous n'étiez pas au courant.
— Heureusement elle va bien, sourit-il.
— Elle va bien, elle va bien... c'est un bien grand mot, se moque l'autre femme.
— Comment ça ?
— Elle est très malade. Je ne serais pas surprise qu'elle ne survive pas à la fièvre.

Naro se sent de plus en plus mal. Il ne voit plus les femmes près de lui, et ne les entends plus non plus. Il se retourne, et comme un pantin, aveugle à tout ce qui l'entoure, il retourne chez lui. Il se laisse tomber dans son canapé et laisse des larmes couler sur ses joues.

Tout est ma faute ! Comment est-ce que j'ai pu lui parler comme je l'ai fait ? « J'ai besoin d'être seul »...

Naro hurle en se mettant un coussin sur le visage.

Comment ai-je pu être aussi nul ! Elle n'a fait que me révéler le secret qu'elle avait essayé de garder, de peur que je la rejette. Et c'est ce que j'ai fait cette nuit-là. Je ne suis qu'un imbécile. Pourquoi ne lui ai-je pas souri ? Pourquoi je ne l'ai pas prise dans mes bras, alors qu'elle pleurait ? J'aurais pu lui dire qu'il me faudrait du temps, mais que je l'aimais. Au lieu de ça je suis parti, je l'ai laissée toute seule au milieu du bois, le visage en larmes. Ce que je lui ai fait est pire que ce qu'elle m'a fait. Moi, je l'ai abandonné. Elle, elle n'était restée qu'une ombre dont j'ignorais l'existence, et qui n'avait donc aucun impact sur moi à cette époque. Je suis un monstre ! Comment pourrait-elle encore m'accepter auprès d'elle, après ça ? Comment faire pour m'excuser ! Je ne peux pas arriver comme si de rien n'était avec le sourire. Je ne peux pas non plus, juste demander pardon, alors que je lui ai refusé le mien. Comment faire ?

Akira

Akira reste plusieurs jours, prostrée, à pleurer dans sa chambre, refusant même de manger. Un jour, elle se lève et sort à l'extérieur, se comportant comme avant. Seul son corps amaigri et ses cernes trahissent ce qui vient de se passer. Mais Nino et Kindsley ne sont pas dupes, ils savent que ce n'est qu'une façade.

— Je suis contente qu'elle soit toujours parmi nous. Mais est-elle vraiment là ? se confie Kindsley à Nino.

— Elle a besoin de temps. Une partie d'elle est morte quand Naro l'a abandonnée, alors peut-être qu'elle ne reviendra jamais complètement. Mais j'espère qu'elle saura s'épanouir à nouveau, laissant la tristesse derrière elle.

— C'est un beau rêve. Son amour pour son peuple l'a toujours guidé, mais il ne sera pas suffisant. J'espère sincèrement que ce lien qu'il y a entre vous, lui permettra de trouver la paix. Mais pour l'instant, on doit commencer par remettre son corps sur pieds. Les Soukso ne laisseront pas leur princesse rester chétive après une vilaine fièvre, ajoute-t-elle d'un air entendu.

Kindsley reste auprès d'Akira, et Nino vient lui rendre visite tous les jours. Il l'emmène de temps en temps à Bouchko pour rendre visite aux villageois, qui se réjouissent de la voir reprendre des forces. Tous ont oublié sa disparition, qui avait conduit à une rixe meurtrière avec Naro, il ne leur reste que le souvenir de la mauvaise fièvre qu'elle a attrapée et qui a failli la tuer. Akira adopte ses anciens réflexes, ne laissant rien voir de ses émotions intérieures.

La marque, témoin de son union avec Naro, est toujours présente. Les premières semaines cette dernière sentait si mauvais qu'elle lui rendait tout déplacement à l'extérieur impossible. Mais progressivement, avec le temps et l'absence de rapports sexuels entre eux, elle s'estompe pour devenir de moins en moins perceptible. Maintenant, personne ne peut la sentir à moins d'être à quelques centimètres d'Akira. Malgré tout, Nino veille à rappeler qu'elle peut encore être contagieuse, leur faisant ainsi garder leur distance.

— Regarde, quelqu'un a été te chercher du poisson frais au village d'Atna, se réjouit Kindsley.

— Je n'ai pas faim.

— Pourtant il faut que tu manges plus que ça. Comment veux-tu avoir de l'énergie en mangeant que quelques bouchées.

— Que je mange ou non, ne changera rien. Je me sens vide. Vide de toute énergie, vide de vie.

— Tu peux pleurer, mais tu ne dois pas enfermer cette souffrance en toi, sinon elle va finir par noircir ton cœur et tout ce qui t'entoure.

— Mais comment faire, quand la vie n'a plus de sens ?

— Trouve lui une nouvelle raison d'être !

Akira part se réfugier dans la cachette qu'elle affectionne et partage avec Nino. Elle s'assoie dans un coin, sur un gros rocher, les genoux repliés sous son menton.

Trouver une raison de vivre... Elle en a de bonnes ! J'ai passé ma vie à essayer d'oublier mon attraction pour Naro. Avant, aider papa à travers les villages et gérer les transactions avec la Grande Ville c'était suffisant. Mais maintenant... tout ça est encore plus ennuyeux. Je ressens chaque jour le vide laissé par Naro et je sais que rien ne pourra le combler. Je n'ai plus envie de rien. La vie sans lui n'a aucun sens.

Akira soupire et laisse des larmes couler le long de ses joues, fixant sans vraiment regarder l'herbe à ses pieds.

Tout ça ne serait jamais arrivé si je n'avais pas été obligé de me cacher. Si papa l'avait accueilli à l'époque, tout aurait été différent. Papa et ses principes ridicules ! « Il y a des lois, elles sont faites pour être respectées de tous. Même du roi ». Et bien ces lois sont injustes ! Elles ont été établies par des personnes qui ne comprenaient rien. Et nous sommes assez bêtes pour continuer d'écouter ces vieillards qui sont morts depuis si longtemps. Personne n'est capable de voir l'absurdité de cette loi qui nous interdit tout contact avec l'autre clan, comme s'il risquait de nous mordre, ou de nous donner je ne sais quelle maladie ! Ou comme certains aiment à dire « Nous sommes supérieurs aux Varkies ».

Un rire jaune sort de sa bouche, devant l'absurdité de ses pensées. Puis, elle se rappelle sa captivité dans le loft de Naro. Pour occuper ses journées, elle avait fouillé partout à l'intérieur et avait fait quelques découvertes. Comme celles, des dessins dissimulés sous le plancher de la mezzanine. Certains représentaient les clans réunis autour de tables pour manger ensemble et rire, sur d'autres, c'était la célébration d'alliances entre hommes et femmes de clans différents. Il n'y avait pas de bagarre, pas d'armes, juste des sourires dessinés sur les visages.

Si seulement ça pouvait être comme sur ces dessins d'enfants. Ils sont peut-être naïfs et idéalistes, mais au moins ils sont purs comme la main de l'enfant qui les a dessinés.

Akira se remet à soupirer dans le vent, et regarde vers le ciel.

... Et si ça devenait notre réalité ?

Akira se redresse, ses lèvres s'étirent légèrement, et le regard brillant d'excitation elle fixe l'horizon.

Oui, c'est ça ! Je vivrai. Je vivrai pour changer les choses. Pour faire abolir cette loi ridicule. Je leur ferai ouvrir les yeux. Ils devront voir, que nous sommes tous pareils. Varkies, Soukso, il n'y a pas de différence ou de supériorité. En quoi le fait de se côtoyer, de s'aimer est-il dérangeant ? En quoi Naro est-il une aberration ? Qu'est-ce que ça peut faire qu'il soit l'enfant d'un Varkie et d'une Soukso ? Il a deux yeux, deux jambes, deux bras et des dons animales, tout comme nous. Enfin presque, il est juste plus puissant qu'eux. Je dois trouver un moyen...

Akira continue de revoir dans sa tête les hommes et femmes attablés ensemble.

Chapitre 3

Akira

Nino déniche Akira dans leur refuge.

— Qu'est-ce que tu fais là ?

— Je réfléchissais.

— Ah oui !? Je savais pas que c'était encore possible, se moque-t-il.

— J'ai un nouveau projet et je vais avoir besoin de ton aide.

— Un nouveau projet ? Tu m'expliques ?

— Naro ne m'aurait peut-être pas rejetée si je n'avais pas eu à faire ce que j'ai ...

— Akira ...

— Non ! Laisse-moi finir. J'ai pris de mauvaises décisions par le passé, il ne sert à rien de se mentir et je ne peux pas les changer. Je sais que je n'étais qu'une enfant, mais s'il n'y avait pas eu cette règle débile interdisant les relations entre clans, je pense que les choses auraient été différentes. Maintenant je veux agir. Je ne veux pas que ce qui m'est arrivé, arrive à quelqu'un d'autre. Je veux que les unions originelles ne soient pas quelque chose de rare, mais ce qu'elles ont toujours été. Je veux aider les gens à se rencontrer entre clans, sans jugement et sans conséquence. Je veux protéger toutes les unions, même mixtes.

— Comment ? La loi est la loi. Et je te rappelle que tu refuses de prendre la place de ton père. Alors, tu peux pas la changer.

— Je ne vais pas prendre la place de mon père pour imposer mes ordres. Aussitôt quelqu'un me défierait en duel, pour prouver mon incompétence à les protéger et prendrait ma place.

— Ils connaîtraient enfin la vraie Akira ! Dommage, qu'ils ne connaissent pas encore le côté létal de ma petite sœur, sinon ils se tiendraient à l'écart de toi.

— Non. Ce n'est pas comme ça que je veux que ça se passe. Tu le sais bien.

— Tu veux laisser ton père sur le trône et ne l'aider qu'au minimum pour qu'il garde sa raison de vivre, bien sûr que je le sais ! Mais, un jour, tu n'auras pas le choix. Votre famille a la chance d'être au pouvoir depuis des générations. Le peuple est satisfait et personne ne vous a jamais remis en question. Mais un jour, quelqu'un voudra tellement le pouvoir qu'il défiera ton père. Comme cet abruti de Morvos. Il en serait capable. Et alors il prendrait la place de chef des Soukso.

— Si celui qui prend la place de mon père représente vraiment un bon chef, et qu'il agit dans l'intérêt du peuple, je n'y verrais pas d'inconvénient. Et je resterai auprès de mon père le plus longtemps possible.

— Je ne te comprends pas. Tu es prête à tout perdre pour garder ta puissance secrète.

— Je ne perds rien. Je n'ai jamais voulu de cette place, je te rappelle. Tout ce qui compte pour moi c'est que tout le monde aille bien et qu'ils soient tous en sécurité. Je n'ai que faire des réunions qui durent des heures, des problèmes entre voisins et tout le bazar qui va avec. Je veux vivre ma vie sans être observée en permanence et, bloquée dans une choza. Je veux voler.

— Mais tu ne peux pas voler.

— Je sais. C'était une métaphore. Et si c'est un crétin comme Morvos, qui reprend le trône, je me verrais obliger de lui reprendre la place, car je sais que le peuple ne serait plus protégé. Ne t'inquiète pas. Mais pour l'instant, je dois réussir à ouvrir les yeux des Soukso autrement.

— Tu choisis le chemin le plus compliqué.

— S'ils voient par eux même que les Varkies ne sont pas des monstres, que l'on peut vivre ensemble sans s'entretuer et devenir amis, alors ils comprendront pourquoi cette loi est inutile. Ils seront d'accord pour son abolition. Le résultat sera plus efficace que si je l'impose.

— Ils n'ont aucun moyen de faire connaissance et devenir « amis », comme tu dis. Et puis, ton père et le conseil ne te laisseront jamais les ramener sur le territoire. Et encore, c'est dans l'hypothèse où des Varkies auraient envie de te suivre dans ton projet. Or, ils n'ont que faire de toi. Ils savent que tu ne pourras pas les protéger. Alors pourquoi voudraient-ils se rendre en territoire ennemi et risquer des représailles ? Et ceux qui si risqueraient et créeraient des liens, ils seraient dénoncés. Toi, comme eux, vous enfreindriez la loi et auriez de gros problèmes. Vraiment, je ne vois pas comment tu comptes faire.

Elle le regarde, déterminée. Il n'a pas tout à fait tort, mais son plan permet de déjouer tout ça. Et elle n'a pas envie de laisser tomber.

— Ça va demander du temps, mais j'ai bien l'intention d'y arriver.

— Et que feras-tu quand on te dénoncera ?

— J'ai confiance en mon peuple. Seuls ceux qui enfreignent aussi la loi seront au courant. Donc si je leur dis de ne rien dire, ils ne diront rien. Surtout qu'ils risquent d'en payer le prix eux aussi.

— Et les Varkies ? Tu crois qu'ils garderont ton secret ? Que ton père n'aura pas à te punir pour prouver à Merick et aux Varkies qu'on respecte les règles communes et éviter une débandade ?

— Ils auront trop peur pour me dénoncer.

— Ils ne te connaissent pas ! Comment veux-tu qu'ils aient peur de toi ? Je te rappelle que tu gardes ta nature secrète pour tous.

— C'est vrai, ils ignorent tout de moi. Mais, ils connaissent bien Naro. En réalité, tout le monde connait le nom de Naro. Il leur fait peur à tous. Alors je vais l'utiliser pour les intimider.

— Quoi !? Tu veux le mêler à ça ?

Akira rigole froidement.

— Il n'a pas besoin d'être réellement impliqué... Il n'est pas à une rumeur près ! Ceux qui essaieraient quand même d'aller contre moi, je les tuerai, tout simplement. Et tout le monde pensera que c'est Naro.

— Tu es devenue folle ?!

— Non. Pourquoi ?

— Tu comptes tuer des gens, je te ferais remarquer ! Et ça n'a pas l'air de te déranger.

— Je ne veux pas être une meurtrière. Mais comment veux-tu que je réagisse face à ceux qui me mettront des bâtons dans les roues ? Que je les laisse faire impunément ? Et que les couples nouvellement formés souffrent à cause de ça et meurent, par la séparation forcée, ou tués par Merick ? C'est un sort bien pire que ma menace. Car c'est bien ce que c'est, une menace. Et Naro en est une suffisamment crédible pour que personne n'essaie d'interférer. Je n'aurais donc, normalement, jamais à tuer personne.

— J'espère que tu as raison. Car je te connais, et tu peux essayer d'avoir l'air forte et froide, la réalité est que tu souffrirais beaucoup si tu devais passer à l'acte.

— Mais je dois penser à toutes ces unions mixtes ! Elles sont plus importantes que moi et mes états d'âmes.

— Ok ! Ton nouvel objectif est beau. Mais comment comptes-tu t'y prendre pour y arriver ? De façon plus concrète ! Car faire comme si une loi n'existait pas, c'est pas gagné et que tu le veuilles ou non, tu ne peux pas tuer tous ceux qui ne sont pas d'accord avec toi.

— Je dois encore réfléchir à la manière de le faire. Pour l'instant tout ce que je sais, c'est que ça devra se faire dans un lieu secret, et qu'il y aura des règles à établir pour que tout se passe bien. La menace de Naro permettra que tous les suivent. Si tout se passe comme je l'imagine, il y aura avec le temps, de plus en plus d'unions originelles mixtes, et plus d'amitiés entre clans. Ils changeront de discours, et aideront les plus réfractaires à ouvrir les yeux. Et alors, on pourra abolir la loi et laisser les couples vivre au grand jour.

Nino la détaille avec insistance, crispant sa mâchoire alors qu'il réfléchit.

— Je constate que depuis tout à l'heure tu es sérieuse. Tu n'es pas en train de jouer un rôle. Tu penses vraiment tout ce que tu viens de dire. D'un côté ça me réjouit, car malgré la détresse que je continue de percevoir derrière tes paroles et dans ton regard, je ne peux que remarquer que tu trouves enfin de l'intérêt pour quelque chose. Mais d'un autre côté, j'ai peur que tu aies des problèmes. Ce que tu comptes faire, ce n'est pas rien ! Je me demande même si ce n'est pas ça que tu cherches... mettre ta vie en danger.

— Ne t'inquiète pas pour moi. Je suis sûre qu'au fond les gens ne sont pas contre, ils sont juste bloqués par cette loi, et dès qu'elle n'existera plus ils se sentiront plus libres.

— Et que vas-tu faire de tes anciennes activités ? Ton père ne va pas comprendre si tu les laisses tomber. Il voudra savoir ce que tu fais à la place de ton temps.

— Bien que ça ne m'intéresse pas, je vais devoir reprendre mes anciennes habitudes. Et je réfléchirai à un moyen d'optimiser mon temps, pour continuer même quand le projet sera en route. En attendant, je pense que pour m'aider tu devrais chercher dans la Grande Ville, un endroit qui soit assez grand pour créer un lieu de rencontre entre clans. Car il n'y a que là-bas que le territoire est neutre, et que chaque clan peut se déplacer librement. Et comme mon père et ses conseillers n'y mettent jamais les pieds, ni ne s'occupent des affaires avec eux, il sera beaucoup plus facile de garder tout ça secret.

Naro

Il fait nuit noire, et Naro se tient devant sa porte. Il n'y a aucune lumière, Akira dort déjà. Mais il doit s'excuser, il doit vérifier qu'elle va bien, il doit lui dire qu'il l'aime. Alors il lève son poing fermé... mais l'arrête à quelques centimètres de la porte.

Je ne peux pas la réveiller. Elle est déjà malade, je risque d'aggraver la situation. Je reviendrai demain.

Le lendemain, Naro fait demi-tour avant même de sortir du petit bois qui jouxte la choza d'Akira.

Merde ! Sa grand-mère est là. Si elle me voit, je suis sûr qu'elle va me donner une raclée et encore dire que je ne suis pas intelligent. Elle demandera à Akira ce qu'elle m'a trouvé. Le pire, c'est qu'elle aurait raison. Je ne la mérite pas.

Des hommes de Merick ont causé du grabuge et ralenti Naro. Il est en colère. Deux jours qu'il n'a pas pu aller voir Akira, deux jours qu'il ne sait pas si elle va bien. Il n'a pas envie d'attendre qu'il fasse nuit. Il doit la retrouver, alors maintenant qu'il a fait ce qu'il avait à faire, il court vers la femme qu'il aime. Il est plus rapide que ses congénères, et arrive dans l'après-midi en face de la choza. Il est un peu essoufflé par cette grande course, mais elle lui a fait du bien. Il est prêt à la retrouver. Il se sent plus fort, plus confiant.

Akira peut compter sur moi, je ne suis pas faible. Je vais prendre soin d'elle.

Naro entend du bruit dans la choza et repart rapidement se cacher dans le bois. Akira sort dehors et il en profite pour l'observer.

Elle est pâle, et son regard... Il est si désespéré.

Naro tombe par terre, le souffle coupé. Il la regarde s'éloigner de lui.

C'est ma faute. Tout est ma faute. Je lui ai fait trop de mal.

Naro rentre chez lui, et s'enfonce dans des pensées négatives.
Akira lui manque, c'est viscéral. Mais il n'arrive plus à franchir les limites de la Grande Ville, tourmenté par les doutes. Et plus il laisse ses pensées prendre le dessus, plus il perd confiance. Et le temps passe, et avec lui le fossé qui sépare Naro et Akira s'agrandit, devenant infranchissable. Naro s'enfonce dans un état de mal-être. Il réalise qu'il l'a perdue...

Akira

Elle a un nouveau but, et bien que l'idée soit vite devenue une évidence, elle doit reconnaître qu'elle n'a aucun mérite, car en réalité ce n'est pas elle qui en est à l'origine.

Nino est persuadé que j'y ai bien réfléchi, mais pas vraiment en fait. Je suis certaine que c'est la bonne décision, que je dois le faire pour tous les Originels qui ont le droit de connaitre l'union Originelle. C'est à la mise en œuvre que je dois vraiment penser. J'ai bien un plan, mais j'ai peut-être tort. Et Nino a sans doute raison. Je vais peut-être droit dans le mur avec cette idée de lieu de rassemblement. Et si je provoque une nouvelle guerre entre clans ? Et si les Soukso décident de destituer papa à cause de mes actes ? À l'origine, je fais ça pour donner une légitimité à sa décision quand je demanderai au conseil d'abolir la loi, mais peut-être qu'ils ne verront que ma désobéissance. Peut-être que je vais mettre papa en porte à faux et qu'il sera obligé de faire un choix impossible. Le clan mettra quelqu'un d'autre sur le trône. Bien sûr je pourrais défier cette personne pour reprendre le pouvoir, mais que pensera le peuple de moi ? Comme la responsable du désastre qui leur a fait perdre un bon chef ? Et puis comment survivre à l'humiliation du bannissement de papa ? Et le mien par la même occasion, ne nous voilons pas la face... Ah !!! C'est si compliqué ! Je sais au fond de moi que c'est juste. Que ce que l'on fait en s'unissant les uns les autres c'est bien. Mais comment le faire voir aux autres sans causer de problème à ceux que j'aime, et à ces innocents que j'embarque au final avec moi ?

— Qu'est-ce qui te tracasse comme ça ? demande Youma.

Surprise, Akira sursaute et sort de ses pensées.

— Youma ! Quelle agréable surprise, ça fait longtemps que je ne t'ai pas vue.

Youma est l'une de ses rares amies d'enfance. Comme elle, elle n'avait que très peu fréquenté l'école. Elle avait beau avoir son don depuis la naissance, il lui avait fallu beaucoup de temps pour le maîtriser, si toutefois on peut maîtriser des visions. Elle est toujours souriante et douce, mais plus il y a de monde plus il y a de chance que les visions se multiplient. C'est pourquoi elle reste assez loin des foules. Toutes les deux sont différentes et pourtant elles se comprennent.

Akira regarde Youma, qui s'assoit près d'elle à l'ombre d'un arbre. Elle reste silencieuse, son attention fixée sur Orou, qui paisse plus loin. Akira adore ces moments de calme avec son amie. Toutes deux ne s'imposent rien, elles parlent quand elles en ont envie, si elles en ont envie. Akira ne s'offusque jamais des paroles maladroites de Youma, ce qui rassure beaucoup cette dernière. Et quoi qu'il arrive, elles sont une présence l'une pour l'autre, même dans le silence.

— J'ai dû rester au calme un petit moment. Il y a eu trop de bouleversement.

Elle a encore subi une série de visions si intenses qu'elle n'a pas pu les canaliser. Ça n'arrive pas souvent, mais ça l'épuise. J'aimerais tellement pouvoir l'aider, mais comment ? Elle ne peut pas rester loin de la civilisation.

— Je suis désolée je n'ai pas été très présente ces derniers temps. Quelqu'un est encore venu t'embêter avec des questions et t'a poussé dans un enchaînement de vision ? Dis-moi qui c'est.

— Tu sais que je vois des choses même sans stimulation. Il n'y a pas besoin que je croise du monde, ou que l'on me pose des questions. Elles apparaissent comme ça et c'est tout.

— Alors ça veut dire que tu as eu une vision spontanée ! Mais c'est celles-là qui sont les plus intenses et violentes... Ça va mieux ? Tu as réussi à récupérer ?

— Oui, je vais mieux maintenant. Mais ça n'a pas été facile et pas que pour moi... lui confie-t-elle d'un air entendu.

— Oh...

Youma la regarde et esquisse un petit sourire.

— Akira, on a bien failli te perdre et ne crois pas que je ne l'ai pas perçu.

— Je suis désolée. C'est à cause de moi que tu as dû traverser tout ça.

— Ne t'excuse pas. Je n'avais jamais vu quelque chose d'aussi puissant. Ta lumière était devenue si éblouissante qu'elle s'est mise à en éclairer plein d'autres, à les guider. Je ne m'étais jamais sentie aussi bien. Mais brutalement, elle s'est presque éteinte ! Elle vacillait entre la lumière sans éclat et le vide. J'étais terrifiée. Je suis restée couchée des jours durant à me concentrer dessus, espérant t'envoyer de ma force pour ne pas flancher. Je sais que c'est ridicule, mais j'avais besoin de le faire.

— Oh, Youma ! s'attriste Akira en la prenant dans ses bras. Tu ne dois pas te mettre en danger pour moi, d'accord ?

— Je ferai ce que mon cœur me dit de faire. J'ai toujours été comme ça, et c'est ainsi que fonctionne mon don.

— Mais tu t'épuises. C'est trop dangereux.

— Ce que je vois parfois me rend heureuse. Par exemple, ce que je vois maintenant me redonne de l'espoir.

— Et qu'est-ce que c'est ? Un beau mâle dans ta vie ?

Youma lui sourit en rougissant.

— Non, ce n'est pas ça. C'est toi que je continue de voir. Ta lumière est fixe à présent. Et bien qu'elle soit terne, elle va à nouveau éclairer des chemins, je vois de nouvelles lumières s'éveiller. Je regrette ce merveilleux éclat que j'ai pu admirer quelque temps, mais ton nouveau projet... Il va nous sauver.

— Tu as vu mon projet dans tes visions spontanées ? lui demande Akira, surprise.

— Oui. Il porte l'espoir d'une nouvelle vie qui nous rendra tous plus forts, plus heureux, plus lumineux. Je ne sais pas si tu arriveras à guérir ce que tu as là, lui confie Youma en pointant le doigt sur son cœur, mais je l'espère. Ce serait dommage que les lumières qui vacillent en ce moment s'éteignent.

— Tu arrives toujours au bon moment. J'étais en train de me demander si j'avais vraiment raison de me lancer dans cette idée folle d'ouvrir un lieu de rencontre entre Soukso et Varkies.

— Tout ce que je vois ce sont les lumières qui s'épanouissent à nouveau, grâce à toi, depuis que tu as pris ta décision. Est-ce que c'est cette idée ou autre chose, je ne sais pas. Mais ta lumière s'est enfin fixée à la limite du vide y a quelques jours, et si tu poursuis ton chemin dans cette direction, d'autres lumières s'épanouiront.

— Et toi, tu en penses quoi de mon idée ?

Akira sourit de bon cœur, soulagée par les nouvelles que venait de lui apporter son amie. Elle change de position et se met dans le dos de Youma pour tenter de lui tresser les cheveux pendant qu'elles profitent ensemble de ce moment de tranquillité.

— Je ne sais pas si je peux faire abstraction de ce que je vois, et si mon jugement n'est pas déjà obscurci.

— Dis quand même le fond de ta pensée.

— J'avoue que l'idée me plaît bien. Je ne sais pas si j'aurais un jour le courage d'aller dans cet endroit plein d'inconnus, avec tout ce que ça pourrait provoquer en moi. Mais j'aimerais pouvoir rencontrer des gens d'ailleurs, avec d'autres habitudes que nous et tout... Je me demande s'ils écoutent les mêmes musiques que nous. Et est-ce que les hommes là-bas sont aussi puérils que les Soukso ? Il paraît que les femmes sont toutes des soldats là-bas, est-ce vrai ? Car chez nous c'est une minorité, on préfère que les femmes s'occupent d'autre chose, à moins d'avoir un vrai don pour le combat. Et puis, peut-être qu'il y a d'autres personnes comme moi chez les Varkies. Ici, je suis toute seule.

Akira est à présent certaine de sa décision. Déterminée par son nouvel objectif, elle reprend le cours de sa vie. Elle reconstruit progressivement ses défenses, veillant à les batîr bien solides. La glace, qui recouvrait par le passé son cœur, reprend place, plus épaisse encore que la précédente, pour la maintenir en vie et la protéger.

Elle prend en main toutes les affaires commerciales de Soukso avec les Sans Dons, et conseille ouvertement son père. Lorsque c'est nécessaire, elle agit d'elle-même, au grand désespoir des conseillers du roi qui lui rappellent qu'ils ne sont pas là pour rien. Elle essaie de trouver comment concilier son futur projet avec ses activités actuelles. Car si elle arrête tout, elle sera soupçonnée et alors son secret risque d'éclater au grand jour. Elle doit absolument rester prudente. Elle finit par trouver un compromis avec les responsables des marchands Sans Dons. Pour libérer de son temps, ils feront des réunions une fois par semaine tous ensemble. En revanche elle voyage de moins en moins vers les villages, car bientôt elle n'en aura plus le temps. Ça lui fait mal de devoir les laisser ainsi de côté, alors qu'elle les affectionne tant. C'est pourquoi, elle leur ordonne d'envoyer quelqu'un la chercher dès qu'ils en ont besoin, elle se déplacera toujours.

Zaïnof est fier de sa fille, même si le conseil fait souvent remarquer que si elle continue sur cette voie, elle ne pourra pas prendre le trône. Le peuple ne veut pas de quelqu'un qui n'écoute pas ses conseillers, la voix de son peuple. Mais Zaïnof leur fait remarquer qu'elle les entend et connait probablement mieux qu'eux. Ce qui les exaspère encore plus.

Kindsley, de son côté, observe sa petite fille avec attention. Elle la voit se débattre avec les obligations qu'elle s'est imposée il y a quelques années pour faire taire le peuple qui la trouvait alors inutile. Elle sait que sa petite fille n'est pas heureuse. Qu'elle se contente de survivre, un sourire forcé sur les lèvres pour tromper son entourage. Kindsley s'inquiète et se demande si un jour, elle pourra l'entendre rire de bon cœur à nouveau.

Chapitre 4

Akira

Nino et Akira peaufinent le plan, réfléchissent à ce qu'ils veulent exactement et comment l'obtenir... Ils doivent réfléchir à tout ce qui peut se passer, et comment s'organiser pour que ça reste secret. Ce projet sera mené à bien, ils le savent. Leur enfance passée auprès de leur peuple leur a apporté beaucoup de connaissances. Comme par exemple, Nino qui avait appris comment faire fonctionner le commerce entre les clans et les Sans Dons, et comment faire des affaires. Ou encore, Akira qui avait aiguisé ses sens, pour voir et interpréter la gestuelle des gens, lui permettant de déceler, des personnes avec de mauvaises intentions et le mensonge. Tout ça est naturel pour eux, et ne présente aucune difficulté.

Akira a toujours été très patiente, et elle est prête à attendre que tout soit prêt avant de se lancer dans ce que Youma a appelé « leur nouvelle vie ». C'est pourquoi tous les jours, avec Nino, ils s'entraînent dans leur repère. Comme lorsqu'ils étaient enfant, et qu'elle lui apprenait à se battre pour se défendre contre Morvos et sa bande. Car ses connaissances martiales ne sont pas suffisantes. Ils doivent s'entraîner à l'art de la diversion, au cas où le nom de Naro n'intimiderait pas assez et que des Originels décideraient de ne pas respecter les règles. Ainsi Akira pourrait agir, même en public, sous couvert de Nino, et garder sa puissance secrète. Leur méthode consiste à faire intervenir Nino, s'interposant devant Akira comme un bouclier. Ainsi, il la dissimule derrière son corps, grand et large.

Pendant qu'elle guide chacun de ses gestes, tout en leur insufflant suffisamment de puissance, pour que Nino soit capable de se débarrasser d'Originels plus fort que lui. Ça leur demande beaucoup de pratique, mais avec le temps Nino finit par être capable de comprendre la gestuelle d'Akira dans son dos. Il adopte les bons gestes, pendant qu'elle lui insuffle de la puissance là où il faut sans lui faire mal.

Et maintenant qu'ils sont prêts, c'est dans la Grande Ville que le projet d'Akira doit prendre vie.

Anuba

Progressivement Naro fait de moins en moins de rondes, perdant tout entrain, sous les yeux d'Anuba. Son ami d'enfance, Sans Dons, avec qui il avait arpenté la Grande Ville, et vécu les pires années de sa vie. Anuba le voit, comme après le décès de sa mère, Navi, se déconnecter de son environnement. Il se doute que quelque chose ne va pas, mais il ignore pourquoi et se sent désemparé.

Ça fait trois jours que tu n'es pas sorti de ton antre Naro, c'est pas normal. T'es en train de mourir ou quoi ?!

Anuba descend au sous-sol et s'arrête devant la porte de l'appartement de Naro.

Heureusement, je suis plus rusé que toi... Tu ne peux pas me laisser à l'écart mon vieux !

Anuba entre dans le logement de Naro tout en admirant la clenche[1] qu'il avait réussi à coincer la semaine précédente.

---

1 Poignée de la porte.

Efficace le morceau de papier pour coincer le pêne[2] du loquet. Avec ça, impossible qu'il retrouve sa place dans la gâche lorsque l'on ferme la porte.

Il cherche son ami, et le trouve allongé dans son lit, recroquevillé sur un coussin qu'il sert contre lui.

— Alors mon vieux, tu essaies de te faire passer pour mort ?
— Qu'est-ce que tu fais là ? Comment t'es entré ?
— C'est un secret. Alors qu'est-ce tu fais ? Tu viens avec moi un petit peu là-haut ? Y a Puck qui voulait te voir aussi.
— J'ai pas envie de le voir. J'ai besoin de réfléchir et de rester seul. Arrête de t'inquiéter pour moi.
— Ok.

Tu crois que je peux arrêter de me faire du souci comme ça ? Trois jours que tu n'as pas mangé ! Je sais que tu n'es pas passé par le bar, mais pas non plus par la porte de l'immeuble d'à côté. Tu ne vas pas m'avoir.

Anuba remonte rapidement jusqu'à son appartement, au premier, où il prend une portion de frichti, l'un des plats préférés de Naro, et lui redescend.

— Je t'ai ramené du frichti ! Je te le pose sur la table. Essaie de descendre le manger, ça t'aidera surement à mieux réfléchir.

Le lendemain, quand Anuba redescend, il récupère l'assiette, intacte et exactement au même endroit. Il monte sur la mezzanine, et constate que son ami est à la même place, dans la même position. Consterné, il n'arrive pas à prononcer un mot et repart par où il est venu.

---

2 Pièce en fer, que la poignée fait aller et venir dans le loquet.

Qu'est-ce qui lui arrive ? Je ne l'ai jamais vu comme ça. Il a l'air anéanti. Qu'est-ce qui s'est passé ? J'ai pourtant eu aucun écho d'évènement qui aurait pu le déstabiliser à ce point. D'ailleurs qu'est-ce qui pourrait bien être capable de le mettre dans cet état ?

Nino

— Tu veux toujours ouvrir un bar ? demande Nino, devant un grand bâtiment un peu à l'écart du centre.

— Quelle question. Bien sûr que oui ! Y a pas mieux, et tu le sais.

— Je voulais juste être sûr que tu n'avais pas changé d'avis.

Nino sourit avec malice, et elle lui donne un coup de poing dans le ventre.

— Aïe !

— C'est ta faute. Tu t'amuses à me faire tourner comme un marra.

— C'est tellement drôle ! Ça marche à chaque fois.

Nino rigole et croise les bras devant lui pour se protéger du prochain coup d'Akira.

— Dis-moi plutôt ce que tu nous as dégoté.

— Au rez-de-chaussée se trouve une ancienne fabrique de vêtements abandonnée. À l'étage en revanche, les logements sont encore habités.

— L'endroit est parfait. On est à l'écart de l'animation du centre, des zones de passages, et surtout on est dans une zone neutre, où Soukso et Varkies peuvent venir sans offenser aucun clan. Et on va ramener un peu de sécurité pour ces habitants qui doivent avoir peur que des bandits se cachent dans l'entrepôt.

— Je pense que l'on pourra même offrir quelques emplois aux gens du quartier.

Akira entre à l'intérieur. Il y a un relent d'odeur de teinture, mais ce qui domine c'est l'odeur de métal. Elle détaille la pièce, où des piliers remplacent les murs intérieurs pour en faire un très grand espace unique. Des machines sont restées à leur place, inutilisées et recouvertes de poussière, comme le sol. Des carreaux longent tout le mur qui jouxte la rue, à environ trois mètres de hauteur, et apportent de la lumière à l'entrepôt.

— C'est génial. Il y a assez de place pour accueillir un groupe de chanteurs, beaucoup de monde et quand même avoir de la place pour qu'ils puissent danser, boire et discuter tous ensemble.

— C'est pas un peu trop grand ?

— Tu rigoles !? Je compte bien le remplir.

— Le jour où il y aura autant de monde, le secret n'existera plus.

— Ceux qui sont aux pouvoirs, eux, ne seront pas au courant. Les Soukso et Varkies passeront le mot à leurs amis qui viendront ici s'amuser, mais tous garderont le secret devant les anciens. Merick ne pourra pas condamner ses sujets à mort, mon père et son conseil non plus, car ils ne sauront rien. On va pouvoir créer ici, un coin de tranquillité où chacun sera libre d'être avec qui il veut sans peur des conséquences. Il n'y aura que les règles du bar qui existeront.

— C'est quand même très risqué. Et je ne parle pas du fait de mélanger les clans ! Tu sais que ce genre d'endroit est souvent sujet aux bagarres qui font beaucoup de dégâts, ce qui coûte cher, alors je n'ose même pas imaginer l'ampleur des dépenses avec des Soukso et Varkies regroupés dans le même bar. C'est un peu comme donner ton épée à ton ennemi pour qu'il t'embroche avec.

— Ce n'est, évidemment, pas sans risque. Mais j'ai bien écouté les nouvelles générations et beaucoup adoreraient pouvoir vivre ce genre d'expérience. Il leur faudra seulement un peu de temps pour s'adapter. Et nous devons créer un règlement pour tous ceux qui veulent entrer dans notre bar. Comme par exemple, l'interdiction de se battre dans un rayon de cinq cents pas du bar. Il ne faut pas non plus oublier, que tout ce qui se passe à l'intérieur doit rester secret.

— Et tu crois qu'ils respecteront les règles pour tes beaux yeux ?

— Non. Ils les respecteront car ils auront peur de ce qui leur arrivera s'ils ne les respectent pas. Comme je te l'ai dit, on va se servir de Naro pour leur faire craindre une mort certaine s'ils vont à l'encontre des règles.

Pendant un long silence Nino la regarde pensivement.

Tu n'aimais pas que tout ce qui arrivait de mal dans la Grande Ville soit forcément mis sur son dos. Que personne ne cherche à le défendre. Et maintenant c'est toi qui veux te servir de lui. Tu n'arrives vraiment pas à oublier ce qu'il t'a fait ? Je sais que tu es en colère contre lui. Mais tu vas à l'encontre de tes principes en l'utilisant de la sorte, et j'ai peur que tu le regrettes un jour.

— Je sais bien que tous en ont peur, aussi bien les Originels que les Sans Dons. Mais tu veux vraiment continuer de lui coller une mauvaise étiquette ? Tu es sûre que c'est ce que tu veux ?

— Si tout se passe comme je l'espère, nos clients seront tellement contents qu'il n'y aura pas de contrevenant. Bien sûr, il y a toujours des exceptions et c'est pour ceux-là, que le nom de Naro nous sera utile. Et je pense qu'ils en ont tellement peur qu'il n'y aura pas besoin d'agir. Son nom ne sera donc pas entaché.

— Et toi, tu n'as pas peur ?

— De quoi j'aurais peur ? De lui ?!

— Je sais qu'il ne t'a jamais effrayé. Mais je me demande, si tu n'as pas un peu peur de te retrouver un jour, à nouveau, face à lui. Après tout, maintenant tu vas venir tous les jours à la Grande Ville, il y a un risque que tu le croises. Surtout s'il entend que tu utilises son nom. Il va être vexé et venir te demander des explications !

— J'évite de penser à ce genre de choses. Le plus important c'est de réussir à abolir cette loi, et ça passe par la création de ce bar. Pour le reste... Et bah je vais devoir faire au jour le jour. Espérons, qu'il ne se trouvera plus jamais face à moi.

— Faisons comme ça alors ! Dès demain, nous pourrons créer, ici, un magnifique bar nocturne ouvert à TOUS.

Akira toute heureuse, saute dans l'usine désaffectée.

— J'ai plein d'idées. Faut faire venir un bâtisseur.

— Pourquoi ? questionne Nino. Il y a juste à nettoyer et aménager avec des meubles.

— Non. On doit délimiter l'entrée du reste. Ça permettra de contrôler le flux, et puis on doit ajouter un vestiaire pour déposer les armes.

— J'y avais pas pensé. Mais pour le vestiaire, il serait préférable d'embaucher un Originel, ce serait plus sûr.

— Je sais à qui on va demander, révèle Akira après quelques minutes de réflexions.

— Super !

— Quelques murs, des meubles, et on sera prêt. Il n'y aura plus qu'à trouver des groupes de musiciens.

— Faudra pas non plus oublier d'acheter du Coupo et du Kmini, car nos clients n'aimeront probablement pas le Sirupeux que les Sans Dons affectionnent tant.

— C'est trop fort pour eux ! s'exclame Nino, hilare.

Chapitre 5

Naro

Les mois s'écoulent, sans que Naro ne ressorte de chez lui. Il reste couché dans son lit, enroulé dans les draps, où l'odeur d'Akira a fini par se dissiper.

Anuba continue de venir le voir tous les jours. Malgré son indifférence, il lui raconte tout ce qui se passe en ville, espérant réussir à le faire réagir. Mais il voit son ami s'amaigrir progressivement, ne faisant que dormir, comme un corps indolent. Il a essayé de le faire parler, à plusieurs reprises, mais n'y est pas parvenu. Il ignore toujours ce qui lui est arrivé, et il ne comprend pas. Car il l'a déjà vu bouleversé par le chagrin, mais à l'époque, Naro avait trouvé de la force dans sa haine envers les autres pour se relever et trouver de nouveaux buts. Alors pourquoi pas cette fois-ci ? Il reste même indifférent aux actions de Merick et de certains malfrats qui profitent de son absence.

Anuba, aidé de quelques Varkies, arrive encore à maintenir l'ordre, mais pour combien de temps ?

Des rumeurs commencent à circuler : Naro serait mort. Il ne sait pas ce qui se passe dans le cœur de son ami, mais il a bien l'intention de le sortir de son mutisme, il est hors de question que la rumeur devienne réalité. Et il a un plan pour ça. C'est son dernier espoir.

— Ce soir, tu m'accompagnes ! Alors lève-toi, et lave-toi. Ne m'oblige pas à aller chercher Thory pour te porter.

— Grhh.

— Tu peux grogner autant que tu veux. Tu vas venir avec moi, car tu dois voir cet endroit de tes propres yeux avant de mourir.

— Laisse-moi crever tranquille. Je n'ai pas besoin de voir quoique ce soit.

— Si ! ÇA, tu dois le voir... Une fois, rien qu'une fois, s'il te plaît fais-moi ce plaisir. Fais-le pour moi, pour notre amitié et tout ce qu'on a traversé ensemble. Une fois que tu l'auras vu, je te promets de te laisser tranquille avec toutes mes histoires, et de ne revenir ici qu'une fois que tu seras mort. Tu pourras dépérir dans le silence !

— Tu me laisseras tranquille après ?

— Oui.

Naro se redresse dans son lit et regarde Anuba, qui le fixe avec un grand sourire suppliant. Il soupire et se lève.

— Tu as intérêt de tenir parole et de me laisser dans le silence.

— Prend au moins une douche avant de sortir. Tu n'es pas encore mort et pourtant tu pues.

Naro grogne en réponse, mais va quand même se laver avant de s'habiller, sous le regard surpris d'Anuba qui n'en revient toujours pas d'avoir réussi. Il enfile un pantalon et un tee-shirt noir, devenus trop larges sur ce nouveau corps, maigre et creux. Pourtant, avec sa barbe, son regard vide et froid, Naro ressemble plus que jamais à une bête sauvage et mortelle.

— Content ? grogne presque Naro.

— Très ! se réjouit Anuba avec un grand sourire, faisant abstraction des motivations de Naro et ne pensant qu'à la soirée à venir.

C'est plus que tout ce qu'il n'avait jamais réussi à obtenir de Naro, depuis qu'il s'était isolé dans son loft. Anuba garde son air ravi et le tire par le bras, sourd à ses plaintes, jusqu'à un autre quartier Sans Dons.

Naro s'arrête et regarde le panneau fixé sur la façade du bâtiment face à eux : « Le Trou Noir ». Des bruits de musique, assourdis par les murs, leur parviennent.

— Ne me dis pas, que ce que je devais absolument voir, c'est un bar de nuit ?!

— C'est pas n'importe quel bar... Ils y jouent de la bonne musique, et les filles sont hyper canons !

— Ce n'est qu'un bar de plus. Et laisse-moi te rappeler que même si les filles m'intéressaient, elles ne m'approchent plus ! répond Naro, dégoûté à la simple idée que des filles l'approchent.

Il fait demi-tour, mais Anuba le rattrape.

— Naro, tu m'as promis que tu viendrais voir ! Alors tu vas y entrer avec moi. Ce n'est pas la façade que je voulais que tu voies ! C'est autre chose. Tu m'as fait confiance jusqu'à maintenant, alors continue.

— C'est ridicule.

— De toute façon tu veux mourir, alors tu peux bien attendre une nuit de plus et supporter cette soirée avec moi.

Naro soupire et l'accompagne à l'intérieur.

À peine a-t-il franchi la porte, qu'il sent l'odeur d'Akira. Cette même odeur que celle qui avait imprégné ses draps et son loft pendant quelques jours. Il la reconnaîtrait entre mille. Il l'avait cherché dans chaque recoin de son loft quand elle s'était estompée, lui rappelant qu'Akira n'était plus là. Il se redresse et regarde tout autour de lui.

Elle n'est pas là !

Naro n'a pas le temps de réfléchir qu'il est assailli par une nouvelle vague d'odeur. Une femme vient de franchir une porte un peu plus loin devant lui. Il y a beaucoup de musc différents, mâle et femelle, mais au milieu de tout ça, il y a aussi celle d'Akira. Il bouscule Anuba, puis les autres Originels et Sans Dons qui se trouvent dans le sas d'entrée.

Elle est là-bas ! Derrière cette porte ! Mais poussez-vous ! Qu'est-ce que vous faites à rester là à attendre ?

Il n'entend pas les protestations, et suit l'odeur. Il pile net, dès qu'il l'aperçoit.

Elle est vivante ! Elle va bien ! Et elle est toujours aussi magnifique...

Il ne veut plus bouger. Il a trop peur de la perdre de vue. Mais il craint aussi qu'elle le voit et le mette dehors, alors il se déplace près d'un poteau, à l'ombre, au bord de la piste de danse où il y a foule. De ce point de vue, il peut la voir parfaitement et avec un meilleur angle. Ses cheveux sont lacés sur le dessus de sa tête et retombent de chaque côté de sa nuque, masquant la morsure qu'il lui a faite et qui a déjà disparue. Elle porte un pantalon moulant, et les fines bretelles de son chemisier blanc dégagent ses épaules. Le v profond de son décolleté est mis en valeur par un collier qui se balance entre ses seins au rythme de ses mouvements.

Les lunes qui se sont écoulées ont été plus productive pour elle que pour moi. Elle n'a pas perdu de temps. Est-ce qu'il y a une chose qu'elle ne sait pas faire ? Et qui lui a appris à servir les verres avec tant de dextérité ? Car là, elle est à vitesse normale, donc elle ne se sert pas de ses capacités. À moins que...

— Elle est belle, hein ?! C'est la fille de Zaïnof, celle qu'ils t'ont accusé d'avoir kidnappé, lui confie Anuba après l'avoir rejoint et suivi son regard.

Naro ne répond pas, il continue de la regarder fixement.

— Tu vas devoir prendre un ticket mon vieux ! T'as vu le monde dans la course !?

Anuba lui fait remarquer la foule d'hommes, agglutinés devant le bar, et qu'il n'avait même pas calculé. Il serre ses poings et sa mâchoire pour contrôler la colère qui le submerge. Il aimerait tous les tuer pour oser s'approcher d'elle.

Qu'ils fassent la queue, de toute façon, ils n'arriveront jamais à ma hauteur. Ils ne sont pas capables de l'atteindre. Aucun mâle à part moi n'a l'étoffe pour la faire vibrer.

Se dire ça le fait sourire, fier de lui, convaincu d'être le gagnant, même si elle ne lui appartient plus. Il sent Anuba qui lui tire sur le bras et se tourne vers lui, interrogateur.

— Quoi ?!
— Tu m'as promis de pas faire d'histoire. Alors s'il te plaît, viens signer le règlement que tout client doit signer.
— Un règlement ?!
— Oui. Une série de règles qui unit tout le monde ici. Celui qui ne les respecte pas risque des sanctions.

Naro fait demi-tour, et suit Anuba dans la pièce qu'il vient de quitter en trombe. Il remarque que beaucoup de monde attend encore. Un jeune homme arrive à leur hauteur, l'air maussade, et lui explique méchamment tout en lui tendant une feuille avec un crayon : « Si vous voulez rester, et passer cette porte, vous devez le signer pour accord. Ensuite, faites la queue pour déposer vos armes au vestiaire ! Sinon, rentrez chez vous. »
Naro regarde le papier, où l'entête se trouve être : la flamme des Varkies, le poing fermé des Soukso, et les trois gouttes de sang de Naro.

Incroyable ! Ils ont mis le symbole de tous les clans... et c'est beau.

Naro commence à lire.

Règlement du TROU NOIR

Règle n°1 : Ce bar est ouvert à tous... Si vous ne voulez pas boire avec les autres, allez ailleurs.

Règle N°2 : Il n'existe aucun clan à l'intérieur de ce bar, alors interdiction de les mentionner.

Règle N°3 : Obligation de se mélanger à la foule.

Règle n°4 : Bagarre interdite avec qui que ce soit à l'intérieur, et à l'extérieur dans un périmètre de cinq cents pas autour du bar.

Règle n°5 : Ce qui se passe dans ce bar, reste dans ce bar. Il est donc interdit d'en parler à l'extérieur et merci de respecter la vie privée de chacun.

Règle n°6 : Les armes restent aux vestiaires.

Nom :
Signature :

TOUTE PERSONNE QUI ENFREINT CE RÈGLEMENT SERA TUÉE PAR NARO !

Il éclate de rire. Le jeune homme, retourné dans le vestiaire, ne comprend pas son hilarité, et fronce les sourcils en le surveillant, tout comme les quelques personnes qui sont encore dans l'entrée.

Elle s'est servie de moi pour dissuader les contrevenants ! Toujours aussi intelligente. Et dire que personne n'a trouvé bon de m'en informer.

— On m'a accusé de l'avoir Kidnappée, et maintenant voilà qu'elle se sert de moi pour dissuader les fauteurs de troubles... Tu étais au courant ?

Anuba

Anuba se rappelle du jour où il est venu pour la première fois, avec Puck.

Puck avait découvert le règlement, et voyant qu'il n'y figurait pas le clan de Naro, il s'était écrié :

— Moi je suis du clan de Naro, et ce règlement, c'est que des conneries. Je ne le signerai pas.
— C'est un règlement pour tous, était intervenue Akira.
— Visiblement non.

Puis voyant les gouttes de sang tatouées derrière l'oreille droite de Puck, et se rappelant celles de Naro, elle comprit son erreur.

— J'ai oublié de faire apparaître le clan de Naro, mais il va être rajouté dès maintenant.
— Vous faites une telle erreur, et malgré tout, vous osez utiliser le nom de mon ami sur votre règlement ! Vous ne manquez pas d'air ! Vous ne le connaissez pas et vous osez le salir de la sorte. Et ne dites pas le contraire. L'absence de son symbole est la preuve de votre ignorance. Quand il l'apprendra, il vous fera fermer tout ça, et vous regretterez de l'avoir énervé.

Akira qui avait remarqué Anuba, s'était précipitée vers lui. Elle l'avait conduit un peu à l'écart, lui prouvant sa bonne foi en lui révélant des choses que seul Naro et lui savaient. Elle lui avait fait réaliser que c'était grâce à elle qu'il avait réussi à échapper à certains détrousseurs, lorsque Naro était absent. Anuba ne savait pas qui elle était, mais il voyait dans ce bar le rêve de Navi, la mère de Naro, alors il avait décidé de lui faire confiance et était entré dans son jeu.

— Puck, ferme là ! Depuis quand es-tu au courant de tous les projets de Naro ? Y a aucun problème ici, c'est juste un oubli.

***

— Oui, j'étais au courant, répond-il, revenant au présent.

— Et tu n'as pas cru bon de me prévenir ?

— Qu'est-ce que ça aurait changé ? La loque que tu es devenue ne s'intéresse plus à rien.

— Peut-être que ça, ça m'aurait intéressé.

— Hum… J'ai déjà eu du mal à te traîner jusqu'ici.

— Et maintenant que je suis là, j'ai bien l'intention de mettre mon grain de sel dans ce petit bar où on se sert de mon nom ! Après tout, je ne vais pas me tuer moi-même, ironise Naro.

— Je t'ai demandé de venir voir, pas de foutre le bordel avant de mourir. Tu m'as promis.

— Je ne ferai rien. Je te faisais marcher. Mais j'aimerais savoir pourquoi tu ne m'as pas dit qu'on se servait de moi comme ça ?

— Parce que je trouve que se servir de ta notoriété pour faire ce qu'ils font ici, c'est bien.

— C'est bien ?! Ce n'est qu'un bar.

— Quand tu entreras et ouvriras les yeux sur autre chose que cette belle femme derrière le comptoir, peut-être que tu comprendras pourquoi je trouve ça bien. Et même si ce n'est pas de ton fait, tu seras content que ton nom soit associé à ce qui se passe ici.

— Je suis bien curieux maintenant… Dépêchons-nous d'entrer, rit Naro.

Akira

Akira l'a senti dès qu'il est entré, elle a reconnu l'odeur de son musc naturel. Ce parfum entêtant, qui la retourne de l'intérieur depuis toujours. Avec beaucoup d'effort, elle parvient à ne pas lever la tête, et accepte pour la première fois les petits bouts de papier qu'on lui donne, avant de les mettre discrètement dans la poubelle. Elle le sent quitter la pièce, et ose enfin regarder vers le poteau où il s'est tenu. Il est parti.

Akira prétexte le besoin d'aller chercher un carton dans la réserve pour se mettre à l'abri des regards, et reprendre le dessus sur le tourbillon d'émotions qui l'a envahi.

Il n'a pas donné le moindre signe de vie depuis... une éternité, et le voilà qui réapparait comme si de rien n'était. Et bien, il peut aller se faire voir. Je n'oublierai pas ce qui s'est passé. Aujourd'hui, c'est un étranger ! Oui, voilà ! Je dois le considérer comme n'importe quel client du bar. Il est hors de question qu'il voit le trouble qu'il provoque en moi. Je ne perdrai plus contre lui. Je ne lui laisserai plus l'opportunité de me faire du mal. Mes sentiments, il ne pourra plus y avoir accès. Mais qu'est-ce qu'il fait là ? Il veut se servir de mon bar pour chasser ? Hors de question !! Je ne le laisserai pas faire. Qu'il essaie, et je le tue. Je ne suis pas une Akira gentille, sans défense et docile.

Quand elle reprend sa place derrière le comptoir, il est revenu et se trouve, à nouveau, près du poteau. Mais cette fois-ci, Anuba est près de lui, et ils regardent la piste de danse. Elle fait comme si elle ne l'a pas vu et ne le regarde pas, pour ne pas se trahir, continuant son travail.

Naro

Naro regarde dans tous les sens, les yeux écarquillés. Il n'arrive pas à croire ce qui se joue devant lui. Il se demande s'il ne rêve pas. Des Soukso et des Varkies dansent ensemble sur la piste, d'autres sont assis à des tables, ils boivent et rient ensemble. Il n'aurait jamais cru voir ça un jour.

— J'ai découvert que certains sont devenus amis et ce lieu est leur point de rendez-vous.

— Des Soukso et des Varkies amis ?! réagit-il incrédule.

— Oui, tu as bien compris. Ce bar, c'est le repère secret de ceux de ton espèce. Un sol de paix où tout le monde peut être ensemble. On mélange les espèces et ça n'a pas la moindre importance. Ce qui se passe ici reste ici, c'est la règle. Si tu l'enfreins, la patronne te fera tuer… Par toi ! ironise Anuba.

C'est tout ce que ses parents avaient espéré, qui se déroule sous ses yeux à cet instant.

Anuba avait raison, si j'étais mort avant de voir ça… Akira a réussi. Moi je n'ai toujours pensé qu'à venger leur mort, mais elle, elle a réussi à concrétiser leur rêve. Comment a-t-elle su ?

Naro reporte son attention sur Akira, toujours active derrière le comptoir, et l'étudie.

Se pourrait-il qu'Anuba ait raison, et qu'en mettant mon nom dans le règlement, elle ait cherché à m'associer à son projet ? Ça voudrait dire qu'elle ne m'en veut pas ? Impossible ! C'est juste une petite futée qui a su profiter de ma réputation.

Akira sent le regard de Naro sur elle, et c'est dur de ne pas lever la tête à la recherche de celui qui cause son trouble. Elle s'approche de Nino, se collant à lui pour chuchoter à son oreille.

« Près du poteau de gauche, à l'entrée de la piste, se trouve un homme en pantalon et tee-shirt noir. Ne le regarde jamais directement, il ne doit pas savoir qu'on le surveille. Tiens-moi au courant de ce qu'il fait, qui il observe et qui il approche. Nous devons protéger les Soukso, c'est un dangereux prédateur sexuel, il leur ferait du mal ». Nino lui fait signe qu'il a compris, tandis qu'elle analyse, par l'intermédiaire du miroir du bar, la réaction de Naro, qui s'est tendu à l'instant où il l'a vue se coller à Nino. Il le fixe d'un regard noir, tandis qu'Akira se félicite que son frère soit insensible à la marque, comme tous les Sans Dons.

Dans la soirée, Nino l'informe que sa proie doit être elle, car il ne l'a pas quitté des yeux et n'approche personne d'autre. « Alors, faisons-lui passer le message que je ne suis pas disponible » dit-elle, en échangeant un regard entendu avec Nino. Le groupe de musiciens chante des musiques très sensuelles et rythmées. Akira et Nino s'installent sur la piste de danse et font leur numéro, mettant le feu et faisant des envieux et envieuses. Naro a les yeux exorbités, de la voir danser de la sorte. Elle est si belle et sensuelle, son corps bouge à la perfection et en rythme.

Lorsqu'elle était coincée chez lui, lors d'une de leurs nombreuses soirées à parler de tout et de rien, elle lui avait appris aimer danser et le faire régulièrement pour se détendre. Mais il la voit danser pour la première fois. Il aime la voir ainsi, cependant il a de plus en plus de mal à se contrôler. Cette danse, bien que différente de celles qu'ils ont eu dans l'intimité de son lit, reste une danse sensuelle entre deux partenaires, et il préfèrerait être son cavalier. Malheureusement ce n'est pas lui. Il doit sortir de là rapidement. Il ne peut pas en voir plus sans risquer de tuer celui qui la touche, en dansant avec tant de complicité.

Il veut la ramener avec lui dans son antre, la posséder à nouveau et la garder que pour lui. Mais c'est impossible, il le sait, et c'est atrocement douloureux. Il sert fort ses poings et ses dents. Le temps de sortir du bar et de s'éloigner le plus rapidement possible, ses griffes se sont acérées et ont percé ses paumes.

Comment a-t-elle pu m'oublier ? Comment a-t-elle pu me remplacer par ce Sans Dons ? Comment peut-il la faire vibrer ? N'étais-je pas le seul ?

Arrivé chez lui, il se défoule sur ses équipements, au point d'en casser la moitié.

Chapitre 6

Naro

Il sait qu'il doit s'habituer à la peine qu'il ressent. Surtout que, dorénavant, cette souffrance fera partie de son quotidien. Il l'a perdue, il n'a plus aucun droit sur elle. Cependant, il a besoin de la voir. C'est plus important que sa douleur, ou que son envie de la faire sienne. C'est vital.

Je dois m'assurer qu'elle va bien. Je dois veiller à ce que rien ne lui arrive. Jamais ! Même si ça doit se faire à distance, sans qu'elle ne sache que je veille sur elle, je la protégerai. Je n'ai pas réussi avec maman. Ils nous ont découverts car j'avais perdu le contrôle et montré ma position. Mais je ne referai pas les mêmes erreurs. Elle est ma famille. Elle est à moi que ça lui plaise ou non.

Deux jours se sont écoulés depuis sa dernière visite. Et il est rassuré de la trouver toujours occupé au même poste.

Ça fait plaisir de voir que toi au moins, tu ne t'es pas transformée en loque, contrairement à moi. Tu as créé cet endroit, tu n'arrêtes pas de bouger, tu débordes d'énergie après tout ce qu'on vient de traverser. Tu es vraiment remarquable.

Naro s'assied sur un siège et la détaille plus en profondeur. Il constate qu'Akira a beau sourire, il n'y a plus de joie dans son regard. Ses gestes sont mécaniques, elle est là sans être là. Son âme est inaccessible.

La blessure ne se voit pas, mais elle est là. Je t'ai fait du mal. Tu te réfugies quelque part dans ton inconscient. Est-ce que quelqu'un peut au moins t'atteindre ? Ne t'inquiète pas Akira. Je vais redevenir le prédateur que j'étais. Et je serai là, dans l'ombre, pour veiller sur toi.

Anuba le rejoint, s'assoit près de lui et le sort de ses pensées.

— Tiens ! Voilà un revenant. Tu es parti si vite la dernière fois, que je t'ai cherché partout pour savoir ce qu'il t'était arrivé, mais tu es resté caché dans ton trou. Et tu avais refermé la serrure ! Je suis bien content de voir que tu es toujours vivant, sinon, avec la porte fermée... ton corps en décomposition aurait ramené un sacré paquet de bestioles dans notre bar, ajoute Anuba en faisant une grimace.

— Quoi ?!

— Au moins, ce soir tu es sorti de ton trou tout seul. Tu n'as plus envie de te laisser pourrir ?

— Non. Je n'ai plus l'intention de me laisser MOURIR.

— Super ! Alors, tu le trouves comment ce club ? Il est génial n'est-ce pas ?

— Oui. Avoir réussi ça, c'est un exploit. Je tire mon chapeau au patron !

— C'est elle la patronne ! l'informe-t-il, en montrant Akira de la tête.

Il n'est pas surpris. Il savait déjà que ce n'était pas simplement le bar où elle travaille. Qui d'autre qu'elle, pouvait réussir ce challenge ? Et qui d'autre oserait utiliser son nom sans sa permission ?

Maman aimerait tellement cet endroit... Et Akira.

— J'ai fait une rencontre ici la semaine dernière. Je viens tous les soirs dans l'espoir de la revoir.

— Ah oui ? Toi, tu veux revoir une fille ?

— Tu peux parler ! Je te rappelle que tu es devenu une loque... Et mon instinct d'humain me dit que c'est à cause d'une fille ! J'aurais quand même aimé savoir qui avait réussi à mettre le grappin sur toi et te faire ensuite descendre au plus bas.

— Et cette fille a un nom ? Pourquoi tu viens tous les soirs, vous ne vous êtes pas donné rendez-vous ?

— Je ne lui ai pas encore parlé en fait.

— Quoi ? Tu ne la connais pas, mais tu fais le pied de grue pour la revoir ?

— Quand je l'ai vu, j'ai su que c'était la femme de ma vie. Le temps de réfléchir à ma tactique d'approche, elle était partie.

— Ta tactique d'approche ? Demande Naro, circonspect. Depuis quand tu as besoin d'une tactique ? Je te rappelle, que c'est toi qui m'as enseigné la drague quand nous étions encore que des gamins.

— Justement. Je ne pouvais pas la draguer comme n'importe quelle fille ! Je ne pouvais pas me permettre de rater le moment, sinon elle risquait de me... Il fait le geste, avec un doigt lui passant sous le nez, tout triste.

— Je vois ce que tu veux dire. J'espère que tu arriveras à la retrouver bientôt.

— Et toi qu'est-ce que tu attends ?

— De quoi tu parles ?

— Tu restes fixé sur elle. Tu ne vois rien de ce qui t'entoure. Morvos pourrait passer devant toi que tu ne le verrais même pas. Tu attends quoi pour aller la voir, et lui faire ton plan « grande séduction » ?

— Avec elle ! Impossible...

— Pourquoi ? Ça se voit comme le nez au milieu de la figure qu'elle te plaît. Je suis même prêt à parier que c'est elle qui t'a fait oublier ton chagrin d'amour.

— Peut-être... Mais avec une fille qui a réussi à faire ça, dit-il en montrant le bar où ils se trouvent, il faut avoir la bonne approche.

Alors il va falloir que je l'observe un peu plus longtemps, pour voir ce qu'elle aime.

— Tu risques surtout de passer pour un pervers !

Naro rigole, se rappelant qu'elle le prenait surtout pour un exhibitionniste. Ici, il ne se cachera pas, il veut qu'elle sache qu'il veille sur elle. Mais au dehors, il se fondra dans l'ombre.

Anuba part danser, laissant Naro tout seul, jusqu'à ce que Nino s'approche de lui.

— Vous désirez ?

— Être tranquille !

— Si vous souhaitez rester ici, il va falloir consommer.

Akira qui l'a vu rire plutôt, a envoyé Nino pour le déranger et éventuellement l'obliger à partir. Elle ne supporte pas de le voir heureux.

— Dans ce cas, ramenez-moi ce que vous avez de plus fort.

Nino revient cinq minutes plus tard avec un verre de sirupeux sur un plateau.

— Vous attendez quoi ? s'énerve Naro, à le voir rester près de lui.

— Je ne suis pas sûr que ce soit pour vous, c'est trop fort. Vous préférez peut-être que je vous ramène du coupo ?

— Je vous ai demandé ce que vous aviez de plus fort, et du sirupeux sera parfait.

— Très bien, ça fera deux bons.

— J'irai payer au bar.

— Non, vous allez payer maintenant.

— Je vous trouve un peu trop prévenant. Qu'est-ce que vous voulez vraiment ?

— Que vous partiez.

— J'ai l'habitude qu'on ne veuille pas de moi là où je vais, ce n'est pas pour autant que je pars.

Nino se met à rire, puis repart derrière le bar.

Naro ne comprend pas ce qu'il a dit de drôle. Il passe les quinze minutes suivantes à se demander ce qui a pu le faire rigoler, ignorant que c'est ça le but de Nino. Il finit par s'installer au bar.

Akira l'évite, l'ignorant sans vergogne. Elle est froide, et donne l'impression d'en avoir rien à faire de sa présence. Ce qui l'alerte.

Si je n'ai pas d'importance, pourquoi m'évite-t-elle ?

Puis soudain il écarquille les yeux, paniqué, se rendant compte de l'endroit où ses pas l'ont mené. Il n'avait pas eu l'intention de venir au comptoir pour l'instant.

Si elle vient me voir qu'est-ce que je lui dis ?! Mais si elle vient me voir ça voudra dire que... NON ! C'est mieux qu'elle m'ignore. Au moins ça veut dire que j'ai encore un impact sur elle. Si elle me relègue complètement à une histoire passée et sans importance, ce serait... ce serait... Non, c'est inimaginable !

Songeur, il n'a pas bougé. Et Nino, qu'il était initialement venu voir, arrive pour l'encaisser. Après quoi il lui ressert un verre. Naro n'attend pas de réponse de sa part, mais avant de repartir à sa table, il lui lance la question qui le turlupine depuis plusieurs minutes.

— Pourquoi vous avez rigolé tout à l'heure ?

— Pour vous emmerder, sourit-il. Et apparemment, ça a fonctionné.

Nino n'attend pas plus longtemps, et part servir une humaine.

Naro le fixe, ahuri. C'est la première fois que quelqu'un, un Sans Dons qui plus est, a le courage de se moquer de lui. Il attrape son verre, le boit d'une lampée et repart s'asseoir, fou de rage d'être entré dans le jeu de ce con.

Faut reconnaître que son coup est bien joué. Pourquoi je n'ai jamais pensé à faire quelque chose comme ça avec Merick ? C'est sûr qu'il aurait enragé. Il m'aurait même léché les bottes pour savoir ce que je savais à ses dépens.

À présent, l'objet de l'attention de Naro a changé. Il est focalisé sur lui.

Qu'est-ce qu'elle lui trouve ? Il est grand, musclé, mais en dehors de ça, il n'y a rien de particulier qui le démarque des autres. Il n'est pas particulièrement beau. Par contre il a du cran. Oser se moquer ouvertement d'un Originel... Naro rigole intérieurement. *Et je ne suis même pas sûr qu'il sache se servir de ses muscles. Il doit penser qu'ils sont assez conséquents pour impressionner et lui éviter toute représaille. Il a de la chance, je ne réagis pas aux propos d'imbéciles qui ne savent même pas qui je suis. S'il avait su, il n'aurait jamais osé. Ce n'est qu'un beau parleur, qui cherche à impressionner les jeunes femmes. Un séducteur, à l'évidence ! Alors qu'est-ce qu'elle fait avec lui ? Il ne la mérite pas... Mais moi non plus.*

Naro ressent un coup au moral et fait des efforts pour regarder un peu partout autour de lui. Ainsi, il peut au moins donner tort à Anuba. Surtout qu'Akira est occupée à continuer de feindre l'ignorer.

C'est un grand espace, qui a été rénové avec soin. Il reste deux vieilles machines à travers la salle, elles se fondent dans le décor et permettent même de délimiter des zones. La lumière est diffusée depuis le plafond, avec différents jeux de lumière, éclairant fortement certaines parties, tandis que d'autres se trouvent dans une pénombre plus intime. Il y a des tables rondes ou carrés, haute ou basse, entourées de tabourets, fauteuils ou encore canapés. La couleur des tissus tire sur le grenat, ou le bleu marine. Ce mobilier est éparpillé un peu partout à travers la pièce, et entoure un espace de danse qui se trouve devant une petite scène. Cette dernière est placée contre le mur, près de la porte d'entrée, c'est un carré en bois légèrement surélevé qui permet aux musiciens de jouer en hauteur et être vus de tous. Le mur du fond, lui, est occupé par le bar dans toute sa longueur. Le comptoir, réalisé en beau bois massif, est sculpté avec finesse, des arabesques courant sur tout le devant. Des bouteilles de différents alcool, des jarres contenants divers mélanges ou tout simplement de l'eau, sont entreposées aux côtés des verres sur des étagères. Tout ce monde dégage suffisamment de chaleur pour chauffer la pièce, et les odeurs se mélangent pour former un imbroglio de muscs et phéromones variés.

Naro se surprend à retrouver de sa bonne humeur, tandis qu'il observe les couples qui dansent : une Varka avec un Soukso, ou un Varkie avec une Soukso, et parfois c'est un Sans Dons avec une Originelle. Les couples ne mélangeant pas les clans sont rares. Et il en est de même aux tables, où des petits groupes, mélangés, parlent et rient ensemble de bon cœur.

Je n'aurais jamais cru ça possible. Ils ont enfin remarqué que l'on n'est pas si différent ?

Au milieu de la nuit, il part avec Anuba, mais revient se cacher sur le toit de l'immeuble d'en face. Il veut s'assurer qu'elle rentrera chez elle en un seul morceau. Et c'est comme ça qu'il voit Nino repartir avec une autre femelle, une humaine comme lui.

Qu'est-ce qu'il fait ? Akira ne dit rien et leur souhaite une bonne nuit ? Ça ne la dérange pas ? Et pourquoi personne ne la raccompagne ? Elle va rentrer toute seule ? Que je l'aie kidnappée par le passé n'a pas servi de leçon ?

Chapitre 7

Naro

Naro passe le reste de la nuit à repenser à ses dernières découvertes. Il se sent bien, gonflé d'espoir, et réintègre dès les premières lueurs de l'aube son quotidien, qu'il a trop longtemps délaissé. Il en profite pour se renseigner auprès de Gladys, l'une des quatre chefs des Sans Dons. C'est ainsi qu'il découvre qu'Akira s'occupe de tout ce qui a trait au commerce entre les Sans Dons et les Soukso. Et que pour gérer au mieux son temps, elle les voit trois fois par lune à Bouchko. S'ils ont des besoins urgents ils peuvent la trouver directement au Trou Noir. Elle s'est mise d'accord avec eux, pour qu'aucun camelot ne colporte de rumeur sur son bar dans les différents territoires au risque de ne plus avoir le droit d'y entrer. Le mot est passé depuis longtemps à présent, car cela fait déjà un peu plus de deux lunes qu'elle l'a ouvert, et la seule rumeur qui circule c'est que c'est le bar de Nino, qu'il a ouvert pour les Soukso et Sans Dons.

Naro et Anuba y retournent, et s'installent à la même table. Elle est un peu en retrait et donne sur l'entrée. Ainsi Anuba peut surveiller toutes les allées et venues, à la recherche de sa belle, et Naro peut observer sans se faire remarquer.

Il en profite d'ailleurs pour analyser Nino. Il ne comprend pas son comportement de la veille vis-à-vis d'Akira. Il les surprend à parler tout en regardant les clients, ou encore à rire, mais jamais il n'y a de contact intime entre eux, ou de regard langoureux.

Il n'est pas le partenaire d'Akira ! Je me suis trompé sur lui.

Un groupe de musicien Soukso, avec des chansons aux mélodies assez similaires au groupe Varkies de la veille, joue au Trou Noir. Akira avait expliqué à Naro, lors de sa captivité, que chez les Soukso il y avait des musiciens dans tous les villages. Car les Soukso aimaient festoyer et danser, qu'il y ait une occasion ou non. Naro lui avait alors appris que chez les Varkies, il y en avait probablement moins car il ne se souvenait pas avoir vu beaucoup de fêtes à Varice. En revanche, à Tamrite, le village où il était né, il y avait des festivités à chaque naissance, alliance, et nouvelle lune. Là-bas toutes les excuses étaient bonnes pour faire la fête. Progressivement, inconsciemment, Naro commence à taper du pied en rythme avec la musique. Il s'arrête très brusquement, en se redressant, aux aguets.

Qu'est-ce qu'ils font ? Ils ne sont pas accouplés, c'est une évidence à présent, alors pourquoi dansent-ils encore ensemble ?

Naro assiste, impuissant, à une nouvelle danse entre eux. Et bien qu'il sache que Nino n'est pas son partenaire, il ne peut éteindre la fureur qui rugit en lui. Car, il est bien obligé de constater qu'il y a, malgré tout, une très grande complicité qui les unis. Il réussit, non sans surprise, à dissimuler sa colère, mais le fauteuil sur lequel il est assis, fini entièrement lacéré.

Akira et Nino retournent servir des verres, et un peu plus de couples se sont installés sur la piste. Naro se lève, mais Anuba lui saisit le bras pour l'arrêter. Toute son attention est dirigée vers l'entrée, et Naro suit son regard tandis qu'Anuba lui confie :

— C'est elle !

Naro regarde la femme qu'Anuba convoite. Elle est de taille moyenne, avec de longs cheveux roux, une peau tachetée de points de rousseur et des yeux vert clair. Une Soukso qu'il n'a jamais vu en ville avant, il ne la connait pas et l'analyse avec sa capacité spéciale.

Je me demande bien quel peut être son don. Avec si peu de puissance, elle ne doit pas réussir à faire grand-chose avec. Elle pourrait presque être une Sans Dons.

Il remarque qu'elle le scrute intensément, comme si elle voyait à travers lui. Puis elle s'approche d'eux. Naro sent Anuba, près de lui, excité de la voir le rejoindre, mais c'est à Naro qu'elle vient parler.

— Tu n'as rien à faire ici ! Tu devrais partir.
— Pourquoi ? C'est ouvert à tous, et personne ne m'a dit de partir.
— Moi je te le dis.
— Tu n'es pas la patronne de ce bar.
— Tu ferais mieux de m'écouter.
— Sinon quoi ? Tu as l'air de savoir qui je suis, donc tu devrais savoir qu'il me faut plus qu'une Soukso comme toi pour me faire peur.

Après un regard dédaigneux, Naro s'adresse à Anuba :

— Et cette fille te plaît ? Méfie-toi, c'est un serpent venimeux.

Elle siffle vers lui, avant de tourner son attention vers Anuba qu'elle dévisage intensément. Elle change alors de posture, son regard se faisant plus doux, ses barrières s'abaissant.

— Enchantée, dit-elle à Anuba. Mon venin ne t'est pas destiné, ne t'inquiète pas.

Puis se tournant vers Naro, elle ajoute :

— Fait ce que tu veux, je t'aurai prévenu. Ce n'était qu'un conseil.
— Tu appelles ça un conseil ? Tu as de bien drôles de manières, répond Naro moqueur.

Il décide d'aller au bar pour laisser Anuba se débrouiller avec elle. Il demande à Nino un verre, et quand Akira arrive en face de lui, il sursaute, surpris qu'elle vienne enfin lui parler. Mais apparemment ce n'est pas pour des politesses.

— Qu'est-ce qu'elle t'a dit ?
— Bonjour, répond-il avec un grand sourire. Je suis content que tu viennes me parler.
— Qu'est-ce qu'elle t'a dit ? insiste-t-elle.
— Qui ? se résout-il à répondre.
— Youma ! répond-elle, en montrant la rousse en face d'Anuba.
— Elle a craché son venin c'est tout.
— Qu'est-ce qu'elle t'a dit ?
— Pourquoi ? Tu es jalouse ?
— Impossible !
— Pourquoi ? Tu penses que je ne peux pas lui plaire ?
— Pour être jalouse, il faudrait que je te veuille encore pour moi.

C'est comme un coup de couteau dans le cœur, mais il l'encaisse sans broncher. Et quand elle repose la question, il lui répète les mots de Youma « elle m'a dit que je n'avais rien à faire ici, que je devrais partir ». Il attend qu'elle lui réponde que c'est n'importe quoi et qu'il peut rester, mais c'est tout le contraire.

— Sort d'ici ! Dépêche-toi.
— Quoi ?

— Tu as bien entendu.
— Une fille dit que je dois partir, alors tu me vires ?
— Oui !

Elle prend le verre des mains de Naro, le boit d'un trait et part dans la réserve. Naro ne se sent pas bien, il a du mal à respirer. Il se retourne à la recherche de son ami, mais il le voit en train de rire avec Youma. Il ne veut pas leur donner l'impression d'obéir, mais il a besoin de sortir. Et dès qu'il est dehors il prend une grande inspiration. L'air frais entre dans ses poumons, et il recommence jusqu'à se sentir mieux. Il rouvre les yeux, déterminé.

Je ne flancherai pas ! Qu'elle veuille de moi ou pas, je serai là. Je la protégerai dans l'ombre. Je ne l'abandonnerai plus jamais.

Une fois sur le toit voisin, il attend patiemment la fermeture. Anuba sort à son tout, accompagné de Youma. Il les regarde s'éloigner avant de reprendre sa surveillance de l'entrer. Une heure plus tard, il constate que Nino raccompagne à nouveau deux jeunes femmes qui se sont trop amusées, et laisse seul Akira, toujours à l'intérieur avec les derniers danseurs. Un mouvement dans la pénombre, près de la porte, attire son regard. Il aperçoit Morvos, qui attend.

Qu'est-ce qu'il fait là celui-la ?

Trois couples sortent, suivi par le jeune Soukso qui tiens le vestiaire, et s'éloignent dans la nuit. Akira sort peu de temps après et ferme la porte à clé. Quand elle se retourne, elle remarque sans surprise que Morvos lui barre la route.

— Qu'est-ce que tu fais là, Morvos ? l'interroge-t-elle, blasée.
— Je veux te raccompagner.
— Je n'ai pas besoin, rentre chez toi.
— Tu es toute seule et c'est dangereux pour toi.

Elle le fixe un moment, avant de dire moqueuse.

— Dangereux pour moi, ou pour toi ?

— Poutchi t'a peut-être appris à te battre, mais tu n'es pas si forte que ça. Que pourrais-tu faire toute seule ?

— Va voir ailleurs, Morvos.

Il lui saisit le bras, mais elle se dégage.

Naro veut sauter du toit pour intervenir, mais une main se pose sur son bras et l'arrête. Il se retourne et découvre Youma.

Qu'est-ce qu'elle fait là ? Pourquoi je ne l'ai pas entendue arriver ?

Youma lui fait signe qu'il doit rester là, silencieux et observer. Il ne sait pas pourquoi, mais il décide de lui faire confiance.

— Qu'est-ce que tu ne comprends pas ? Je t'ai dit de dégager ! Je ne veux pas de toi, je n'ai jamais voulu de toi. Barre-toi et fous moi la paix.

— Tu ne sais pas ce que tu veux. Laisse-moi te faire découvrir ce que c'est que d'être aimée.

Il l'attrape avec force, et l'attire à lui. Mais quand il veut l'embrasser, il se recule rapidement, resserrant par contre sa prise sur elle. Il ne veut pas qu'elle profite de ce mouvement instinctif et qui le surprend, pour partir.

— C'est quoi ça ?! hurle-t-il.

— Lâche-moi, avant que je te casse le bras, lui répond-elle calmement.

— C'est quoi cette odeur sur toi ? Tu l'as mis exprès pour essayer de me repousser ? Tu crois que ça va me faire peur ton petit tour ?

— Ce que tu sens c'est la marque de mon partenaire. La marque de l'union originelle. Et si tu t'avises encore de me toucher, il te tuera... Si je ne l'ai pas fait avant. Maintenant lâche moi.

— Toi, la princesse de glace, marquée ?!

Il rigole, et resserre son étreinte. Elle n'attend pas plus longtemps pour se soustraire de sa poigne. Elle lui brise le bras tout en dégainant sa dague, rangée dans son dos, pour la lui mettre sous la gorge.

— Je t'ai supporté longtemps, trop longtemps. Tu ne sais pas écouter et arrêter quand on te le dit. Tu es incapable de m'échapper, je te tiens et tu es sur le fil de ma lame. Je devrais te tuer.

— Akira, qu'est-ce que tu fais ? Tu sais qu'entre nous ce n'est qu'un petit jeu depuis toujours. Faut pas me prendre au sérieux.

— Et bien moi, tu devrais ! Car c'est la dernière fois que je te vois traîner dans mes pattes. La prochaine sera celle de ta mort.

Elle le libère, et de sa main valide, il contrôle son cou en reculant. Il n'attend pas plus longtemps pour partir en tenant son bras cassé. Akira range son arme, reprend ses affaires restées sur le seuil de la porte, et part en direction des écuries de la ville pour y récupérer son étalon et rentrer chez elle.

Naro fait volte-face vers Youma pour l'interroger, mais elle le prend de court.

— Je vois certaines choses, commence-t-elle. Si tu étais resté au bar, il t'aurait vu, n'aurait pas agi aujourd'hui et aurait pu faire le lien avec votre marque. Quand nous sommes sortis, j'ai su que tu étais toujours là, mais dissimulé. Il venait à la rencontre d'Akira, tu devais rester caché et ne pas intervenir. C'est son combat à elle. Elle doit montrer qui elle est, et s'imposer sans toi, pour devenir la femme qu'elle est destinée à être. Tu le sais pertinemment. Elle est puissante. Et si tu interviens, tu vas l'étouffer et la détruire. Le meilleur moyen de l'aider, c'est de rester dans l'ombre. Qu'elle puisse s'épanouir comme une fleur au soleil. Votre avenir à tous les deux en dépend.

— Et quel est notre avenir ?

— Je ne vois pas tout. Il ne m'apparaît que des chemins et des issues possibles. Et l'avenir de votre union a plusieurs possibilités. Le dénouement le plus heureux implique de passer par des voies sombres et chaotiques, mais où chacune de vos lumières s'intensifiera individuellement avec ses propres chaos. Et quand elles se retrouveront, elles ne formeront plus qu'une. Soyez patients.

— Si je comprends bien, il y a aussi une fin plus triste ?

— Oui. Tout dépendra de vos choix. L'avenir est pavé de plusieurs croisements, certains menant à la même destination, d'autres non. Le chemin que vous prendrez dépendra de vos choix, sans oublier ceux des autres. Car eux aussi ont un impact sur nos routes.

— Comment ne pas en arriver là ?

— Je t'ai dit tout ce que je pouvais. Tous les jours, en fonction des décisions de chacun, mes visions changent. Rien n'est immuable !

— Comment savais-tu pour la marque ?

— Je l'ai vu dès l'instant où vous vous êtes marqués. Tant de chemins ont changé, pour tellement d'individus. Vos lumières se sont rassemblées un court instant sur l'échelle du temps, si puissantes, qu'elles ont illuminées tant d'autres vies sur leur passage. C'est là que j'ai aperçu toutes vos possibilités.

— Tu vois l'avenir de tout le monde ?

— Non, je vois des lumières. Et je ne reconnais que celles de ceux que je connais.

— Alors comment as-tu su pour nous ?

— Akira est mon amie depuis l'enfance. Et j'ai compris que celle qui s'était liée à la sienne, était la tienne quand je t'ai vu dans le bar.

— Incroyable.

— Je n'ai pas de réel venin, mais ce que je dis ne plaît pas souvent.

— Peut-être à cause de ta façon de le dire.

— Je ne le contrôle pas vraiment. Il arrive que les lumières me parlent directement pour interférer avec le présent, et dans ce cas je ne fais aucune manière. C'est ce qui s'est produit tout à l'heure, quand je t'ai vu. Peu connaissent et croient en ma capacité.

— Merci de m'avoir aidé à protéger Akira, et de me faire confiance.

— Reste discret et sois patient. N'oublie pas non plus, ce que tu avais commencé avant Akira. C'est très important, et peut changer le destin de beaucoup d'autres vies.

Youma n'en dit pas plus, et part comme elle est venue, en silence. Naro se retrouve à nouveau seul sur le toit.

Chapitre 8

Naro

Déterminé à redevenir le Naro craint par tous pour protéger Akira, il commence par raser sa barbe, ce qui rehausse ses joues creusées. Puis il reprend ses entraînements quotidiens.

En plus de son travail, il réexamine le projet qu'il a laissé en suspens, oublié dans le tumulte des événements vécus avec Akira, mais que Youma venait de lui rappeler.

Il y a plusieurs mois, il avait rencontré un homme, Park. Il disait venir d'au-delà de la montagne aux pics blancs. C'est le seul qu'il ait rencontré et il ne sait pas s'il peut, et doit, croire à son histoire. Car, chez les Varkies le seul moyen d'accès à cette montagne c'est de traverser la forêt sauvage. Ce qui signifie en réalité, que personne n'y va, ni n'en vient. Il n'y a aucune légende, rien, au sujet de cette montagne.

Malgré tout, il va voir des anciens, pour savoir si des explorations ont déjà été faites. Mais à leur connaissance, aucune. Il est de croyance commune que le monde s'arrête derrière elle, qu'il n'y a rien après. Alors comment est-ce possible ? Comment cet homme peut-il venir d'un endroit où il n'y a rien ? Mais en même temps, si ce qu'il dit est vrai, alors ça veut dire qu'ils ne sont pas seuls. Ça veut aussi dire que si cet homme a pu venir, eux aussi peuvent faire le trajet. Naro est à la fois curieux de découvrir un nouveau monde. Un territoire inconnu de tous, qu'il serait le premier à visiter. Et en même temps il s'inquiète. Il a peur que ces inconnus représentent une menace pour eux. Il n'en sait pas assez. Il y a trop de questions, trop d'inconnu, pas assez de preuves, de concret. Il doit absolument découvrir ce qui se cache derrière cet homme, derrière ses révélations, derrière cette montagne.

Peut-être que les Soukso ont plus d'informations que nous ? Leurs villages longent cette grande montagne, ils ont sûrement déjà vu des gens de là-bas. Peut-être que les Soukso ont déjà tenté d'y aller. Je dois me renseigner. Je dois parler avec des Soukso.

Naro profite de ses sorties au Trou Noir pour se rapprocher d'eux. Il tente de poser des questions, mais n'obtient rien de nouveau. Cela fait trois nuits qu'il enquête, déambule de table en table, et bien qu'il trouve un Soukso originaire de Kars il fait chou blanc[3].

Mes recherches piétinent... Si seulement je pouvais rencontrer des anciens, les témoins de la mémoire Soukso. Mais comment ? Ce lieu doit rester secret, surtout de personnes comme eux. Et je ne peux pas me balader sur leur territoire.

Malgré tout, il ne se décourage pas et continue de faire passer des interrogatoires aux Soukso. Il essaie de convaincre un jeune Soukso de ramener son grand-père à son magasin, pour lui parler, mais Akira débarque très énervée. Elle fait signe au jeune homme de déguerpir.

— Qu'est-ce que tu manigances dans mon bar ?
— Moi ! Rien, pourquoi ?
— Ça fait des jours que je te vois faire tes allers-retours entre les tables. Ne me fais pas croire que c'est pour faire copain-copain

---

3 Expression qui signifie : ne rien trouver.

avec les Soukso, tu ne parles jamais avec les mêmes personnes. Je veux des explications, dit-elle les yeux rivés aux siens.

— Plus tard ! lui répond-il.

— Non !!! Maintenant...

Akira parle sérieusement et attrape une chaise. Une de celles qui a remplacé les fauteuils, bizarrement lacérés, de la table où s'installe toujours Naro. Elle la retourne et s'y assoit à califourchon, les coudes posés sur le dossier.

Il l'observe fixement, et persiste dans son mutisme. Mais elle ne cède pas non plus, et ne bouge pas.

Tu sais que je ne céderai pas. Et toi non plus, tu n'es pas du genre à capituler. Passer la nuit ici, à te regarder dans le fond des yeux, n'est pas pour me déplaire. Pourtant, il va bien falloir que je fasse une concession... De toute façon, qu'est-ce que ça peut faire que je lui raconte ?

— J'essaie de trouver des informations, au sujet de la montagne aux pics blancs et de ce qui se trouve au-delà. Ton peuple sait peut-être plus de choses que le mien. Et ta création, ici, me donne une superbe opportunité pour leur poser des questions.

— Tu te demandes si cet homme dit vrai et s'il vient vraiment de là-bas ?

Comment tu peux savoir ça ? Je sais que tu as espionné par l'intermédiaire de ma lunette pendant ta captivité, mais il n'y a pas de son. Je n'ai pas encore trouvé de solution à ce problème. Comment aurais-tu pu entendre mes conversations avec Anuba ? Tu es pleine de surprise Akira ! Encore un don qui vient s'ajouter à ta merveilleuse panoplie. Je me demande ce que tu as entendu d'autre...

Naro laisse échapper un sourire sur ces dernières pensées, ce qui a pour effet de détendre légèrement Akira.

— C'est tout à fait ça.

— Tu veux toujours partir là-bas ?

— Oui, mais je dois me préparer avant. Comprendre pourquoi personne n'y est allé. Ou si certains l'ont fait : comment et qu'est-ce qu'ils ont vu ? Je dois être préparé, je ne peux pas partir comme ça.

— Tu as raison. Soit ton enquête te permet de confirmer ta décision, soit elle t'apporte les réponses à tes questions.

— Tu approuves mon idée d'expédition ?

— Bien sûr, et j'en suis.

— QUOI ?! crie-t-il en sautant de sa chaise.

Chapitre 9

Akira

— Tu m'as bien entendu. Je pars avec toi. Il va falloir que tu changes tes plans.
— Hors de questions !
— Tu n'as pas le choix.
— Bien sûr que si.
— Non !

Un duel silencieux se joue entre eux, devant des spectateurs qui ne comprennent rien à ce qui se passe, mais qui sentent la tension qui règne.

— Écoute, reprend-elle calmement, tu te sers du Trou Noir pour tes recherches, et ça ne me dérange pas. Mais je veux être informée de tout, moi aussi. Je sais quelles questions tu te poses, puisque j'ai eu les mêmes.
— Ah oui, vraiment ?!
— Ce n'est pas la peine d'être condescendant Naro. Moi aussi je veux savoir s'il y a vraiment du monde qui vit derrière cette montagne. Si c'est vrai que l'on n'est pas seul. Je veux savoir qui ils sont, pourquoi ils ne sont jamais venus nous voir avant ? Et puis pourquoi personne n'aurait jamais essayé d'y aller avant toi ? Peut-être que c'est un passé qui a volontairement été oublié. Tu ne

t'es jamais posé la question ? Reconnais que c'est bizarre que personne n'ait jamais eu l'idée avant.

Naro fait une mimique, à la limite de la grimace, en acquiesçant à ses propos mais l'écoute.

— Et puis, je me demande comment c'est là-bas. Ont-ils des forêts sauvages comme celle des Varkies ? Est-ce qu'ils sont séparés en clans comme nous, ou bien vivent-ils tous ensemble ? J'aimerais rencontrer cet homme, que tu me le présentes.

Il proteste, mais se retrouve vite interrompu par Akira. Elle aurait des fusils à la place des yeux, ce serait pareil.

— J'ai des questions à lui poser, et je veux entendre ses réponses de mes propres oreilles. Il y a tant de possibilité. Tu te rends compte que l'on a toujours cru être tout seuls. Que cette montagne c'était juste la fin. Que derrière il n'y avait rien. Et je t'interdis de me dire encore une fois non. Aller là-bas, ce serait incroyable.

— Parce que tu penses pouvoir me donner des ordres ?

— Non. Mais je peux être persuasive. Je te rappelle que pour ton expédition, tu vas devoir traverser le territoire Soukso. Il est donc préférable et plus approprié que tu voyages avec la bénédiction du chef, que tu n'auras que grâce à moi. Et puis, si tu y vas tout seul, qui te croira quand tu reviendras ? Ça fera comme avec cet étranger, on te prendra pour un fou, car personne d'autre n'aura vu ce que tu as découvert. L'idéal ce serait d'être une équipe, pas juste toi et moi, mais aussi quelques Varkies et Soukso. On va donc devoir réfléchir à qui emmener avec nous.

Oui, si des Varkies et Soukso parviennent à s'entendre pendant une expédition, s'ils arrivent à avoir un but commun, ce sera encore un pas de plus vers mon projet. On peut vivre ensemble, faire des choses ensembles... je vais leur prouver.

Naro la regarde, ne sachant que répondre. Elle a avancé ses arguments, et il doit l'admettre, elle n'a pas tort sur tout. Mais il est hors de questions qu'elle l'accompagne, elle l'ignore encore, mais c'est trop dangereux. Il se rassoie et lui répond calmement.

— Tu as raison.
— Je sais.

Enfin, non je n'en sais rien. J'ai seulement dit tout haut, les questions que je m'étais posée à l'époque où j'ai découvert ton plan. Ce n'était plus une priorité. En fait, tout ce qui s'est passé entre nous l'avait relégué très loin dans ma mémoire. C'est toi qui viens de la rafraichir. Pour autant, ça suscite toujours mon intérêt. Je suis sincère quand je dis que je veux t'accompagner. Ce nouveau monde, je veux le découvrir. Il me donne envie de voler. D'être libre...

Après quelques secondes de réflexion, Naro reprend.

— Je te présenterai cet humain d'au-delà de la montagne. Tu participeras à toutes les réunions qui concernent ce sujet afin d'avoir, toi aussi, toutes les infos. Tu m'aideras à monter une équipe, mais tu n'en feras pas partie.
— Oh que si ! répond-elle furieuse.
— C'EST HORS DE QUESTION !!! hurle-t-il.

Tous les deux se sont relevés d'un bond. Akira jetant la chaise qui se trouvait devant elle, Naro la fixant de toute sa hauteur avec détermination. Et comme par hasard, les musiciens choisissent ce moment pour faire un blanc et changer de morceaux. Du coup, tout le monde les entend s'énerver l'un contre l'autre. Et ce n'est plus deux ou trois têtes qui les scrutent, mais toute la salle. Ils sont tellement accaparés l'un par l'autre qu'ils n'ont rien remarqué.

Nino se rapproche, prêt à intervenir, au cas où Akira aurait besoin de lui pour l'aider à garder son anonymat. Peut-être pourrait-il les éloigner de la foule pour qu'Akira s'en occupe loin des regards. En tout cas, il se tient prêt pour épauler Akira.

— Tu n'as pas d'ordre à me donner !! réplique-t-elle sur le même ton.
— C'est ce qu'on va voir… Il jette la table qui les sépare à travers la pièce.

Tout le monde se précipite dans un coin à l'opposé, ne sachant que faire. Les quelques clients ayant reconnu Naro sont effrayés.

Naro se plante à quelques centimètres d'Akira, qui ne recule pas. Il la toise, dominateur et provocateur, tandis qu'elle le défie d'essayer de se battre contre elle. Une lueur d'amusement passe dans les yeux de Naro, qui rêve de ce défi depuis si longtemps. Mais Nino choisit ce moment pour s'approcher de Naro par derrière, ignorant du danger. Naro qui l'a senti, tourne sur lui-même, l'attrape et le projette à travers la pièce, le faisant atterrir derrière le comptoir.

Akira assiste à la scène sans avoir eu le temps de le prévenir que son acte était inutile. Nino se relève difficilement, à moitié sonné. Et Akira se concentre sur Naro. Il venait de réussir à amplifier sa colère. Personne ne s'en prend à sa famille. Il remarque le changement dans son attitude et change aussitôt de posture, prêt à se défendre alors qu'elle se jette sur lui.

Il pare ses coups, lui rendant la pareille, et vice-versa. Ce n'est pas une danse sensuelle, rythmée par une musique, mais tout le monde les admire. Tous sont subjugués par tant de puissance contrôlée et déversée dans le combat. Chaque coup est mesuré, précis, attaques et parades ripostes s'enchaînent comme dans une chorégraphie martiale d'égal à égal. Des meubles sont détruits, du sang coule des tempes et du nez de Naro, qui reçoit avec plaisir les coups d'Akira. Il les accueille comme la punition qu'il mérite, pour l'avoir laissée ce soir-là, dans le bois. Akira s'abîme les poings, ses côtes sont contusionnées, mais elle ne faiblit pas, continuant de déverser sa hargne sur Naro.

Quand elle roule pour éviter un coup, elle ne voit pas la table qui se trouve sur sa trajectoire, et retombe dessus en la brisant. Elle se relève aussitôt, prête à continuer, refusant de le laisser gagner, malgré le goût ferreux inondant sa bouche, et son étourdissement passager. Mais Naro s'arrête net dès qu'elle lui fait face. Akira, surprise par son expression inquiète, ne recule pas quand il lève une main vers son visage. Il essuie le sang qui coule depuis le bord de sa lèvre. Il rive ses yeux aux siens, et dit tristement :

— Je ne voulais pas te blesser. Désolé.

Sur ces mots, il s'éclipse rapidement.
Akira reste là, sans bouger, le regard fixé vers la porte que Naro vient de franchir.

Il ne voulait pas me blesser... Il parle de maintenant ou d'avant ? Ou des deux ?

Nino fait sortir tout le monde et annonce la fermeture des lieux jusqu'au lendemain. Elle ne voit pas les clients partir, elle ne voit pas non plus Nino rassembler la casse et nettoyer, jusqu'à ce qu'il s'approche et la questionne.

— Qu'est ce qui s'est passé ?
— Un désaccord.
— Un désaccord, ça ?! Tu rigoles ? Tu as toujours été calme, à chercher le dialogue avant tout... Je ne t'avais jamais vu comme ça, et pourtant ça fait des années que je te connais. Même cet idiot de Morvos ne t'a jamais mise dans cet état pour une divergence d'opinion. Et maintenant, ça ne sert plus à rien de te cacher derrière moi, ou même d'utiliser le nom de Naro. Ils ont tous vu de quoi tu étais capable. D'ailleurs, il est sacrément baraqué celui-là, j'ai rien vu venir.
— N'essaie jamais de te battre avec lui, et surtout ne te met pas en travers de son chemin quand il est énervé, sinon il te tuera.

— C'est pas quelques coups qui vont avoir raison de moi. Je suis un peu plus résistant que ça quand même.

— Tu ne comprends pas.

— Comprendre quoi ?

— Au moment où tu es arrivée derrière lui, il était joueur, il t'a seulement remis à ta place. Il est extrêmement puissant. S'il se met dans l'état d'esprit combatif, toute personne qui entre dans sa ligne de mire meurt. Personne, même dans mon espèce n'ose le défier sans escorte.

— Ouah ! À t'entendre il fait bientôt plus peur que Naro...

— Il est Naro.

— C'est lui Naro ?! s'étonne Nino.

— Oui.

— Et tu n'as pas cru bon de me le dire, dès le départ ?

— Non. Je me doutais que si tu le savais, tu voudrais aller lui passer un savon, et prendrais le risque de te faire tuer.

— Personne ne s'en prend à ma sœur, pas même lui. Et c'est pas parce qu'il est puissant qu'il peut faire ce qu'il veut. Tu te bats bien avec lui parce que vous n'êtes pas d'accord.

— Je sais ce que je fais.

— Tu es sûre ? Car il aurait pu te tuer toi aussi, même si tu es très puissante.

— Impossible.

— Tu as vu l'état du bar ? Il a tout brisé sur son passage, si tu n'avais pas évité ses coups c'est toi qu'il aurait brisé.

— Je te rappelle qu'il s'est arrêté parce que je saignais... Il se maîtrisait, contrairement à moi qui me suis défoulée sur lui. Alors qu'elle s'apprête à sortir, elle ajoute : tu ne dois surtout pas te mettre en travers de son chemin. Qu'il soit en colère ou qu'il s'agisse tout simplement de moi, tu dois rester loin de lui. N'oublie pas ta promesse de toujours rester près de moi, alors ne meurt pas.

Elle arrive chez elle et file sous une douche chaude pour délasser ses muscles.

Y a pas à dire, les Sans Dons sont vraiment très inventifs. Et bien que certaines choses soient inutiles pour nous et contraires à nos règles, pour rester proche de la nature, de là d'où l'on vient, il y en a certaines... c'est un vrai bonheur.

Akira s'attarde sur ses cheveux poisseux de sang.

Heureusement, qu'il n'a pas vu la plaie que je me suis faite à l'arrière de la tête en tombant sur cette table, et que mes cheveux ont masqué le sang qui coulait le long de mon dos. Sinon je n'ose pas imaginer quelle réaction il aurait eu ! Il s'est tétanisé rien qu'en voyant la petite plaie sur ma lèvre... Il a vraiment eu peur ?

Elle sort de la douche et met un baume sur ses côtes endolories.

Pourquoi avait-il l'air content à chaque fois qu'il recevait un de mes coups ? Pourquoi ne les a-t-il pas tous évités ? Je l'ai quand même bien amoché. Il saignait pas mal quand il est parti. Heureusement, je n'ai pas mis toute ma puissance, sinon j'aurais pu le blesser gravement... Hop hop hop, Akira c'est pas le moment. Stop ! Tu en as rien à faire de le blesser gravement. Il ne te pardonnera jamais. Il t'a abandonné. Tu dois te protéger toute seule, même de lui ! Il a choisi de faire sa vie sans toi, de t'oublier. Je suis si en colère contre lui... Pourquoi est-ce que je n'arrive pas à lui faire du mal ? Pourquoi est-ce que je ne peux pas me le sortir de la tête ?

Akira s'approche du miroir, et regarde sa lèvre fendue. En la touchant elle se rappelle le contact des doigts de Naro. Et qu'elle le veuille ou non, elle avait aimé ce contact. Ça lui avait manqué et elle aurait aimé qu'il dure plus longtemps.

Pourquoi, malgré tout ce que j'ai fait pour me créer une forteresse, il parvient toujours à passer mes défenses ? Pourquoi me fait-il toujours ressentir toutes ces choses ? Pourquoi mon cœur s'emballe dès que je sens son odeur ? Et ses doigts... Oh la vache, j'étais à deux doigts de les embrasser. Son contact m'a fait perdre toute notion de la réalité. Je dois absolument me reprendre. Ça ne doit pas se reproduire. Je ne peux pas perdre le contrôle sur moi-même. Je ne peux pas le laisser remarquer qu'il a toujours un impact sur moi. Je ne peux pas le laisser me détruire à nouveau. J'aimerais ne plus rien ressentir pour lui. Ce serait tellement plus simple.

Elle s'allonge dans son lit et commence à pleurer, avant d'être gagnée par le sommeil, en pensant : *Pourvu qu'il ne se soit pas rendu compte que je contrôlais mes coups. S'il remarque que je fais attention à lui, qu'il a toujours de l'importance pour moi, il saura. Et il jouera avec moi. Il faut absolument qu'il ignore que j'ai toujours des sentiments pour lui.*

Chapitre 10

Naro

Quelle idée j'ai eu de caresser sa lèvre ? Comment j'ai fait pour ne pas perdre le contrôle de ma bête ? Je me le demande encore. C'était in-extrémis. Sentir la douceur de sa lèvre sous mon doigt a réveillé le feu en moi. Je n'avais plus qu'une seule envie, goutter à nouveau sa bouche ! Peut-être que ce qui nous a sauvé c'est la présence des clients dans le bar. Car quand je me suis éloigné, j'ai cru qu'une lame me traversait l'abdomen. L'abandonner comme ça, au milieu de la piste, blessée, décoiffée, et terriblement attirante, c'était... comme si ma bête hurlait de désespoir à l'intérieur de moi.

Naro ne veut pas répéter les mêmes erreurs, cette fois il ne fera pas demi-tour. Quand Akira arrive en ville dans l'après-midi, afin de nettoyer les dégâts de la veille, Naro se trouve devant la porte de son bar, à l'attendre.

— Qu'est-ce que tu fais ici ?
— Je voulais encore m'excuser pour hier.
— Pourquoi ? Tu as changé d'avis ?
— Non.
— Alors ne t'excuse pas, car moi non plus je n'ai pas changé d'avis.
— Tu ne comprends pas.
— Comprendre quoi ?

— Que c'est trop dangereux.

— Bien sûr, ça ne l'est pas pour toi, seulement pour moi. Pauvre fille innocente et sans défense que je suis ! S'il te plaît, fais-moi une faveur. Arrête de mentir.

— C'est la vérité.

— Non c'est faux. La vérité c'est que je suis aussi puissante que toi, et aussi capable que toi. Donc ce n'est pas plus risqué pour moi que pour toi. Le problème c'est que tu veux me garder enfermée. Tu as trop peur que je sois blessée, de ne pas réussir à me protéger. Mais je ne t'ai jamais demandé d'être mon protecteur. Je n'ai pas besoin de toi. Et je ne te viendrai pas non plus en aide, chacun s'occupe de ses fesses. Tout ça, c'est juste ton putain d'orgueil, comme à chaque fois, il faut qu'il foute la merde. Mais je ne me laisserai pas faire. Si tu ne veux pas de moi, pas de problème. Je partirai de mon côté, tandis que toi, tu n'arriveras même pas à traverser le territoire Soukso sans créer une guerre.

Il sert ses poings. Il sait qu'elle ne parle pas juste pour lui faire peur. Elle ira au bout de ses paroles.

— Je suis orgueilleux et toi, capricieuse. Tu vas nous causer des ennuis.

— Pas plus d'ennuis que ceux que tu crées.

Il soupire, et regarde le sol avant de l'interroger.

— Est-ce qu'on ne pourrait pas faire la paix tous les deux ?

— Pourquoi ? On était en guerre ?

— Tu sais bien de quoi je parle...

— Entre nous, les choses resteront comme elles sont. C'est très bien comme ça. Pour notre coopération future, nous devrons évidemment communiquer. Mais ça restera des échanges cordiaux, entre deux clans œuvrant dans le même but, le temps d'une mission. Rien d'autre.

Il est déçu, c'est flagrant, et elle, elle reste froide, ne laissant rien paraître de la douleur intérieure qu'elle ressent et de son envie d'être dans ses bras.

Elle s'est promis de ne plus jamais lui laisser la chance de la faire souffrir. Elle ne compte pas revenir en arrière et baisser ses défenses. Elle sait qu'elle n'est pas assez forte pour survivre à de nouveaux coups sur son cœur.

Il l'observe un moment, à la recherche d'un indice, sur ce qu'elle ressent et pense vraiment.

Elle ne brise pas le silence, et profite de cet instant volé pour le contempler elle aussi. Elle profite de sa présence à ses côtés, pour nourrir le manque de son cœur et de son âme. Elle n'aime pas l'admettre, mais depuis qu'il est réapparu dans son bar, elle se sent plus forte et plus confiante. Elle sait que c'est dû à sa simple présence dans le même lieu qu'elle. Ça la rassure et lui fait du bien, tout en lui faisant du mal, car il est dur de se dire qu'elle ne peut pas avoir plus. Elle doit apprendre à se contenter de peu, et faire preuve de contrôle sur elle-même. Elle commence à prendre l'habitude, et profite de tout ce qu'il lui donne, une œillade, une présence, le son de sa voix... Elle se dit que tant qu'elle arrive à s'en contenter, tout ira bien, elle pourra continuer d'avancer, en espérant qu'un jour elle sera sevrée et n'aura plus besoin de rien venant de lui.

Naro finit par baisser la tête. Il fait demi-tour et part sans un mot de plus, la laissant, seule, devant sa triste réalité.

Elle soupire, déçue et le regarde s'éloigner. Elle frissonne, et sert son bras droit contre elle, d'un geste d'auto-réconfort, puis elle entre se mettre au travail.

Elle avait beau être froide, il avait senti de la détresse dans son regard, et il avait été à deux doigts de l'enlacer dans ses bras. Ça avait été très dur de se retenir, alors qu'il en avait aussi bien besoin pour lui que pour elle. Il voulait la sentir en sécurité dans ses bras, il voulait sentir son odeur, le contact de sa peau contre lui, il voulait la rendre heureuse. Et c'est ce qui l'a arrêté. Car il doit aussi respecter ses désirs, il ne peut pas s'imposer. Ses désirs à lui importent peu.

Je lui ai encore fait du mal hier soir, alors que ce n'était pas mon intention. Tout ce que je fais va de travers. Est-ce qu'un jour j'arriverai à la récupérer ? En tout cas, c'est pas en me la mettant à dos que je vais y arriver. Elle n'a même pas fait un geste vers moi. Si elle l'avait voulu, je l'aurais accueillie entre mes bras. Mais elle est restée de marbre, à me fixer avec son masque, attendant que je parte, que je la libère. Je ne suis qu'un imbécile, qui en est rendu à imaginer avoir vu de la joie dans ses yeux quand elle m'a aperçu. Je savoure même les souvenirs de notre petite bagarre d'hier soir. Avoir pu la toucher et être si près d'elle ! Je ne m'étais pas senti aussi bien depuis tellement longtemps. Mais sa lèvre fendue... ça m'a fait si mal. Je ne veux plus la faire souffrir, et en fin de compte je continue. Et aujourd'hui, je suis là à espérer un signe, n'importe quoi, qui me montre que je ne suis pas le seul à me languir d'elle, et que je peux la prendre dans mes bras. Je suis vraiment un cas désespéré.

Naro sent bien la tension monter et s'accumuler en lui, mélange de désir, de frustration, de colère... Il sait qu'il doit l'extérioriser, fatiguer sa bête avant que ça se termine mal. Mais avant, il veut faire un pas vers Akira.

Naro

Naro est au deuxième étage d'un des immeubles du quartier Sans Dons, qui se trouve à deux rues de son magasin de sport. Il frappe à la porte, et attend que Park vienne lui ouvrir. C'est l'homme qui dit venir d'au-delà de la montagne, et il s'agit d'un Sans Dons. Quand il est arrivé, pour l'aider, Naro lui a trouvé son logement et l'a embauché pour s'occuper du nettoyage, une fois le magasin fermé. Et bien qu'il soit arrivé depuis un peu plus de sept lunes, il a encore peur de sortir. Il préfère rester dans les quartiers Sans Dons, et change de trottoir quand il croise un Originel. Il ne peut pas s'empêcher d'ouvrir des grands yeux surpris quand il voit des Sans Dons marcher et parler normalement avec des Originels.

Naro lui a pourtant expliqué, que chez eux, tout le monde est logé à la même enseigne et que les Sans Dons sont libres de parler et aller où ils veulent. Contrairement aux Originels, qui eux sont organisés en deux clans avec l'interdiction d'établir des relations quelconques entre eux. Il y a donc trois territoires, avec celui des Varkies, des Soukso et la Grande Ville. Cette dernière étant la création des Sans Dons. Et chaque territoire est régi par des règles dictées par son chef. Il lui a expliqué tout le fonctionnement de la Grande Ville pour l'aider à s'adapter. Au quotidien, il a des preuves visuelles que les Originels et les Sans Dons vivent ensemble, en harmonie. Malgré tout, Park fait encore des crises de paranoïa. Il pense qu'on lui fait une blague, et se met à chercher partout où se trouve le chef de tout ça.

— Seigneur Naro ! Que faites-vous ici ? J'ai fait quelque chose de mal ?

— Je vous ai déjà dit d'arrêter de m'appeler seigneur.

— Oui, pardon seigneur.

— Laissez tomber. J'ai une amie qui aimerait vous rencontrer. Vous verrez, elle est très gentille.

— Pourquoi ? Vous voulez que j'aille ailleurs ?

— Non. Elle veut simplement vous posez des questions. Comme moi, elle s'interroge sur le territoire d'où vous venez, elle a du mal à croire que ce lieu puisse exister.

— Pourquoi ?

— Car on est persuadé qu'il n'existe rien derrière la montagne. On est persuadé d'être seul. Et quand elle saura que là-bas vous êtes esclaves, elle ne s'en remettra pas.

— Pourquoi ?

— Il est impossible pour nous de vous considérer autrement que comme nos amis. C'est donc impossible que ce soit différent ailleurs. Même si on ne s'aime pas beaucoup entre bêtes, ce n'est pas le cas avec les humains. Ils n'ont jamais été nos ennemis, au contraire. Oh, et quand vous verrez son bar, vous verrez à quel point elle est fantastique.

— Un bar ? Je ne peux po y aller ! Je refuse d'aller dans la foule avec des gens de votre espèce, répond Park paniqué.

Naro prend doucement ses mains tremblantes dans les siennes, et calmement lui dit :

— Faites-moi confiance.

— Qu'est-ce qu'il a de si spécial cet endroit ? demande-t-il inquiet.

— Sans Dons, Varkies et Soukso s'amusent tous, dans un même endroit, sans conflit et heureux d'être ensemble.

— Je croyais qu'vous étiez amis avec les humains. Alors qu'est-ce qu'y a d'incroyable ? Vous voyez qu'vous me dites n'importe quoi.

— Non, ce qui est incroyable c'est que Varkies et Soukso soient sous le même toit. Et sans se battre. Car notre loi est claire, on ne doit pas se fréquenter. Et ça fait si longtemps, que Soukso et Varkies pensent que l'autre clan lui veut du mal, que personne n'essaie d'aller contre la loi et découvrir qui est l'autre. Mes parents ont toujours rêvé de les voir s'entendre et cohabiter à travers tout le territoire, sans haine ni jalousie. Et aujourd'hui, mon amie a créé cet endroit où tous peuvent se rassembler, peu importe leur appartenance. Elle a réussi, bien que ça reste secret, à concrétiser leur rêve. Malheureusement, ils étaient des exceptions et sont morts avant de pouvoir y assister.

— En quoi vos parents étaient des exceptions ?

— Mon père était Varkie et ma mère Soukso. Ils ont réussi à célébrer la cérémonie d'alliance à Varice pour vivre ensemble, mais au final ils ont quand même été rejetés par leurs clans.

D'un seul coup, il lui apparait que ses parents étaient unis par l'union originelle, avant de procéder à la cérémonie. C'est pourquoi ils avaient bravé tous ces interdits. Ils leur étaient impossible d'être séparés. Mais comment avoir la confirmation ? Il n'a plus de famille pour répondre à ses questions.

— Je vous y emmène ce soir, reprend Naro en revenant à la réalité.

— Mais, je suis po sûr d'y arriver.

— Ne vous inquiétez pas, je resterai près de vous. Je reviens vous chercher après votre travail.

Alors que Naro rentre au loft, il tombe sur une bande à Morvos. Ces voyous sont en train d'essayer de ramener de force avec eux, deux jeunes filles. Non seulement ça le met en colère, mais il a aussi un trop plein d'énergie à vider. Il intervient aussitôt, sans aucune retenue, si bien qu'il ne reste aucun survivant, hormis les deux jeunes filles. Terrorisées, elles n'osent pas bouger de peur d'être tuées à leur tour. Mais il les ignore, passe à côté d'elles sans un regard, du sang sur le visage, les mains et les vêtements. Il traverse la ville, les mâchoires crispées, sa rage de sang sur le fil du rasoir de son contrôle. Les passants s'écartent de son passage, et s'interrogent sur ce qui s'est passé.

Anuba

Anuba tourne la tête vers Naro, qui vient d'entrer. Il siffle devant le spectacle qu'offre son ami.

— Ils doivent être bien amochés !

— Ils sont morts.

Anuba le fixe un moment, sans rien dire.

Ça faisait longtemps que Naro n'avait pas été jusqu'à tuer sans raison. Habituellement, il évite de porter des coups fatals. Avec les années, il a appris à mieux se contrôler. Sauf quand on le provoque, évidemment. Et heureusement, ça arrive plus que rarement. Mais là, c'est autre chose...

En silence, Anuba lui sert un verre de sirupeux, qu'il boit d'une traite ainsi que deux autres, avant de descendre dans son loft.

En fait, depuis que tu t'es cloîtré pendant plusieurs lunes dans ton sous-sol, tu es différent. Je ne sais pas ce qui t'es arrivé, mais tu as changé. D'abord tu t'es enfermé et tu t'es laissé mourir de faim. Et maintenant, tu es toujours sur le qui-vive, prêt à bondir et faire couler du sang. Je ne suis peut-être pas un Originel, mais je sens bien que tu as de plus en plus de mal à contrôler ta part animale. Est-ce que c'est juste une nouvelle manifestation de ta rage de sang ? Un nouvel aspect de tes capacités que tu dois apprendre à canaliser ?

Quand Naro réapparaît dans le bar trois heures plus tard, calme, Anuba comprend que le pire est passé et qu'il peut lui parler.

— Te revoilà.
— Ouais ! Tu me sers un verre ?
— Comment tu as fait ? demande Anuba en lui servant du coupo.
— J'ai détruit toute ma salle de jeux, après quoi je suis resté sous une douche froide pendant une heure et quarante minutes.
— Ça va te coûter cher. Tu ne veux pas réessayer la veille méthode ? On va au Cocoune ce soir et tu te dégotes deux ou trois filles. Ça fonctionnait bien dans le passé pour vider ton trop plein d'énergie. Et tu as toujours aimé le sexe, c'est mieux que le sang, non ?

Anuba voit Naro se contracter, tous les muscles tendus à cette idée, avant de lui répliquer :

— Tu ne comprends toujours rien... Tu es désespérant, Anuba.

Pourquoi il me dit ça ? J'ai toujours eu un esprit vif et il le sait. J'avais tort, il est encore à prendre avec des pincettes. Ça lui ferait vraiment du bien de passer du bon temps avec une femme.

— Je sais pas pourquoi les femmes de ton espèce ne t'approchent plus, mais les humaines, elles te tournent toujours autour.

— C'est pas ça le problème.

— C'est quoi alors ?

— Je n'ai pas envie de CES femmes ! Et si j'essayais quand même, je crois que ça se finirait en meurtre. Rien que de penser qu'une fille puisse essayer de me toucher, ça me hérisse le poil. Tout ça ne me calmerait pas, au contraire, ça décuplerait ma rage. Et ne parlons même pas de l'autre soif qui est encore plus forte... Je risquerais de perdre tout contrôle, ce serait une catastrophe.

— C'est quoi au juste, cette soif encore plus forte que ta rage de sang ? Tu m'expliques ?

— Peut-être plus tard. Pour l'instant, on doit sortir. Je vais chercher Park, on se retrouve au Trou Noir.

— Ok, je ferme et on se retrouve là-bas.

Chapitre 11

Akira

Nino a déblayé et fait un gros coup de propre dans la nuit. À présent Akira doit remplacer les trois tables cassées et les fauteuils qui se sont trouvés sur leur passage. Ce n'est pas la première fois qu'elle se retrouve obligée d'en changer. Effectivement, depuis l'arrivée de Naro elle avait dû en renouveler quelques un, mystérieusement lacérés.

Akira est derrière son comptoir quand elle voit arriver Anuba. Il est encore tôt, et ce n'est pas dans son habitude. Il s'installe au bar, et non à la table qu'il prend tout le temps.

— Tout va bien ?

— Oui, pourquoi ?

— Parce que d'habitude tu viens plus tard que ça, et que depuis quelque temps tu es toujours accompagné. Or là, il n'est pas avec toi.

— Il arrive. On doit se retrouver ici.

Elle sent qu'il est mal à l'aise. Il n'arrête pas de bouger sa jambe et ses doigts, mais il essaie de faire diversion en posant des questions sur le Trou Noir.

— Il s'est passé quelque chose ici, hier ? Envie d'épuré ? De changer les meubles des autres tables, aussi ? D'ailleurs, pourquoi avoir échangé nos fauteuils pour des chaises ? C'est quand même moins confortable.

Akira se rappelle qu'il n'était pas là la veille. Et elle est surprise que Naro ne lui ai pas parlé de ce qui s'était passé.

— Ton ami à fait un peu de casse.
— Ça a commencé hier soir ? s'inquiète Anuba.

Akira arrête ce qu'elle fait et étudie Anuba, dubitative.

— Tu m'expliques ce qui se passe ? Je ne suis peut-être pas ta copine Youma, mais je vois que quelque chose te tracasse. Et puis nous deux, on n'est pas des étrangers. Non ?
— Naro, je sais que tu ne le connais pas beaucoup, et que tu utilises son nom pour dissuader les téméraires. Mais en fait c'est un gars bien. Je suis désolé pour ce qu'il a fait.
— Ne t'inquiète pas pour ça. Ce n'est que de la vaisselle et des meubles cassés. Dis-moi plutôt à quoi tu fais allusion en demandant ce qui a commencé hier soir ?

Après quelques secondes de réflexions, Anuba finit par se confier.

— Je ne sais pas quelle minuche l'a piqué. Il a traversé une grosse crise et j'espère que ça ne se reproduira pas. J'ai peur de ne pas pouvoir l'aider si ça arrive encore.
— Pourquoi tu dis qu'il a traversé une grosse crise ?
— Je ne sais pas exactement ce qui s'est passé, mais a priori il a commencé ici, avec le mobilier, et une fois dehors il a continué en tuant. Il n'est rentré que dans l'après-midi, couvert de sang. J'ignore combien de personnes il a tuées, où, et pourquoi... Mais on le saura bientôt. Ça c'est sûr ! J'espère qu'il n'aura pas de gros problèmes à cause de ça. C'est vraiment quelqu'un de bien. Il n'a jamais donné la mort pour le plaisir, contrairement à ce qui se dit.
— Je pense que tu t'inquiètes pour rien.

— Tu n'as pas vu dans quel état il était quand il est rentré. Tu ignores de quoi il est capable.

— Tout le monde sait de quoi est capable Naro. *Surtout moi, qui le connaît depuis tant d'années*. C'est pour ça que j'ai utilisé son nom.

— Non, tout le monde CROIT savoir de quoi il est capable. Mais ils sont en dessous de la vérité. Jusqu'à présent, j'arrivai à l'aider, mais cette fois j'ai peur de ne pas y parvenir.

— Écoute, si ça peut te rassurer, quand je l'ai vu en début d'après-midi, il allait très bien.

— Tu l'as vu ?

— Oui, il est venu pour s'excuser pour hier soir, puis il est reparti.

— Qu'est-ce qui s'est passé alors ?

— Je l'ignore. Mais si tu veux le soutenir, soit là quand il aura besoin de parler. Tu trouveras peut-être la solution à son problème.

— Il n'a jamais parlé. Il a toujours extériorisé ses émotions en se battant. J'avais réussi à trouver une solution. Quand la tension monte trop haut, et risque de lui faire perdre le contrôle, je lui ai montré qu'il pouvait vider son énergie refoulée dans le sexe. Mais...

Il s'arrête et réfléchit aux possibilités qui émergent dans son esprit.

Akira se crispe, au souvenir de Naro avec toutes ces filles, et commence à l'imaginer avec de nouvelles conquêtes pour se calmer, comme le dit si bien Anuba. Ça la rend folle. Mais elle prend sur elle et sourit à Anuba.

— Tu voudrais pas coucher avec lui ?

Akira stupéfaite, cligne plusieurs fois des yeux, complétement immobile, sans voix, choquée par la proposition d'Anuba.

— Tes idées sont vraiment... Je ne trouve pas les mots !

— Nulles. À l'époque ça pouvait marcher, mais plus maintenant. Je ne sais pas quoi faire, je ne trouve pas d'autres idées. Toi qui es de glace à tout ce qui se passe, tu pourrais pas lui donner des conseils ?

Elle le dévisage un moment, abasourdie par sa réflexion.

Il ne mâche pas ses mots. Je comprends pourquoi ils s'entendent si bien avec Youma.

Akira soupire toujours bloquée dans ses pensées.

Coufard ! Même les Sans Dons disent que je n'ai pas d'émotions, alors que c'est tout le contraire. J'en ai trop, beaucoup trop ! Mais contrairement à tous ces idiots, je sais garder mon jardin secret.

— Bon courage.

Anuba la dévisage, il espérait une autre réponse. Mais Akira repart déjà à ses cartons, laissant Nino servir les gens qui commencent à arriver.

Qu'est-ce qui s'est passé ? Qui a-t-il tué ? Sûrement quelqu'un qui le méritait. Et c'est Anuba qui lui a appris à se servir du sexe... Quel crétin !

Il n'a pas l'air au courant pour la marque sur Naro ? Sinon, pourquoi me demander de coucher avec son ami. Pourtant il a dit que le sexe ne pouvait plus marcher... C'est contradictoire. Et puis, de toute façon, ma marque ne repousse pas les humaines, il n'a qu'à se rabattre sur elles.

Akira sent Naro, dès qu'il franchit la porte. Il va s'asseoir à sa table favorite avec l'humain qui l'accompagne. Elle ne lui prête pas attention et part chercher des bouteilles.

Chapitre 12

Anuba

Anuba, qui était resté au bar, part les rejoindre quand il se fige. Il est surpris d'entendre : « Comment ose-t-il encore venir ici ? », « Attends qu'Akira le voit, elle ne va pas le laisser s'installer, c'est impossible ».

Hein ?! Pourquoi Akira voudrait pas qu'il soit là ?

Curieux, il interroge un Soukso à côté de lui :

— Qu'est-ce qui s'est passée hier soir ?
— Naro et Akira se sont battus tous les deux. C'était impressionnant ! Je n'aurais jamais pensé que notre princesse puisse être aussi puissante. Elle l'a fait battre en retraite, dit-il fièrement.

C'est quoi cette histoire ? Pourquoi elle ne m'a rien dit ? Et moi qui viens de lui demander de coucher avec lui...

Anuba fait marche arrière, et se dirige vers Akira qui revient de la réserve.

— Juste du mobilier ? C'est bien ça ?

— Il est évident qu'il ne l'a pas cassé tout seul.
— Comment as-tu-fait pour le stopper ?

Pour toute réponse, il a le droit à un magnifique sourire d'Akira.

Il n'insiste pas et va retrouver son ami à leur table. En revanche, maintenant, il regarde Akira d'un nouvel œil.

Elle a réussi à le contrôler... Tu es aussi maline que lui. Toi aussi c'est une façade.

Nino prend leur commande quelques minutes plus tard, et retourne la préparer.

— Il veut que ce soit toi, qui lui ramène la commande.
— Il s'est excusé, j'espère.
— J'aurais jamais pensé ça d'un homme capable de me tuer, mais oui. Et il avait l'air sincère. Si tu ne m'avais pas prévenu à son sujet, je crois que j'aurais pu me laisser avoir par ses excuses.
— Dangereux ne veux pas dire méchant. Et ses excuses étaient sincères, sinon il n'en aurait pas formulé.
— Comment vas-tu présenter le fait que Naro soit toujours le bienvenu ici ? Ton règlement risque d'être moins crédible.
— Naro va se tuer lui-même ?
— Non, mais...
— Je ne peux pas mettre à la porte un associé, c'est aussi simple que ça. Et ceux qui pensent pouvoir oublier le règlement, je saurai leur rappeler.
— Tu as toujours réponse à tout. Mais laisse-moi t'informer que même si son nom est associé à notre bar, il n'est pas mon associé à moi.
— Évidemment, lui sourit-elle.

Akira prépare les boissons sur un plateau et part vers leur table, sous les regards interrogateurs des clients, qui ne savent pas s'ils doivent s'attendre à un nouveau spectacle. Ils sont déçus de la voir seulement déposer les verres sur la table.

Naro lui fait signe de s'installer sur la chaise entre lui et Anuba, en face de leur invité. Elle accepte de bonne grâce, et il fait les présentations.

— Voici Park, le Sans Dons qui vient d'au-delà de la montagne. Park, je te présente Akira, princesse des Soukso et fondatrice du Trou Noir.

— Contente de vous rencontrer, dit-elle sincèrement heureuse que Naro le lui présente.

Elle regarde Park avec un grand sourire, contente de voir quelqu'un de là-bas. Elle se pose tellement de questions qu'elle ne peut attendre plus longtemps.

— Il y a vraiment un territoire qui s'étend au-delà de la montagne ?

— Oui, maîtresse.

— Maîtresse ?!

— Tous les gens de notre espèce sont des maîtres ou maîtresses pour lui. J'ai réussi à obtenir un seigneur, que je trouve préférable à maître, l'informe Naro.

— Mais pourquoi les appeler ainsi ?

Il a l'air surpris, curieux et en même temps terrifié, par ce qui l'entoure mais il lui explique.

— Chez nous, les gens comme vous sont nos maîtres. Ils donnent les ordres et nous appliquons. Si on désobéit, on est punis. Le fouet reste pour nous, le préférable.

Quelle horreur ! Naro ne m'avait pas dit que c'était un esclave. Comment on peut traiter des gens comme nous de cette façon. Ce n'est pas parce que nous n'avons pas de dons, que nous sommes plus misérables. On est humain, on a des sentiments comme tout le monde. C'est dégueulasse.

— Et le pire ? le questionne-t-elle soudain inquiète.

— On est torturé de pleins de manières différentes. Très souvent, on préférerait la mort, répond-il tout simplement.

— Mais pourquoi êtes-vous sous leurs ordres ?

— Ça a toujours été comme ça. Les maîtres sont puissants, ils nous protègent. On doit être loyal et les servir.

NON, mais c'est pas sérieux ! C'est quoi ces Originels ? Ils pensent qu'on est des ratattames ? Qu'on peut nous forcer à être loyaux et par-dessus le marché, à leur obéir ? Naro veut aller en vadrouille là-bas... Et bah j'espère qu'il va leur botter le cul.

— Ils vous protègent de quoi ?

— Des ennemis.

— Quels ennemis ?

— Y en a beaucoup. Ceux qui nous veulent mort, comme, VOUS ! fait-il en montrant du doigt tout le monde.

— On ne connaissait même pas votre existence. Comment aurions-nous pu être votre ennemi ? fait-elle remarquer. Ils vous terrorisent avec des adversaires imaginaires pour vous contrôler. Ils me dégoûtent !

Park arrête de regarder partout, fixe son attention sur elle et lui sourit en constatant.

— Vous êtes bonne. Pas comme les maîtres de là-bas. Votre cœur est pur, il bat d'amour, pas de haine.

Naro le dévisage surpris. Il n'a jamais réussi à tirer autant de confiance de lui. Akira croise son regard et le soutient avec défi. Il se crispe et détourne les yeux.

— Je pensais que vous étiez un Sans Dons, mais en réalité vous êtes voyant ? interroge-t-elle.

— Je suis po comme vous. J'ai po de puissance animale en moi. Mais depuis tout petit, je vois le cœur des gens. Le vôtre est beau, pur. Le sien, déclare-t-il en montrant Naro, l'est aussi, mais il est prisonnier du passé. Enfermé dans une gangue, il peut po s'exprimer comme il le voudrait, et le monde perçoit que ce qui le recouvre.

— C'est incroyable ! Je ne pense pas que des Sans Dons possèdent des capacités sur notre partie du territoire.

— Je suis l'enfant bâtard, d'un maître et son esclave. Nous sommes nombreux dans mon cas. Nous n'avons aucune puissance qui nous permettrait de ne plus être considéré comme des esclaves, mais quelques-uns, comme moi développe un don.

Ah mince, j'ai cru que peut-être j'avais des capacités super géniales encore inconnues...

Naro le scrute, silencieux et attentif, apprenant de nouvelles choses, que Park ne lui avait pas encore révélé.

— Chez nous, le mélange entre espèce est interdit depuis tellement longtemps que tout ce que l'on sait, c'est ce qu'on nous apprend enfant. « Vivre au côté d'humains nous aide à maintenir notre humanité. Mais nous ne devons pas nous reproduire avec eux, car les enfants seraient difformes ou mort-nés », explique Akira.

— Même entre clans de la même espèce le mélange est interdit, ajoute Naro.

— Pourquoi être venu jusqu'ici si nous étions vos ennemis ? s'interroge Akira.

— J'ai volé de la nourriture pour ma fille malade. Pour me punir, mon maître l'a tué. Je voulais le tuer, je voulais la venger ! Mais comment ? Je suis rien, comme m'a rappelé ma très chère Nita. Elle m'a dit que j'en avais po le pouvoir. Que seul nos ennemis pouvaient y arriver. Alors elle m'a aidé à fuir. Je devais venir vous chercher, et vous demander de l'aide pour exterminer l'assassin de ma fille. Et probablement aussi celui de ma femme maintenant.

— Je suis désolée... C'est tellement horrible ce que l'on vous fait subir là-bas.

Elle ne voit pas comment ils peuvent l'aider, mais par respect elle lui demande :

— Maintenant que vous nous connaissez, que vous avez vu notre façon de vivre, et notre ignorance sur votre peuple, comment voulez-vous qu'on vous aide ?

— Traversez la montagne, vous verrez que je dis vrai ! Restez clandestins, faites-vous passer pour des maîtres de passages pour le marché aux esclaves. Vous passerez devant le repère de mon maître Scardif et vous pourrez le tuer.

— Ce qu'on vous fait subir là-bas est horrible, mais nous demander d'aller jusque là-bas pour vous venger, et risquer de les entrainer à notre poursuite jusque chez nous, ne me paraît pas être une bonne idée.

— Et comment on traverse la montagne ? s'enquiert Naro, ignorant Akira qui le fusille du regard. J'ai appris que par le passé quelques Soukso ont essayé, mais aucun n'est jamais revenu. On a supposé qu'ils avaient péri dans la montagne.

— Ou tué par nos maîtres, complète Park.

— Ce sont des barbares, commente Akira.

Park réfléchit un moment, et commence à raconter comment il a fait pour traverser la montagne.

— Y a po de chemin. C'est très dur de monter, parfois y a qu'une paroi rocheuse, et si vous glissez c'est le vide. J'ai eu beaucoup de chance. Mais le pire, c'est quand on monte plus haut, il arrive un moment où il fait vraiment froid, et pourtant, quand je me suis enfui on était au milieu de la saison chaude. Je m'enfonçais dans la neige, le vent était glacial, et l'air était devenu rare. Si vous vous arrêtez, ou vous endormez, c'est la mort. Je pense que ma fille était près de moi, pour me protéger, car j'ai avancé, encore et encore, jusqu'à ce que je passe l'autre versant. À bout de force, j'ai roulé un moment, amorti par l'épaisseur de la neige. Puis, je me suis remis en marche, et quand j'ai trouvé des arbres, j'ai pris du bois et allumé du feu pour me réchauffer. J'avais trop froid, peu importait de me faire attraper par vous. De toute façon je venais pour vous trouver. Mais personne n'est venu, alors j'ai continué de descendre. C'était aussi dur que de monter, avec des chemins abrupts et parfois aucun chemin. Encore aujourd'hui, j'ai gardé beaucoup de cicatrices de ce voyage sur mon corps. Quand je suis arrivée en bas, j'ai marché en évitant les villages, observant de loin. Quand je suis arrivée dans votre Grande Ville, j'ai essayé de faire comme les autres, ceux qui sont comme moi, que j'avais observé en recherchant leur chef, mais vous m'avez trouvé. C'était le destin.

— Vous avez eu beaucoup de chance, et je vous promets d'essayer de venger la mort de votre fille si on trouve cet homme.

Naro la regarde, comme si elle venait de dire une folie, mais elle l'ignore et continue.

— Je crois que ça fait beaucoup pour vous ce soir. Je vais demander à Nino de vous raccompagner chez vous. Et si vous avez besoin de quoi que ce soit, n'hésitez pas à venir me voir. Vous pouvez revenir ici quand vous voulez, vous êtes le bienvenu.

Park repart avec Nino, rassuré d'être avec un autre Sans Dons. Et Akira retourne derrière le bar, où il manque deux bras.

Chapitre 13

Akira

Naro suit Akira jusqu'au comptoir et lui demande :

— Tu le crois ?
— Oui. Maintenant laisse-moi travailler.
— Pourquoi lui avoir fait cette promesse ?
— Je sais, comme je l'ai dit c'est insensé d'aller les attaquer et risquer les représailles. Cependant tu es décidé, quoi qu'il arrive, à aller explorer ce territoire. Alors autant en profiter pour venger ce pauvre homme.
— On peut y aller furtivement, comme il l'a suggéré et revenir sans que personne là-bas ne sache qu'on est venu. Mais si on tue un homme, ça ne passera pas inaperçu.
— Ce serait injuste. Cet homme nous donne beaucoup d'informations, on lui doit bien ça. Et ce qu'ils font à leurs Sans Dons est si horrible ! J'aimerai faire bien plus pour eux. Mais je vais devoir me contenter de tuer ce Scardiff.

Naro lui sourit, et repart s'asseoir à sa place habituelle.
Mais ce soir, ce n'est pas comme d'habitude. Les jeunes femmes ont vu son corps en action la veille, et celles qui ignorent qui il est le voient comme un homme particulièrement fort et attirant. Et maintenant qu'Akira le laisse rester malgré tout, il est aussi devenu à leurs yeux, influent. Alors elles sont très nombreuses à tenter de

l'approcher, cherchant à le séduire. Mais elles se retrouvent refoulées par Anuba, qui passe la soirée à leur barrer le chemin. Il se rappelle que trop bien des paroles de Naro plus tôt dans l'après-midi, et il a peur qu'il ne tue l'une d'elles si elle ose le toucher.

Mais qu'est-ce qu'il fait ? Pourquoi les empêcher d'approcher et de lui parler ? Et pourquoi sont-elles si nombreuses ? Il ne leur fait pas autant d'effet d'habitude. Il y a autant de Varka que de Soukso dans ce défilé. Ma marque a dû disparaître finalement. À moins qu'il faille qu'elles soient plus près pour la sentir ? Non, elles sont déjà bien assez près... Akira reprends-toi ! Je dois rester calme, il n'est plus à moi et je ne suis plus à lui, c'est comme ça et c'est tout.

Fatiguée de voir Anuba faire son petit numéro, elle décide d'aller le voir. Naro, concentré à éviter le contact avec les autres, ne l'a pas sentie approcher. Ou du moins ses instincts, comme par le passé, ne voient aucune menace en Akira. C'est pour ça qu'une fois à côté d'eux, elle entend Anuba dire à Naro :

— Ce soir je t'ai aidé, mais ça ne peut pas continuer comme ça. Tu ferais mieux d'éviter ce genre d'endroit.

Piqué au vif, elle n'attend pas la réponse de Naro et les prends par surprise.

— Ce genre d'endroit, c'est toujours mieux que VOTRE bar, et je ne parle même pas de ceux que vous fréquentiez avant. Ceux-là ne méritent même pas d'être comparés au mien. Mais tu as raison Anuba, vous devriez aller ailleurs qu'ici pour vos sales petites affaires.

Naro focalise son attention sur elle.

— Et où, devrait-on aller selon toi ?
— Le « cocoun » me paraît pas mal pour vos petites sauteries.

— La seule que j'ai envie de prendre, c'est toi ! Et tu le sais parfaitement. Alors ne me provoque pas trop, tu pourrais le regretter.

Son regard est brûlant de désir, son corps prédateur prêt à sauter. Elle le sent, et réagit instinctivement, prête à le réceptionner et l'accueillir en elle. Il est sérieux et elle préfère ne pas entrer dans son jeu. Elle sait qu'elle peut perdre le contrôle à tout instant. Or, elle ne le veut pas.

— Alors, dis à Anuba d'arrêter son cirque. Comme si tu avais besoin d'être protégé.
— C'est pour elles que je m'inquiète, proteste Anuba.
— On y va ! intervient Naro pour stopper les révélations de son ami.

Naro

Une fois dans la rue, Anuba pose enfin les questions, qui tournent en boucle dans sa tête depuis leur altercation avec Akira.

— Ce que tu as dit tout à l'heure... Tu étais sérieux, ne le nie pas. Il y avait une tension sexuelle entre vous, c'était incroyable ! Même moi je l'ai senti. Depuis quand ? Enfin, j'aurais dû m'en douter vu la façon dont tu la regardes, et ton obsession à y aller tous les soirs. Mais pourquoi tu n'essaies pas, si elle t'intéresse ? Je suis sûr que tu as tes chances ! Enfin, peut être en avais-tu avant de te battre avec elle. D'ailleurs, pourquoi t'être battu avec elle ? C'est pour ça qu'elle a réussi à avoir le dessus sur toi ? Parce qu'elle te plaît ? Tu as dû faire preuve d'un grand contrôle sur ta puissance pour réussir à ne pas la blesser et lui faire croire qu'elle avait le dessus. Très futé ! C'est ça, ton plan séduction ?
— Tu veux des réponses ou faire un monologue ?
— Bien sûr que je veux des réponses. Mais je suis si surpris, que j'ai tout plein de questions qui me passent dans la tête.

Quand je pense que tu étais soupçonné de l'avoir kidnappée. Je croyais que tu essaierais de régler tes comptes avec elle. À la place, tu as été pris par cette odeur bizarre sur toi, et après tu as traversé ta période d'isolement complet... Si j'avais su, je t'aurais envoyé avant à sa poursuite pour te faire sortir de tout ça. Et pour être honnête, j'espérais bien que tu verrais sa beauté quand je t'ai emmené au Trou Noir.

— Tu ne t'es jamais dit qu'elle était à l'origine de tous ces changements ?

— Je pensais que c'était le Trou Noir. Maintenant, ton retour à une vie normale, je commence à me dire que c'est grâce à elle.

Naro soupire.

Jamais Anuba n'a été aussi aveugle. D'habitude, il est plus clairvoyant. Il se rouille au contact de Youma. Il prête moins attention à ses instincts.

— Je crois que ta copine a une mauvaise influence sur toi. Tu te ramollis, tu n'écoutes plus tes instincts et ton cerveau. Je t'ai connu plus perspicace.

Anuba reste sans voix, et réfléchit quelques instants à ces propos. Il reconnaît que Naro a raison. Il s'est refermé sur lui-même et a arrêté d'observer et écouter ce qui l'entourait depuis quelque temps. Contrit, Anuba reprend.

— Je suis désolé Naro. J'ai pas été très utile sur ce coup-là. Je suis largué. Si tu veux bien m'expliquer, je promets de me reprendre.

— Ne t'inquiète pas, l'amour nous fait faire à tous des folies. Il faut apprendre à vivre au quotidien, l'esprit en permanence captivé par l'autre sans pour autant se renfermer sur nous-même. On doit rester alerte, et ouvert sur le monde extérieur.

— Tu as raison.

— Il va nous falloir un bon verre à la maison et qu'on reprenne à zéro. Mais ne me pose plus aucune question, sinon je risque de changer d'avis.

Le reste du chemin se fait calmement.

Arrivé chez eux, Naro sert deux verres de coupo et reste debout derrière le comptoir tandis qu'Anuba s'assoit de l'autre côté. Il attend, patiemment, que Naro prenne enfin la parole.

— C'est moi qui l'ai kidnappé il y a six lunes. Je ne savais pas qui elle était à ce moment-là, mais je voulais le découvrir, la connaître. Étant une Soukso, et ne se laissant pas faire, j'ai agi sans réfléchir. Dès que je suis sortie de ma rage de sang et que je l'ai vu, j'ai ressenti des choses inconnues. Elle m'intriguait. Je me sentais irrémédiablement attiré par elle, sans comprendre pourquoi. Je suis très vite tombé amoureux d'elle. Parfois, je me demande même si je ne me suis pas lié à elle, dès l'instant où je l'ai affrontée... Bref, on a passé beaucoup de temps ensemble. Je ne l'ai pas maltraitée, on a profité tous les deux de ces moments volés. On a laissé les interdits de côté... Je ne vais pas te faire de dessins, je pense que tu comprends ce que je veux dire. Mais en faisant ça, on s'est marqués l'un l'autre. C'est instinctif, on ne le contrôle pas. Je suis fou d'elle ! Seulement... j'ai été con. Elle a fini par m'apprendre qu'elle me connaissait depuis l'enfance. Elle était tombée amoureuse du petit garçon que j'étais. Mais elle a dû s'éloigner à cause du baiseur que je devenais. Et moi, je lui en ai voulu et je l'ai laissé seule, alors qu'elle avait besoin de moi. J'ai mis quelques jours à réagir, mais quand j'ai récupéré mes esprits, il était trop tard, je l'avais perdue. Et c'est là que je me suis transformé en loque. Quand je l'ai revue, j'ai compris que même si elle ne voulait plus de moi, je devais être là pour la protéger. Ça me tue de la voir, et de ne pas pouvoir la toucher. Je la sens si près et en même temps si loin de moi. Mon corps, mon cœur, tout brûle d'une envie inassouvie. Pourtant, même si ça fait mal, je suis prêt à tout endurer tant qu'elle va bien et que je peux être là pour elle. Le problème c'est que, ce feu en moi, est plus dur à contrôler que ma rage de sang.

Naro boit un autre verre, et reste silencieux à en contempler le fond. Après un petit moment, Anuba brise le silence.

— Tu es vraiment mordu mon vieux ! Mais c'est quoi cette histoire de marque ?

— C'est un truc propre à notre espèce, qui nous permet de marquer notre territoire. Elle marque l'union de nos corps, et de nos âmes. C'est quelque chose de sacré pour notre peuple et c'est devenu rare. Pour faire clair, quand on est marqué, il y a comme un message qui flotte autour de nous. Un avertissement laissé par notre partenaire. Il signale que l'on appartient déjà à quelqu'un. Si malgré ça on nous touche, la personne impliquée risque le courroux de notre moitié. À travers la marque, les Originels ressentent la puissance de notre âme sœur. Ainsi, ils savent à quels dangers ils s'exposent en franchissant les limites, car ce n'est pas une menace en l'air. Comme tout animal, on déteste que l'on empiète sur notre territoire. À part avec un don comme le mien, c'est le seul moyen de percevoir la puissance d'un autre. Quand elle m'a marqué, le message était clair : « Si tu le touches, c'est la mort qui t'attend ». Et contrairement à ce que tu penses, elle est puissante. Je n'ai pas besoin de me contrôler pour ne pas la blesser. Je dois juste faire attention de ne pas viser son beau visage.

— Je comprends mieux.

— Tu as mis tes neurones en route, c'est bon ? rigole Naro pour décoincer un peu l'ambiance.

Cependant, Anuba reste sérieux, plongé dans ses réflexions.

— C'est ce qui s'est passé quand tu es rentré cet après-midi. Quelqu'un a voulu te la prendre ?

— Non. Je suis tombé sur une bande à Morvos, ils essayaient d'emmener de force deux jeunes filles. Je suis intervenu, mais j'avais aussi ce feu en moi que je ne pouvais pas contenter. Je pensais que me battre m'aiderait à l'apaiser. En fin de compte, je n'ai fait qu'empirer ma rage de sang et je les ai tués sans même pouvoir me défouler un peu. C'était trop facile, rapide. Je pourrais faire un carnage, que ma soif de sang resterait intarissable quand le feu brûle en moi. C'est comme s'il me demandait toujours plus de sang, pour compenser ce qu'il ne peut avoir.

— Et qu'est-ce qu'il veut ce feu ?

— Il la veut, elle, rien qu'elle. Je veux la posséder à nouveau, et pas que sexuellement. Je veux qu'elle soit mienne, qu'elle soit ma partenaire. Ça me dévore, tu ne peux pas imaginer à quel point. Son insinuation tout à l'heure, tu n'as pas idée des efforts que j'ai dû déployer pour ne pas lui sauter dessus. Et tout ça ne fait qu'attiser encore plus ce qui me dévore de l'intérieur. Comme le fait de la voir parler à ces hommes, accepter leurs avances au lieu de les repousser. Je vais faire des dégâts, c'est sûr. C'est un brasier puissant. La seule fois où j'ai réussi à l'apaiser c'est quand on s'est battus la nuit dernière. Pouvoir la toucher, la laisser me frapper, encaisser sa puissance, la sentir chercher le contact avec moi, c'était une délivrance. Jusqu'à ce que je voie le sang sur sa lèvre. L'instinct de l'animal qui venait juste de s'endormir en moi, s'est directement réveillé, voulant la goûter et la secourir.

— D'ailleurs, pourquoi vous vous êtes battus ?

— Parce qu'elle veut faire partie de mon expédition ! Bien sûr, j'ai refusé. Elle m'a aussitôt menacé et défié de la laisser là. Et ça s'est terminé en bagarre.

Après un court instant de réflexions, Anuba s'exclame.

— Je crois que j'ai une idée ! Je sais comment on va maîtriser ton feu intérieur.

Anuba lance un sourire, à son ami, qui s'étend jusqu'à ses oreilles. Il est fier de son idée et de pouvoir à nouveau l'aider.

— Explique ! s'impatiente Naro.

— Et bien, elle veut t'accompagner et on sait tous les deux qu'elle ne laissera pas tomber. D'ailleurs je trouve que c'est une bonne idée.

— Comment ça une bonne idée !? Elle pourrait mourir, c'est dangereux.

— Tu pourrais surtout la récupérer ! Avec le temps que vous passerez ensemble, tu parviendras peut-être à t'expliquer et te faire pardonner. Qui sait... Elle pourrait peut-être juste retomber sous ton charme. Loin de tout le monde, elle retrouverait le vrai Naro, celui que tu t'évertues à dissimuler au monde entier. Celui dont elle est tombée amoureuse enfant.

Naro prend la mesure de ce qu'il vient d'entendre, et réalise que ce plan est vraiment bon. Il va devoir rester patient, mais maintenant qu'il a un objectif clair, ce sera plus facile.

Je vais la reconquérir durant le voyage.

Rien que d'y penser, il est heureux.

— J'admets que ton idée me plaît. Par contre, elle ne va pas m'aider à contrôler mon feu en attendant le départ.

— Tu ne m'as pas laissé finir !

— Et bah vas-y, qu'est-ce que tu attends ?

— Donc comme je disais, comme elle veut venir, fais-lui croire que tu n'acceptes qu'à une seule condition.

— Laquelle ?

— Que tu t'occupes de son entraînement, afin qu'elle soit prête pour l'expédition.

— Tu es brillant ce soir mon ami. Il était temps de remettre tout ça en route ! dit Naro, en tapant d'un petit coup sur la tête d'Anuba. Puis il ajoute, ravi : elle ne refusera pas, elle aime se perfectionner.

Naro ne dort pas de la nuit, trop pressé d'aller faire part de son plan à Akira. Si elle accepte, il pourra passer plus de temps avec elle, profiter de son contact, son odeur...

Chapitre 14

Akira

Naro toque à la porte de la choza. Il attend et réalise qu'il est relativement tôt et que ça ne doit pas faire longtemps qu'Akira est couchée. Il frappe à nouveau sur le battant, mais n'a pas à attendre car Akira venait d'arriver. Elle lui ouvre, encore bien endormie, mais reprend très vite ses esprits en le voyant, sortant du brouillard du sommeil.

— Que fais-tu ici ?
— J'ai un marché à te proposer.
— Ça ne m'intéresse pas.
— Tu ne sais même pas de quoi il s'agit.
— Tu n'as rien à m'offrir.

C'est plus compliqué que ce qu'il avait imaginé. Il bloque la porte de son pied, quand Akira la referme sur lui.

— C'est au sujet de l'expédition.

Intéressée, elle rouvre, et patiente le temps qu'il prenne la parole. Elle se tient prête à la lui reclaquer au nez si sa proposition ne lui plait pas.

— J'accepte que tu nous accompagnes, mais à une seule condition.

Elle le coupe vivement.

— Il n'y a aucune condition ! Comme je te l'ai dit, tu n'as pas le choix.

Il commence à s'énerver, et rétorque en se campant devant elle.

— Arrête de faire l'enfant ! Tu sais très bien pourquoi je ne veux pas que tu nous accompagnes ! Cependant, je suis prêt à faire une concession en échange d'une faveur, qui ne te sera nullement préjudiciable. Tu veux te faire passer pour la féroce et impassible Akira, celle qui n'a besoin de personne, à qui rien ne fait peur. Seulement je te connais, et tu es vraiment idiote de jouer à ça avec moi.

— La belle affaire, je suis vaniteuse en plus de capricieuse, maintenant. Et toi, orgueilleux et têtu. On aurait formé une drôle d'union tous les deux. Heureusement, ça n'a pas fonctionné.

La pique est facile. Elle sait que ça le blesse comme ça la meurtri, elle aussi. Mais elle refuse d'admettre qu'il a raison. Agacé, il l'attrape par les bras, la serrant suffisamment fort pour l'empêcher de fuir. Du moins, sans se faire mal.

Elle sent la convoitise qui irradie de lui et combien il veut la posséder, surtout en cet instant. Et son propre désir, qu'elle s'éreinte à contenir sous son enveloppe corporelle, l'asphyxie.

Naro ferme les yeux, et serre un peu plus fort en se crispant. Il pourrait la briser, la posséder aussi, mais il n'en fait rien. Quand il rouvre les paupières pour lui parler calmement, elle décide de l'écouter en silence, consciente de l'effort qu'il fait.

— Je sais que tu es puissante. Tu as appris à te battre et tu as beaucoup de talent. Mais on ne sait pas ce qu'on va rencontrer en chemin. J'aimerai pouvoir te préserver, te garder hors du danger, mais je sais que c'est impossible. Alors je mets mon instinct de mâle protecteur de côté, et tu devrais au moins avoir la gentillesse de le reconnaître et accepter mon aide. Je veux que tu viennes au loft tous les jours en fin de matinée pour que je t'entraîne. Si je te sais prête, il sera plus facile pour moi de rester concentré sur la mission. Te coacher et t'apprendre tout ce que je sais est un moyen pour moi d'être sûr que tu as toutes les cartes en main pour assurer toi-même ta sécurité. Et de ton côté, tu devrais prendre ça comme une chance de devenir encore meilleure. Surtout si tu veux me battre un jour !

Sa moquerie l'atteint bien trop facilement. Elle a envie de lui rétorquer qu'elle n'a pas besoin de ça pour le vaincre. Sauf qu'il ne lui en laisse pas le temps, et reprend son sérieux.

— Je ne t'oblige à rien. À toi de prendre la décision. Tu as les informations. Je t'attendrai demain matin, et j'espère que tu viendras.

Sur ses mots, il la lâche et part sans un regard en arrière.

Elle passe la journée à réfléchir, et ne va pas travailler. Elle ne sait pas quoi faire. D'un côté elle veut y aller pour se perfectionner. Elle sait que ses entraînements solitaires et ses leçons avec Poutchi n'utilisent même pas la moitié de ses capacités. Elle est consciente que Naro pourrait la rendre bien plus redoutable. D'un autre côté, elle veut aussi y aller pour le voir, le sentir près d'elle. Et cette envie est beaucoup trop dangereuse. Elle risque encore de se brûler les ailes, et ça elle ne le veut plus. Elle est fatiguée de souffrir.

Au petit matin, elle se trouve devant l'immeuble de Naro.

Qu'est-ce que je fais là ? J'avais pourtant pris la décision de ne pas venir... Pourquoi mes pas me conduisent quand même ici ?

Elle reste cinq minutes à observer la devanture du bâtiment. Anuba est à l'intérieur. Il s'agite dans tous les sens pour servir les Sans Dons et Varkies matinaux, qui passent par là avant d'aller travailler.

Dans peu de temps, on va devoir partir ensemble pour plusieurs lunes. Ce sera probablement plus dur que de résister à une matinée en sa présence. Ça pourrait même m'aider à me canaliser ! Je dois apprendre... apprendre à utiliser toutes mes capacités, et devenir plus résistante à mes envies à son égard. Oui, ces matinées seront de bons entraînements pour ce qui nous attends.

Naro l'attend au fond du bar, devant la porte qui mène au loft. Il l'aperçoit dehors, pourtant il attend patiemment qu'elle prenne sa décision. Quand finalement il la voit avancer, ses lèvres s'étirent spontanément et il l'accueille avec joie quand elle entre.

— Je suis content que tu sois venue.
— Ne me le fais pas regretter.

Ils descendent et arrivent devant le loft. Il lui cède la place pour qu'elle passe devant.

— Le code c'est 4365.
— Pourquoi tu me le donnes ?
— Parce que tu n'es pas n'importe qui.

Il ne veut pas la brusquer et lui faire peur en parlant d'elle comme sa moitié. Mais il veut quand même lui faire comprendre qu'il lui fait confiance, qu'il lui pardonne le passé, et qu'elle peut venir ici quand elle veut.
Elle fait tourner la molette, réalise le code, et ils entrent.

— Tu as changé ton matériel ?

— L'ancien commençait à s'abîmer, et puis il manquait quelques trucs, se dépêche-t-il de trouver comme excuse.

Elle n'est pas dupe, mais ne fait pas de commentaire. Elle prend place au centre du tatami. Elle est tendue. Elle a peur qu'il la touche, elle ne parvient pas à lui faire confiance.

Il sait qu'il va devoir être patient, au risque qu'elle se braque et ne donne pas le meilleur d'elle-même, ne s'ouvrant pas à de nouvelles méthodes.

— Je te propose un échauffement pour commencer.

— Tu sais que dans le monde réel, on n'a pas le temps de s'échauffer avant de se battre ?!

— Peut-être, mais là c'est un entraînement, et on va s'échauffer.

Il lui montre une série d'exercices, qu'ils font ensuite chacun de leur côté.

— C'est bon je suis échauffée. Viens essayer de me battre.

Elle est sûre d'elle, campée sur ses pieds, prête à recevoir les coups. Elle veut livrer combat, et il accepte. Il doit faire attention, elle n'est pas aussi rapide qu'à son habitude, ses réflexes sont plus lents et son esprit est ailleurs. C'est un entraînement dans le vide, du moins pour ce qui est de l'apprentissage. Pour ce qui est du feu en lui, ça l'apaise de pouvoir l'affronter, la toucher... Quand ils arrêtent après deux heures de lutte cordiale, elle est plus épuisée moralement que physiquement.

Comme l'entraînement est fini, elle se dirige vers la porte, mais il l'interrompt sur le seuil.

— Demain, j'espère que ta tête sera là et pas ailleurs. Car dans un combat, si on est absent, on meurt !

Elle ne se retourne pas, regarde l'escalier extérieur devant elle et serre la poignée de la porte. Elle voudrait l'envoyer promener mais elle se retient et part en claquant la porte derrière elle. Sa bête est loin d'être satisfaite, bien au contraire. Ce petit combat l'a nargué, aiguisant son appétit, son désir de le posséder, de prouver que c'est elle sa moitié. Elle veut lui faire perdre tout contrôle et devenir son tout.

Contrairement à Naro qui se sent bien, calme, content de ce moment partagé avec sa moitié, juste tous les deux. Elle est folle de rage et rentre chez elle pour se changer et se laver. Un incendie la consume, elle voudrait hurler et lâcher prise mais elle ne peut pas. Elle tourne le robinet d'eau froide, et se glisse sous le jet glacé.

J'ai eu tellement peur de perdre le contrôle que j'en ai étouffé tous mes instincts. Je me suis battue comme un pantin, et même le plus nul des Sans Dons aurait pu me mettre au tapis. Il a raison... je dois être entièrement moi lorsqu'on s'entraîne, sinon tout ça n'a aucun intérêt. Mais comment faire ? Si je laisse mes instincts parler, le combat sera meilleur, SI, il y a combat. Car je n'ai pas envie de me battre ! Si j'écoute mon corps, tout ce qui se trouve en moi, c'est autre chose que je veux. Tout à l'heure, même si j'ai tout mis en muselière ça n'a pas suffi. J'ai senti mon cœur qui s'accélérait, et pas à cause de l'effort. Et mon entre-jambe, elle palpitait, s'humidifiait et attendait qu'une chose : être touché par Naro. Et ça ! Je ne peux pas le laisser se produire. Je sais que nos bêtes se sont trouvées, qu'elles ont reconnu dans l'autre la moitié qui leur correspondait, la seule capable d'être à la hauteur de qui nous sommes vraiment. Pourtant, le cerveau de Naro ne pense pas comme sa bête, il ne m'aime pas. Ce que j'ai fait par le passé, il m'en voudra toute sa vie, il ne pardonnera jamais. Aujourd'hui, il se retrouve victime de l'attraction physique, du désir qu'ont nos bêtes l'une pour l'autre. Il le ressent tout comme moi, seulement lui n'a pas de sentiment pour moi. Et je refuse d'être comme un objet qui ne sert qu'à satisfaire ses besoins, pour apaiser ce qui le dévore de l'intérieur. Ça ne me suffit pas. Je n'y survivrai pas. Ce serait trop dur d'endurer ses caresses tout en sachant qu'il me méprise. Je veux être aimée par tout son être, aussi bien son âme intérieure que son esprit.

Elle sort à l'extérieur, un peu plus calme, et retrouve Orou qu'elle commence à panser. Elle se confie à son ami à quatre pattes.

« Ça avait l'air plus facile pour lui que pour moi tout à l'heure. J'ai dû lutter contre moi-même et en ai oublié de me concentrer sur le combat. Tu aurais vu le désastre. Tu ne serais pas fier de moi. Comment a-t-il fait ? Tu penses que je me trompe, et qu'il n'y a que moi qui ressens ce feu intérieur quand il me touche ? Alors pourquoi me dire l'autre nuit que c'est moi qu'il veut posséder ? Et puis, je l'ai bien senti son désir quand il est venu hier matin ici. Si mon corps avait été contre le sien je suis sûr que j'aurai senti son sexe gonflé et dur. Comment je vais faire Orou ? »

Akira aimerait se sentir désirée, comme l'autre matin. Elle aimerait savoir qu'elle lui appartient grâce à des petits gestes possessif et doux. Elle veut sentir la chaleur de son corps contre le sien, sentir son regard la parcourir avec envie. Elle veut se sentir importante à ses yeux, elle veut voir autre chose que du désir dans ses yeux, elle veut se sentir aimée. Mais elle sait tout ça impossible. Alors elle doit apprendre à se détacher de lui, et se servir de l'entraînement pour s'apaiser. Elle doit y arriver, pour se prouver qu'elle est parfaitement maîtresse d'elle-même, et qu'elle a raison de vouloir l'accompagner. Elle ne peut pas être faible.

Elle passe l'heure suivante à faire des exercices de relaxation pour remettre toutes ses émotions sous cloche.

Chapitre 15

Akira

Un messager se présente devant la hutte d'Akira, pour l'informer qu'une réunion d'urgence avec le conseil aura lieu aussitôt après le repas. On sollicite sa présence en tant que spécialiste de la Grande Ville. Akira se rend comme convenu à la réunion que tient son père.

Il y a beaucoup de monde à l'intérieur de la Baracca. Les pans de bois sont ouverts sur l'extérieur, et dévoilent des villageois qui se massent également en dehors. Tous veulent être au courant de ce qui se passe, ce n'est pas souvent que le conseil est sollicité en audience publique. Elle jette un coup d'œil circulaire et aperçoit Morvos, nerveux, qui attend près du siège du roi. Ce qui veut dire que cette réunion a lieu suite à sa demande.

Qu'est-ce qu'il mijote encore ?

Zaïnof arrive et s'installe. La foule fait silence prête à écouter.

— Morvos a fait demander cette assemblée d'urgence, car selon lui, aujourd'hui, je dois prendre une décision. Il veut que tous ici, vous soyez informés de ce qui se passe et de ce qu'il me demande. Je t'en prie Morvos, explique-nous la situation et pourquoi tu as besoin de moi.

— Grand chef Zaïnof, vous devez faire quelque chose contre Naro.

— Que sous entendez-vous ? Que voulez-vous que je fasse ?

— Vous devriez le faire tuer.

Le feu qui mouronne en Akira s'allume de rage dès qu'elle entend Morvos demander la mort de sa moitié.

— La vie d'un homme est précieuse, même s'il ne fait pas partie de notre clan. Ce genre de décision ne peut pas être prise à la hâte, sans compter les possibles conséquences d'un ordre d'exécution. Dites-moi plutôt ce que vous avez encore fait pour vous octroyer ses foudres ?

Zaïnof parvient à rester calme malgré son dégoût. Il déteste que quelqu'un réclame une vie sans raison.

— Je n'ai rien fait grand chef, je vous le jure.

— Qu'a-t-il fait alors, pour que vous demandiez sa mort ?

— Il s'en est pris à trois des nôtres. Il ne les a pas juste blessés. Il les a sauvagement tués.

— Vraiment ? Quand ? demande Zaïnof, surpris que personne n'ait cru bon de lui communiquer cet élément avant Morvos et cette réunion.

La surprise s'entend également dans la foule de villageois, qui reste sous le choc des révélations de Morvos.

— Il y a trois jours, dans une rue de la grande ville.

— Il y a trois jours ! Et j'en entends parler que maintenant ?! Qui était-ce ? Pourquoi est-ce vous qui réclamez justice et non leur famille ?

— C'était Béta, Monndi et Jasper. Ils étaient mes amis, et n'avaient plus de famille.

Akira se rappelle qu'Anuba lui a dit que Naro était rentré couvert de sang et avait tué.

— Pourquoi les a-t-il tués ? se renseigne-t-elle.
— Il a assassiné des hommes de notre clan ! C'est tout ce qui importe, rétorque Morvos en implorant avec un visage triste le grand chef.
— Ces hommes étaient bien connus pour rester dans ton sillage. Ils aimaient, eux aussi, créer des problèmes. Pour rendre justice, il nous faut avant tout savoir pourquoi ils sont morts, reprend Akira.
— Mon roi, vous ne pouvez pas laisser ça impuni, affirme-t-il en ignorant les remarques d'Akira.
— Ma fille à raison Morvos. Tu te hâtes de l'accuser, mais est-il réellement le coupable ? Et dans ce cas, qu'ont-ils fait pour mériter cette sentence ? Car j'ai constaté lors de ma dernière rencontre avec Naro qu'il ne tuait pas pour le plaisir. Derrière chaque mort il y a une raison. Ce n'est peut-être pas lui, et tu te trompes de responsable.

Les gens du village qui s'étaient rassemblés en masse autour et dans la Baracca, écoutent attentivement et chuchotent entre eux.

— Ce n'est pas la première fois qu'il massacre sans raison. Il est fou ! Et tout le monde le sait. C'est pour ça que personne n'ose l'approcher. Nous ne pouvons pas le laisser agir impunément. Et puis les Varkies nous remercieront, si c'est ce qui vous fait peur ?
— Tu n'en fais pas un peu trop ? demande Akira moqueuse. Pourquoi as-tu si peur de lui ?

Elle l'a piqué au vif, et il proteste rouge de colère.

— Je n'ai pas peur de lui ! Mais il ne nous apportera que des problèmes. Je l'ai toujours dit, mais personne ne veut m'écouter. Il se tourne vers Zaïnof, avant d'ajouter : peut-être changerez-vous d'avis quand vous saurez, qu'avant de tuer mes amis, il s'en est pris à votre fille.

La foule pousse de grand « Oh » surpris et choqués ! Il continue, ragaillardi.

— Parfaitement, il s'est battu avec elle. Heureusement, il y avait des témoins, il était obligé de s'arrêter. Sinon, nous aurions perdu notre princesse. Et comme il n'a pas réussi à aller au bout de ses envies de meurtre, il s'en est pris à mes amis.

En l'espace de quelques petites secondes, Akira franchit l'espace qui la sépare de Morvos, et le tient au-dessus du sol par le cou. S'en est trop, elle l'avait prévenu de rester en dehors de son chemin. Le feu en elle veut sa mort. Et alors qu'elle perd le contrôle, prête à lui briser la nuque d'une main, son père la ramène parmi eux de sa voix puissante.

— Calme-toi, Akira.

Elle ne relâche pas sa prise pour autant, et toise Morvos, furieuse, tout en continuant d'écouter son père.

— J'ignore pourquoi il affirme tout ça, mais nous devons essayer de savoir la vérité. Nous allons convoquer Naro pour un interrogatoire. Je suis sûr qu'il sera d'accord.

Akira étudie son père. Il sait que Naro est son partenaire. Ils sont marqués, il ne lui ferait jamais de mal, en tout cas physiquement. Comment peut-il croire que c'est ce qu'il a voulu faire il y a trois jours, alors qu'il ignore tout de leur querelle ? Il pense toujours qu'ils se tiennent à distance comme il le lui a intimé. Car, comme le reste du clan, il croit réellement qu'elle a été affaiblie par une mauvaise fièvre. Elle ne comprend pas son père et décide de parler bien fort pour que tous entendent, tout en s'adressant à Morvos.

— Où sont tes témoins qui l'ont vu s'attaquer à tes hommes ? Car ceux qui t'ont dit qu'il avait cherché à me tuer t'ont très mal informé. Nous nous sommes battus c'est vrai, mais certainement pas dans un combat à mort, comme tu l'insinues. Et je suis sûre qu'il y a ici des personnes qui peuvent en témoigner, et t'apprendre aussi, que le lendemain nous étions assis à la même table à discuter. Il s'agissait uniquement d'un duel, car je l'avais défié et par respect pour mon amour-propre il l'a honoré. Il n'a donc jamais été finir quoique ce soit sur tes hommes. S'il les a tués, c'est qu'il y avait une bonne raison... Si quelqu'un sait quelque chose qu'il parle !

Akira n'attend pas longtemps avant qu'une jeune fille s'avance timidement.

— Tu as vu quelque chose ?! lui demande Akira, plus féroce qu'elle ne l'aurait voulu.

La jeune fille se ratatine sur elle-même, et consulte Morvos. Morvos lui sourit, l'air de dire « vas-y dit leur ». Pourtant, il est toujours suspendu au-dessus du sol, par la main d'Akira autour de son cou. La jeune fille doit sentir qu'Akira s'impatiente, alors timidement elle déclare :

— C'est bien Naro, qui les a tués. Moi et Trish, on a tout vu. Il était comme fou. Il les a tués sans leur laisser la moindre chance. Il savait parfaitement ce qu'il faisait, ses gestes étaient précis et rapides. Ils n'ont même pas eu le temps de riposter. Il a arraché leur carotide à main nue et le sang giclait partout. J'ai cru qu'il nous tuerait nous aussi. Morvos à raison, il est dangereux.
— Pourtant il ne vous a rien fait ! Il vous a juste effrayées, lui fait remarquer Akira.

La jeune fille ne peut qu'acquiescer. Morvos, qui pensait avoir une arme contre Naro, se rend compte qu'elle lui échappe, les choses ne tournent pas comme il l'avait espéré. Il commence à se débattre, voulant fuir, mais Akira raffermi sa prise, lui coupant le souffle et ne laissant que le minimum d'air passer, sans montrer aucun signe de fatigue. Tout le monde la regarde surpris, lui découvrant une force qu'ils avaient jusque-là ignorée. Ils commencent à peine à prendre la mesure de ce que cela signifie, qu'Akira enchaîne en demandant à la jeune fille :

— Si vous avez aussi bien vu, vous devez savoir pourquoi il a agi ainsi ? Attendez ! Je reformule... Que faisaient ces hommes, juste avant qu'il les tue ?

La jeune fille hésite, elle ne regarde plus Morvos mais Akira et Zaïnof. Elle explique, blanche comme un linge.

— Ils essayaient de nous emmener de force avec eux. Ils nous tripotaient et nous disaient qu'on n'avait pas le choix.
— Donc, en les tuant, il vous a sauvées de ces voyous qui vous auraient fait on ne sait quoi ?

Elle acquiesce.
Akira s'adresse alors à Morvos.

— Je ne sais pas ce que vous avez toi et tes copains, mais va falloir se calmer. On ne prend pas ce qui ne nous appartient pas. Et surtout, on ne force jamais personne à faire ce qu'il ne veut pas faire. Tu es venu il y a quelques jours à ma rencontre, pour me faire la même chose que ce que tes amis ont voulu faire à ses filles. Tu n'as pas eu de chance, tu es tombé sur plus forte que toi. Malgré tout, je t'ai épargné. Eux n'ont pas eu la même veine car ils ont croisé le chemin de Naro. Il a été moins clément lorsqu'il a aidé ces deux jeunes filles. Et aujourd'hui tu viens cracher tes accusations, comme si vous ne faisiez rien de mal, que Naro avait été injuste et méchant avec vous !? Tu me fais vraiment pitié. Je t'avais prévenu, la prochaine fois que tu te mettrais en travers de mon chemin je te tuerai. Mais je vais être clémente, une fois de plus. Tu es banni de notre clan. Ne reviens jamais. Si tu t'avises, toi ou qui que ce soit qui soit lié à toi, de faire du mal à l'un d'entre nous, je te tuerai. Tu n'auras pas de nouvelle chance.

Elle le lâche et il s'écroule sur le sol, reprenant son souffle.

— Pars maintenant, et ne revient jamais devant moi, articule Akira avant qu'il détale à toute jambe, puis elle reprend. Si quelqu'un n'est pas d'accord avec ma décision qu'il parle.

Pour toute réponse, elle a une salve d'applaudissements.

Seul le chef peut prendre des décisions, pourtant elle l'a fait sans réfléchir, sans se rendre compte des conséquences. Et le peuple approuve non seulement sa décision, il l'approuve elle aussi.

Une fois dans l'antre de son père, à l'abri des oreilles, il commence à la féliciter.

— Tu as géré cette crise d'une main de maître, je suis fier de toi. Mais le conseil voudra sûrement une explication. Tu as quand même dit ouvertement que vous étiez à la même table. Je sais que vous êtes unis, et je ne dis rien. Mais vous ne pourrez jamais rendre ça publique et tu le sais. Surtout que tu dois devenir leur reine.

— Je leur dirai tout simplement que Naro fait partie des gens avec qui je dois travailler lors de mes échanges avec les Sans Dons à la Grande Ville.

— Ça pourrait être une explication.

Akira lève les épaules et regarde vers la porte. Signe qu'elle veut partir. Mais son père n'a pas fini.

— Tu sais qu'avec ce qui vient de se passer le peuple va demander d'ici peu mon remplacement.

— Ne dis pas n'importe quoi.

— Tu t'es enfin révélée sous ton vrai jour. Et ils ont apprécié ce qu'ils ont vu. Une femme très puissante, qui pouvait tuer

Morvos d'un seul geste, ou être clémente. Ils ont vu une femme écouter, réfléchir et décider. Tu leur as montré un chef capable de lutter contre les ennemis, mais aussi prendre soin de son peuple. Tu seras parfaite.

— Je ne veux pas être chef.

— Je sais, mais tu n'auras pas le choix.

— On va voir ça. Surtout quand j'aurai fait mon annonce au conseil.

— De quoi tu parles ?!

— Je vais demander au conseil de se rassembler d'ici quelques jours. J'ai une annonce à vous faire. Et non, je ne t'en dirai pas plus. Tu le sauras en même temps que tout le monde.

— Tu nous quittes, pour vivre ton union avec Naro ?! C'est pour ça que vous vous êtes battus ? Il ne supporte plus que vous ne soyez pas ensemble ?

Akira sourit à son insinuation qui n'est peut-être pas si fausse que ça. Oui, elle va partir avec lui, mais pour une autre raison. Comme le moment n'est pas venu d'en parler, elle le rassure, lui promettant qu'elle ne quitterait pas le clan. Puis elle l'embrasse sur le front et part.

— Tu dois être prudente, si la vérité se sait, je ne pourrais peut-être pas vous protéger. Je ne veux pas que tu finisses comme sa mère.

— Je ferai en sorte que ce qui lui est arrivé ne se reproduise jamais.

Elle sort de la Baracca encore plus calme que quand elle y est entrée. Et elle savoure cette tranquillité intérieure.

C'est incroyable. C'était un véritable brasier qui s'était allumé en moi, et là c'est comme si de rien était. Je suis calme, détendue, et même ma frustration de ne pas avoir Naro est apaisée. Ce qui vient de se passer m'a fait un bien fou. Bien plus que cette maudite douche froide. J'en reviens pas… Je viens de protéger

Naro. L'homme que j'aime. Dévoilant un peu de ma nature sans même m'en rendre compte. Ça m'a rendu si heureuse. Quand je pense que j'ai passé mon enfance à m'interdire d'intervenir pour le défendre. Pour la première fois, aujourd'hui, j'ai fait ce que je voulais vraiment. Je me sens sur un petit nuage, c'est tellement plaisant.

Chapitre 16

Akira

La soirée se passe comme à son habitude. Naro dans un coin discute avec ses amis jusqu'à tard et fait fuir, d'un coup d'œil noir, les hommes qui approchent Akira.

Akira sert les clients, et tend l'oreille sur les conversations qui animent la nuit. Elle n'entend aucun écho au sujet de ce qui s'est passé au conseil. Ce qui la rassure un peu.

En rentrant chez elle, elle rumine sa conversation avec son père et espère qu'il a tort. Elle ne veut pas être chef tout de suite. Et pour assurer ses arrières, elle doit se dépêcher d'annoncer au conseil son voyage. Le problème, c'est qu'elle ne sait pas encore comment le dire. Elle se promet d'y réfléchir dans les prochains jours. Pour l'instant, elle est épuisée. La journée a été chargée et riche en émotions. Et quand elle pense à son entraînement avec Naro, dans quelques heures, elle est pressée d'aller se reposer.

Au réveil, elle est toute disposée à sa nouvelle séance de pratique quotidienne. Quand elle arrive au loft, elle n'a aucune tension, aucun besoin impérieux à assouvir. Elle a toute confiance en elle-même et ses capacités à se contrôler. Elle frappe, et suite à la réponse de Naro, compose le code sur la porte.

Naro l'attend sur le tatami, il s'échauffe.

— Tu es prête ?

Elle acquiesce, et commence les exercices de la veille. Une fois terminés, il lui fait répéter une suite d'enchaînements de mouvements. Elle doit recommencer jusqu'à la réussir sans effort, après quoi, ils se battent tous les deux. Ayant acquis les gestes que Naro lui a enseignés, son corps répond instinctivement aux attaques de Naro.

L'entraînement est fatiguant pour tous les deux. Elle prend de sérieux coups, mais lui en assène des pas mal non plus. Ils tombent de fatigue, chacun de leur côté, et elle réalise qu'il a raison depuis le début. Elle se félicite intérieurement d'avoir accepté de venir. Une fois son souffle retrouvé, elle se relève et va prendre de l'eau dans le petit frigo.

Naro finit par se redresser sur le tatami, il l'observe.

— C'était un bon entraînement. Je suis content que tu aies accepté.

Elle préfère ne pas lui répondre. Elle prend sa bouteille, sort sans lui prêter attention et laisse la porte se refermer derrière elle. Il n'a aucune occasion de voir le sourire qui s'est dessiné sur ses lèvres.

Naro

Naro part pour Varice, ça ne l'enchante pas mais il n'a pas le choix. Cela fait bien longtemps qu'il évite de s'y rendre, et quand il y va, il s'évertue à éviter son crétin d'oncle, Merick, qu'il ne supporte plus.

Merick veut garder le pouvoir, tout en continuant ses manigances, afin de s'enrichir sur le dos de son peuple qui périclite. Alors il cherche à discréditer Naro dès qu'il le voit. De nombreux Varkies, aveuglés par les talents d'orateur de Merick, l'écoutent encore et le soutiennent.

Mais Naro ne veut pas de la place de son oncle. Il n'a pas oublié le passé, et refuse les sourires hypocrites de ces gens qui les ont rejeté, sa mère et lui, le sang impur. Tout ce qu'il veut, c'est faire tomber Merick de son piédestal. Qu'il soit vu avec son vrai visage par le peuple, avant de l'exterminer. Il ignore que les anciens attendent le moment où, lui, le digne héritier de leur regretté chef Makia, prendra le pouvoir et les fera enfin tous revivre.

En revanche, il estime que les nouvelles générations ont le droit à mieux. Elles ne sont pas responsables des actes de leur aînés et il se fait un devoir de les guider, afin qu'elles ne fassent pas les mêmes erreurs. Il se moque bien des interdictions et menaces de Merick. Il n'est pas Varkies. On le lui a bien fait comprendre toutes ces années, du vivant de sa mère, comme après. Il est juste lui, comme il l'a souvent rappelé. C'est pourquoi, il espère un jour créer son propre clan, à son image à lui, où ces jeunes seront les bienvenus et où le métissage sera accepté.

Il arrive dans l'après-midi, et descend de cheval avant d'entrer dans Varice. Il remarque que les chozas, comme celle où il a vécu avec ses parents, se trouvant en périphérie, sont de plus en plus abîmées, et que les enfants sont amaigris.

Comment Merick peut les laisser vivre comme ça, et dépérir ? Je suis désolé de ne pas être revenu m'occuper de vous plus tôt. Si vous saviez la loque que j'étais devenu. Promis, je vous ramène le fruit de ma prochaine chasse, il faut que je vous remplume un peu. Un jour, tu vas le payer Merick.

Des enfants l'encerclent et l'adulent.

— Naro ! Naro !
— Salut les mômes. Je n'ai pas le temps de jouer aujourd'hui, je suis désolé. Mais j'ai ça pour vous.

Naro décroche un sac de la selle, et le donne aux enfants.

— N'oubliez pas de partager. Jouez aussi avec les enfants qui sont de l'autre côté du village. J'irai vérifier aussi là-bas.

Les enfants hochent la tête en ouvrant le sac, et trouvent à l'intérieur des ballons, des vêtements et une cinquantaine de petits pains fourrés.

Naro s'éloigne tranquillement et les laisse se départager le butin.

À peine commence-t-il à arpenter la place centrale, que Merick se précipite déjà vers lui avec ses gardes.

— Que viens-tu faire ici ? Si tu viens chercher mon aide au sujet des Soukso que tu as égorgé, tu peux faire demi-tour.

— Je n'en ai rien à faire de ton aide. Et moi, au moins, je fais ce qui est juste. Je ne reste pas là à me pavaner, utilisant mon peuple pour mon propre intérêt.

La pique ne plait absolument pas. Merick grimace de colère et le gifle. Naro ne peut s'empêcher d'éclater de rire.

— Je crois qu'une minuche vient de frôler ma joue. Non ! C'était plutôt un coufard...

Il s'éloigne en continuant de rigoler, laissant Merick ruminer de colère et de honte, devant les curieux qui s'étaient attroupés autour d'eux.

On va encore jaser dans les tanières ce soir.

Il va droit chez Thory, son ami d'enfance, le seul Varkie en qui il a toujours eu une totale confiance.

— Naro, qu'est-ce que tu fais là ?! Ça fait un bail.

— Moi aussi je suis content de te voir.

— Alors, toujours à la grande ville ? Tu n'es toujours pas décidé à foutre ce bon à rien de Merick à la porte ?

Naro rigole et lui fit signe que non.

— Anuba m'a dit, la dernière fois que je suis passé, que tu étais malade. Content que tu ailles mieux. Même si tu es un peu plus maigre, tu as l'air en forme.

— Plus que toi, c'est sûr. Tu t'encroûtes ! Quel dommage pour un redoutable guerrier comme toi de rester sur ses acquis sans chercher à aiguiser ses capacités. Tu ne voudrais pas venir un peu t'entraîner avec moi pour te remettre en forme ?

Thory file chercher dans le tiroir du petit meuble qui se trouve dans la pièce une paire de mitaines en cuir et l'enfile. Il sert et dessert les poings, puis il regarde son ami et lui demande avec un grand sourire :

— On va aller dégommer qui ?

Il a compris que Naro est venu voir son ami, mais aussi le guerrier. Comme toujours, il lui fait confiance et est prêt à tout pour l'aider. Naro apprécie énormément leur amitié, leur confiance réciproque. Il l'a sorti de l'embarras bien des fois, mais il aurait aimé faire bien plus pour lui. Lui et Anuba ont une place à part dans son cœur.

— J'organise une expédition secrète, et j'aimerais que tu sois à mes côtés pour partager cette aventure.

— On va où ?

— C'est dangereux.

— Plus c'est dangereux, meilleur est l'aventure, rie-t-il.

— Je veux aller voir ce qui se trouve au-delà de la grande montagne.

— Ah ouais, pas mal comme projet. On part quand ?

— Pas tout de suite, il faut qu'on prépare ça comme il faut. Je t'expliquerai un peu plus sur la route, si tu veux bien m'accompagner ce soir dans un endroit spécial. Nous y ferons notre première réunion de préparation pour le voyage.

— Ok. Je prends quelques affaires. Rassure-moi, il y a de belles femelles là où tu m'emmènes ?

— Oui, beaucoup. C'est très varié, tu verras. Anuba y a d'ailleurs rencontré sa dulcinée.

— Quoi, Anuba est amoureux ?

— Oui, un coup de foudre. Elle lui a retourné le cerveau, avant même qu'il lui adresse la parole.

— Incroyable. Faut vraiment que je vienne plus souvent en ville vous voir. Mais, j'aime pas laisser Merick sans surveillance. Il est toujours en train de manigancer quelque chose.

— Je sais, ça ne me plaît pas non plus. Mais, on a plus urgent à faire.

— Anuba en a pas profité pour mettre son bazar dans ma piaule au moins ?

— Tu verras ça avec lui...

Thory a toujours eu un logement pour lui, dans l'immeuble de Naro, au deuxième étage. Et même s'il n'y venait pas souvent, Naro avait insisté pour qu'il le garde.

En chemin, Naro lui fait un bref résumé de ce qu'il sait et comment il envisage l'expédition. L'avantage avec Thory, c'est qu'il ne pose pas beaucoup de questions. Il est patient et attend que les infos tombent, n'ayant aucun mal à assembler ensuite les pièces du puzzle. Même avec des pièces manquantes, il est capable de comprendre ce qui se passe. Naro a toujours apprécié sa vivacité d'esprit. Thory et Anuba se ressemblent beaucoup. Sauf qu'Anuba n'a aucun don et Thory, lui, est une vraie bête toute en muscles et force brute. C'est un redoutable adversaire, dur à abattre lors d'un combat, ou même à un simple bras de fer.

Thory

Après une halte pour récupérer Anuba et déposer mes affaires dans ma chambre, nous voilà en route pour un endroit apparemment "spécial". J'espère qu'il y a au moins de belles nénettes...

Thory porte un pantalon et un tee-shirt moulant. Le lion est en chasse ce soir.

Quand ils arrivent sur place, Thory ne peut s'empêcher de s'extasier.

— J'avais pas entendu parler de cet endroit ! C'est magnifique, toutes ces femelles... Et je peux choisir celle que je veux, peu importe son clan ?

Anuba hoche la tête à l'affirmative avec un grand sourire. Thory balaie la grande pièce du regard, scrupuleusement, pour ne rien laisser passer. Naro se crispe quand Thory arrête son regard sur Akira, mais ne dit rien. Elle est son secret, que seul Anuba connait, et pour l'instant il n'est pas prêt à en parler avec quelqu'un d'autre. Il sait qu'il a merdé, mais il compte bien se rattraper sans que l'on se moque de lui. Il parvient à garder le sourire, se rappelant qu'Akira est trop sauvage pour Thory. Il chercherait, à n'en pas douter, ailleurs.

— Viens, on va s'installer à une table.

Wahou ! Cet endroit, c'est juste génial. Naro a finalement réussi à s'occuper d'autre chose que Merick et sa vengeance. Il a réalisé le rêve de ses parents...

Nino prend leur commande, et Naro l'informe qu'il a besoin de parler à Akira.

C'est qui celle-là ? Il ne m'en a jamais parlé.

— Tu as créé un truc remarquable, mon ami. Tu as fait fort encore sur ce coup-là.

— Ce n'est pas moi qui ai fait ça.

— Vraiment ?!

— C'est Akira, la princesse Soukso, qui a monté le Trou Noir. Avec l'aide de son ami Nino, l'informe Anuba bien renseigné depuis qu'il fréquente Youma.

Quand Akira revient avec leur commande, elle s'assoit en face de Naro et à la droite de Thory.

Alors Akira c'est toi... Tu es à croquer !

Il l'accueille avec son plus beau sourire. Serrant les dents, Naro fait les présentations. Thory se penche vers elle, en mode grand séducteur, pour lui susurrer des mots doux à l'oreille, mais recule brusquement avant de regarder fixement Naro. Akira lance un coup d'œil rapide à Naro.

Non d'un ménonaure ! Elle aussi elle a ce truc bizarre sur elle, comme Naro. C'est pas exactement la même odeur, mais qu'est-ce que c'est puissant.

— Ne vous inquiétez pas, je fais cet effet à tous les mâles qui essaient de m'approcher de trop près. C'est un souvenir que m'a laissé mon partenaire avant de ... PARTIR.

C'est son mâle qui lui a fait ça !? Donc ça veut dire que Naro à une femelle ! Non... Ce pourrait-il que ?

— Pas n'importe quel partenaire apparemment. N'est-ce pas Naro ! répond Thory en le fixant.

— Ceci étant, ne vous avisez pas de recommencer ! l'avertie Akira, à sa surprise, l'obligeant à tourner la tête. La prochaine fois c'est à moi que vous aurez à faire, pas à cette marque.

Tu es géniale ! Et à présent je peux dire que s'il existe une femelle parfaite pour Naro... ça ne peut être que toi.

— Je suis pressé de pouvoir me battre sur un champ de bataille avec vous, répond Thory avec un large sourire.
— Vraiment ?
— Ah oui ! À nous deux on ferait des dégâts dans le camp adverse c'est sûr. Dommage qu'on ne soit pas du même clan.
— Sous ce toit, il n'existe aucun clan.
— C'est ce que j'ai cru comprendre. C'est formidable ! Je comprends pourquoi Naro aime cet endroit.
— Ah bon ? fait-elle curieuse.
— Oui, c'était le rêve de ses parents d'une certaine manière. Il m'en a toujours parlé, espérant un jour les honorer en réalisant la prouesse de réussir à faire disparaître nos deux clans pour n'en former plus qu'un. Et vous, vous l'avez fait à l'échelle de votre bar... Chapeau !

Naro

Akira comprend que les dessins qu'elle a découverts, dissimulés sous une latte de plancher pendant son séjour chez lui, sont les siens. Elle avait juste trouvé l'idée magnifique, et son union avec Naro avait renforcé son intuition qui lui disait que l'avenir devait être comme ça. Mais elle ne se doutait pas que Naro avait rêvé de la fin des clans. Et pourtant, elle a toujours su qu'il n'était pas juste un homme d'affaire, et qu'il aimait aider les démunis, défendre les oppressés, et rendre la vie dure aux têtes de serpent...

Pourquoi est-elle surprise ? Ça paraît si inimaginable que ça que je puisse avoir ce genre de rêve ? Je suis peut-être méchant, mais je ne suis pas sans cœur.

— Alors ses parents ont dû nous inspirer tous les deux... Rebondit-elle, avant de se tourner vers Naro. Sinon, pourquoi tu voulais me parler ?

— C'est notre première réunion d'expédition. Je voulais te présenter à Thory, qui nous accompagnera.

— Elle vient avec nous ?! dit Thory surpris.

— Oui.

— De plus en plus intéressant, ajoute-t-il en le fixant les yeux malicieux.

— J'y ai réfléchi. Nous devrons être discrets une fois sur place, donc ne pas être nombreux. Mais suffisamment pour avoir des témoins, sinon on ne nous croira pas. Donc ton ami, c'est bien, mais pas suffisant. Tu dois trouver quelqu'un d'autre. Pas forcément un guerrier, mais quelqu'un qui a de l'influence dans ton clan, que les gens croiront. Car toi personne ne te croira, et j'ai des doutes aussi à son sujet.

— Elle est pas bête la femelle, siffle Thory.

— La femelle est là !

Il l'adore déjà, et rit de bon cœur.

Naro ignore Thory et son expression réjouie, préférant continuer.

— On doit quand même avoir une force de combat sur place. On ignore tout d'eux.

— Je ramène la force qui manquera.

— Arrête de te prendre pour la meilleure, tu veux.

Thory les observe, amusé, oscillant de l'un à l'autre.

— Je ne parle pas de ma personne, mais de ceux que je ramène avec moi. Mon clan ne me laissera pas partir seule avec des Varkies. Je prendrai une escorte de deux guerriers, on me laissera prendre dans les plus doués.

— Rien que ça !? Tu as l'air bien sûr de toi.

— N'oublie pas ta réputation. Mon peuple voudra s'assurer de ma sécurité.

— Parce que deux guerriers seraient suffisants pour m'arrêter ?

— Parce que plus nombreux, nous ne serons pas discrets, et que je ne peux pas les convaincre de moins.

— Ok, donc toi tu prends deux guerriers et moi je prends un guerrier et une personne de grande influence ! C'est un peu inéquitable tu ne trouves pas ?

— Tu es un guerrier, tu as oublié de te compter ?

— Et toi, tu es quoi alors ?

— L'influenceuse de mon clan. J'ai déjà prévenu que j'allais convoquer notre grand conseil. Une fois qu'on leur aura annoncé notre voyage, nous pourrons monter l'équipe au complet et mieux nous préparer.

— Tu as fait quoi ?! Je te rappelle que c'est une expédition secrète.

— Pour toi, pas pour moi... Et je ne suis pas bête. Seul le conseil en sera informé. Je sais que je peux lui faire confiance. Ce n'est pas comme toi avec ton clan.

— Elle marque un point. Thory avait attendu ce moment pour intervenir et en sa faveur. Le chef Soukso est connu pour son dévouement à son peuple. Il ne la trahira pas. Il n'a rien à voir avec Merick. J'ai même entendu dire qu'il le détestait et qu'il préférerait que ce soit toi le chef de notre clan. Il refuse tout échange avec lui.

— C'est vrai ça ? demande Naro à Akira.

— Oui, mon père ne nous trahira pas. Et mon peuple me fait confiance. C'est d'ailleurs pour ça que je dois prévenir que je m'absente, avant que le peuple demande le transfert de pouvoir, sinon ils croiront que j'ai fui.

— Tu montes en grade ? questionne Naro, moqueur.

Elle le fixe, prête à jeter des éclairs. Naro l'ignore et reprend sa précédente question.

— En fait, je voulais savoir si c'était vrai que ton père aurait préféré que ce soit moi sur le trône Varkies.

— Mon père a toujours détesté Merick, aussi loin que je puisse me souvenir, soit presque toute sa vie. Il a toujours eu des doutes à ton sujet, et ce jusqu'au jour où vous avez discuté pendant qu'on me recherchait. Il a découvert un homme mature et intelligent, qui préférait le dialogue à la guerre. Un homme qui serait bien mieux que Merick. Il a un peu plus de difficulté à accepter ta puissance, mais ça, c'est la peur d'un chef pour son peuple.

Naro reste surpris par cette révélation, et Akira repart servir des verres, ayant dit tout ce qu'elle voulait dire.

Anuba a rendez-vous avec Youma, et Thory se précipite déjà sur la piste de danse prêt à faire des conquêtes. Naro se sent bien, tout s'est bien passé malgré les petites remarques. Le fait que sa marque fonctionne très bien l'enchante. Quand Thory vient le chercher tout joyeux, pour profiter avec lui de la piste de danse, il n'a pas le cœur à lui dire non. Malheureusement, son répit est de courte durée. Des filles s'approchent tout d'abord de Thory puis, en profitent pour s'accoler nonchalamment à lui et se frotter. Comme si c'était normal. Hors Naro ne supporte pas ce contact. Elles le dégoûtent. Il prend sur lui pour les repousser avec douceur, mais elles insistent, devenant de plus en plus collantes et entreprenantes.

Ces femelles essaient de prendre la place de ma moitié ! Je ne peux pas les laisser faire...

Naro sent son feu intérieur gronder, sa bête réclame punition. Il a envie de faire couler du sang, de le sentir et de s'en imprégner à la place de leur immonde odeur.

Je vais toutes les étriper !

Naro serre les poings, et ses griffes se plantent dans sa chair commençant à laisser couler du sang. Naro ferme les yeux et essaie de se concentrer dessus.

Je dois partir. MAINTENANT !

Avec grande difficulté, il quitte la piste précipitamment bousculant tout le monde sur son passage.

Chapitre 17

Akira

Akira s'enferme in extremis dans la réserve pour se protéger du spectacle qui se déroule sous ses yeux, et pour protéger ces femmes qu'elle était sur le point de tuer. La colère, la jalousie, sa territorialité, toutes ses émotions se disputent en elle. Elle respire fort et vite, fait les 100 pas dans cet espace réduit, occupe ses mains en les frottant contre ses bras, parfois jusqu'à s'en faire mal. Elle se met à pester toute seule pour extérioriser tout son mal être. Mais rien n'y fait, elle ne parvient pas à se calmer. Alors elle reste enfermée jusqu'à la fermeture, regrettant que sa marque ne fonctionne plus. Ce qui n'avait fait que croitre son envie de le marquer à nouveau, et cette fois, encore plus fort, pour qu'elle ne puisse plus jamais disparaître.

Elle, qu'on dit de glace, ne l'est absolument pas. Et les actions de Naro restent très importantes pour elle, même si elle essaie de se persuader du contraire. Toute la nuit, des images de Naro et de ces filles qui se frottent à lui, lui reviennent en mémoire. Elle passe la nuit à se tourner et retourner dans le lit, ne trouvant pas le sommeil. Son esprit est envahi par la fille qu'il a dû ramener avec lui, et toutes ces choses qu'il doit lui faire. Ces choses qu'elle, elle attend et espère. Toute cette rancœur qui tourne en boucle dans sa tête ne fait qu'attiser sa flamme intérieure, au point d'en devenir destructrice. Tant que sa bête ne sera pas apaisée, un seul mot de travers pourrait tout faire exploser.

Quand elle arrive au Loft, comme chaque matin pour l'entraînement, après une douche glacée suivie du trajet en courant, elle reste sur des charbons ardents. Elle fait de son mieux pour paraître insensible, comme à son habitude, pourtant elle veut des explications et tuer la garce qui a souillé leur lit.

Naro est au milieu du tatami en train d'installer du matériel. Il vient à sa rencontre dès qu'elle franchit la porte. Elle parvient à se raisonner pour ne pas fouiller partout, mais elle le dévisage, espérant des réponses. Ce qui ne l'empêche pas de rester à l'affût du moindre bruit trahissant la présence de cette trainée. Et Naro perçoit que quelque chose ne va pas.

— Qu'est-ce qui se passe ?
— J'ai mal dormi.

Soudain, elle entend un bruit derrière elle. Dans la cuisine. En un éclair, elle est sur sa proie.

Je vais la tuer cette garce ! Elle se débat et essaie de me repousser de toutes ses forces mais elle ne peut rien contre moi... Pourquoi, on me tire en arrière ?!

Akira percute le meuble qui se trouve derrière elle.

Aïe ! Qu'est-ce qui s'est passé ? Naro qu'est-ce que tu fais ? Pourquoi es-tu accroupi près de cette garce ?! C'est toi qui m'a arrêté ? POURQUOI ?!

Akira se redresse rapidement, et repart à l'attaque, mais Naro s'interpose.

Pourquoi ne se bat-il pas ? S'il veut m'empêcher de la tuer, qu'il me tue lui-même. Il entrave mes mouvements, me serrant vraiment très fort dans ses bras et m'empêche d'approcher cette salope, tout ça pour lui laisser le temps de fuir.

— Akira, calme-toi !!! Qu'est ce qui te prend enfin !?

Akira ne répond pas, continuant de se débattre.

Et plus je me débats, plus il me serre, je n'arriverai pas à échapper à sa poigne sans lui faire de mal. « CALME-TOI ! » continue-t-il de me hurler dessus. Puis, il crie des ordres à cette fille « Thory, tu ferais mieux de sortir d'ici. » Thory ? Pourquoi l'appelle-t-il comme ça ?

C'est alors qu'Akira remarque que cette fille, n'est pas une fille mais l'homme qu'il lui a présenté la veille, Thory. Elle arrête de résister et se calme, toujours dans les bras de Naro.

J'étais tellement à bout, que je n'ai pas vu que c'était Thory. J'aurai pu faire du mal à n'importe qui sans m'en rendre compte. J'ai perdu tout contrôle. Oh la vache, comment j'ai pu faire ça ? Qu'est-ce qui m'arrive ? Une chance qu'il soit encore vivant... Comment je peux leur faire face maintenant ? Comment m'expliquer ?

— C'est bon. Tu peux rester Thory, et toi, tu peux me lâcher, dit calmement Akira.

— J'en suis pas sûr, répond Naro qui aurait bien aimé la garder un peu plus longtemps dans ses bras, mais la relâche quand même.

Thory est déjà arrivé près de la porte, mais s'arrête pour les regarder.

Akira lui a cassé le nez, et son cou violacé prouve la force qu'elle a mis pour l'étrangler. Elle n'a pas le temps de s'excuser que Naro pose la question.

— Qu'est-ce qui s'est passé, tu m'expliques ?

Elle se dépêche de trouver une excuse.

— Il n'y a jamais personne ici à part toi, et quand j'ai entendu le bruit dans la cuisine j'ai perdu le contrôle.

— Tu ne perds jamais le contrôle, qu'est-ce qui se passe ?

— Je t'ai dit, j'ai mal dormi.

— Ok. Alors monte te reposer. Thory et moi on a une course à faire, et hors de question de s'entraîner dans ton état.

Il sort avec Thory, ne laissant aucune possibilité de riposte. Akira profite de ce moment seule, pour faire le tour du loft. À part le matériel d'entraînement, qui avait été changé, tout était resté pareil. Elle monte sur la mezzanine et est assaillie de souvenirs de sa dernière nuit dans ce lit. Elle se couche dans les draps, et soupire de contentement.

Il n'y a que son odeur à lui... Aucune femelle n'a profané ce lieu ! C'est resté notre lit à nous. Et ça sent si bon... ça sent mon Naro.

Elle s'endort très vite, et profondément, complètement détendue. Elle a la sensation de dormir dans les bras de Naro grâce à son odeur qui règne tout autour d'elle.

Quand elle se réveille, deux bonnes heures se sont écoulées et ils ne sont pas rentrés.

Je devrais prendre un de ses tee-shirt avant qu'il ne s'en rende compte. Si son odeur suffit à me calmer, avec un de ses tee-shirt dans mon lit je devrais pouvoir enfin réussir à passer de bonnes nuits.

Elle s'exécute, et avant leur retour commence à s'échauffer et réaliser les mouvements appris la veille. Elle s'arrête quand Naro franchi la porte avec Thory. Ils portent un sac de sport rempli d'accessoires et un énorme sac de frappe.

— C'est quoi ça ?

Naro s'arrête près d'elle, et laisse Thory l'installer sur la rampe du plafond.

— Tu te sens mieux ?
— Oui, merci. Désolé Thory, pour tout à l'heure.
— T'inquiète, il m'en faut plus pour me mettre au tapis, dit-il fièrement.
— Je n'avais jamais perdu le contrôle avant, et il a fallu que ça tombe sur toi.
— C'est peut-être une chance au contraire, rétorque Naro implicite.
— N'empêche, je confirme ce que je disais hier soir. J'adorerais me battre avec toi sur un champ de bataille, mais à la seule condition qu'on soit dans le même camp ! rigole Thory.

Elle le regarde, ne se souvenant pas vraiment ce qui s'était passé. Au vu des marques sur son cou et sa voix cassée, il s'en était fallu de peu pour qu'elle le tue. Elle prend conscience que Naro avait raison, heureusement que c'était lui qu'elle avait pris pour cible. Si ça avait été quelqu'un de plus faible, ça n'aurait probablement pas fini aussi bien.

— Je ne comprends pas pourquoi ton clan aurait besoin de te faire escorter pendant le voyage. Tu es toi-même une redoutable guerrière, fait remarquer Thory.

Naro répond à la place d'Akira.

— Son clan n'a pas la moindre idée de ses talents.
— Ils sont aveugles ?!

Naro considère Akira, tout en expliquant à son ami.

— Non ! Vois-tu, notre belle petite Akira possède un talent redoutable qu'elle a affûté depuis son plus jeune âge. Et elle le pratique en permanence. Le camouflage ! Grâce à ce talent, elle dissimule ses émotions, et surtout son essence essentielle. Dans le souci du détail, elle a même une silhouette gracile qui camoufle l'intensité de sa force et de sa puissance. Elle passe inaperçue aux yeux de tous. Elle est même surnommée la femme de glace. Un tel auto-contrôle permanent doit être très épuisant... Parfois je me demande, si tu t'autorises à être toi-même et relâcher la pression quand tu es chez toi ?

Elle soutient son regard sans répondre. Il a raison et c'est douloureux de l'admettre.

Thory brise le silence, au grand soulagement d'Akira.

— Dans notre espèce, on apprend à se protéger dès le plus jeune âge si on ne veut pas se faire éliminer par la concurrence. Chacun son arme ! Je te rappelle que la tienne aussi a été aiguisée très jeune. Tu montrais ta force et ta puissance, semant le chaos et la terreur derrière toi. Laissant savoir à tous, que s'ils t'attaquaient, ils ne s'en sortiraient pas vivant. Tes ennemis ont appris à te craindre très tôt, toi le guerrier sans pitié, stratège et machiavélique. Tu t'es forgé une image pour instiller la peur... Elle, elle s'est forgée une image de mouton. Mais le but final est le même. Et ça vous a permis d'arriver à l'âge adulte en développant le maximum de vos capacités. Mais attention, l'acier sous le feu plie. Et même si la glace épaisse ne casse pas, sous le feu elle fond, devient fine et fragile. Elle peut alors être brisée. Il les observe l'un l'autre avant d'ajouter, vous vous êtes bien trouvé quand même. L'acier, un bouclier pour protéger la glace, et la glace pour baisser la température de l'acier.

Devant leurs têtes déconfites il éclate de rire, et leur dit d'oublier ce qu'il vient de dire. Mais c'est impossible, ce qu'il a dit raisonne encore en eux. Akira et Naro s'observent, se demandant silencieusement si ça leur fait le même effet à chacun. Mais Akira, mal à l'aise finit par focaliser son attention sur Thory.

Comment a-t-il pu dire tout ça ? Sait-il pour moi et Naro ? Et comment peut-il comprendre et exprimer si facilement ces choses qui restent dissimulées dans notre propre subconscient ?

Comme à son habitude Thory ne pose pas de question, préférant les observer et attendre. C'est pourquoi il ignore encore tout de leur relation. Pourtant, depuis qu'il l'a rencontré il ne peut pas s'empêcher d'y penser. Pour lui, il est évident qu'ils sont ensemble. C'est la seule explication possible. Et il se dit que s'ils ne sont pas encore accouplés, ça ne saurait tarder. Ces deux-là, c'est inévitable entre eux...

Akira, qui continue de l'examiner pensive, sursaute quand elle entend un bruit sourd. Elle remarque alors que Thory a frappé le sac suspendu assez fort pour le faire glisser le long du rail.

— Regarde ça, Naro ! J'ai réussi à le faire bouger sur deux mètres ce mastodonte. Essaye de faire mieux.

— Ok ! Testons un peu sa résistance, mais mollo quand même. Ça a pris presque une semaine pour le faire faire.

Naro frappe à son tour l'énorme sac et le déplace de presque cinq mètres. Elle les regarde s'extasier de leur exploit et se place près du sac, objet de toute leur attention, pour leur faire face.

— Vous n'êtes vraiment que des gamins. Jouer à qui lance la baballe le plus loin... dit-elle moqueuse.

— Pourquoi ? Tu es jalouse ? la titille Thory. Je suis sûr que tu n'es même pas capable de le faire glisser sur plus d'un mètre.

Elle l'observe lui sourire fièrement.

— Pour me comparer à vous ? Non, merci...

— Vu tes petits bras, je pense qu'il faudra t'entraîner un peu pour prendre du muscle, continue de la défier Thory.

— Certainement pas ! réplique Naro. Son corps est une arme sublime, il ne faut pas chercher à la modifier. Le but de ses entraînements c'est de la perfectionner.

Akira regarde Naro, qui a l'air de croire lui aussi qu'elle ne peut pas déplacer ce sac sur une grande distance. Pourtant tous les deux ont déjà eu un aperçu de sa puissance quelques heures plus tôt. Ils sous-estiment sa force brute.

Ils vont voir ce qu'ils vont voir... Qu'ils ne viennent pas se plaindre quand ils se sentiront rabaissés dans leur amour-propre de macho.

Elle fait semblant de se retourner, leur laissant penser qu'elle abandonne, puis elle projette sa jambe sur le côté percutant ainsi le sac. Propulsé sur la rambarde il glisse jusqu'à ce qu'il soit interrompu dans sa course par Thory, qui se trouve sur son passage. Ils la fixent visiblement surpris qu'elle ait réussi à faire ça.

— Oh, désolé Thory ! Je t'ai encore fait mal ? Demande-t-elle avec malice, avant d'ajouter pour les deux Varkies : je n'ai pas besoin de perdre le contrôle pour avoir de la force, et je n'ai pas besoin non plus d'avoir des muscles hyper développés et voyant.

— J'adore cette fille !! s'exclame Thory, joyeux.

— Alors essaie de t'entraîner à faire mieux qu'elle, car je te signale qu'elle l'a ramené à la case départ. Ton coup et le mien, réunis en un seul.

Puis Naro se tourne vers Akira.

— Heureusement que j'avais dit doucement sur le nouveau matériel...

— Oups ! lui répond-elle malicieusement.

— Tu t'entraînais à l'enchaînement quand on est arrivé. Recommence que je vérifie que tu le réalises bien, pendant que j'installe ce dont tu auras besoin aujourd'hui.

Elle ne proteste pas, et se met au travail.

— Parfait. Maintenant, on va travailler quelque chose de nouveau.

Elle le regarde interrogative. Et il reprend son explication, en lui tendant la dague qui n'était plus dans son holster de cuisse.

Quand l'a-t-il enlevé ? Je n'ai rien remarqué, et même pas sentie son absence tellement je me sens en confiance auprès de lui. Je devrais faire plus attention la prochaine fois, m'entraîner à rester sur le qui-vive même en sa présence. En fait, je devrais être encore plus vigilante en sa présence.

— Bien que parfaitement équilibrée, tu ne sais pas la lancer. N'est-ce pas ?

— Tu as découvert beaucoup de choses ces derniers temps...

— Pas difficile. Poutchi t'a enseigné le maniement de la dague pour t'en servir au corps à corps, en cas d'attaque. Il ne t'a appris à l'utiliser que pour ta défense personnelle. Les Soukso t'ont tellement sous-estimé qu'il ne t'a jamais formé à l'attaque.

— Et qui te dit que je n'ai pas appris seule ?

— Tu es pacifique. Tu n'attaques pas, tu défends. C'est pourquoi, en plus de perfectionner les compétences que tu possèdes, nous allons les étoffer.

Il la place devant une cible, et lui donne une petite pochette avec une série de petits couteaux.

— Je les ai fait faire pour toi. Ils sont petits et peuvent se dissimuler en plusieurs endroits, plus pratique que ta dague. Maintenant, tu vas t'entraîner à les tirer dans une cible. Il faut beaucoup de patience et de persévérance pour y arriver. Tu verras qu'en fonction de la distance, de la puissance que tu mets dans ton mouvement, ainsi que le mouvement que tu inities dans ton couteau, tout varie. Tu devras t'exercer et te créer ta propre technique. Je ne suis là que pour t'aider à connaître les bases.

Il se positionne derrière elle, les mains sur ses hanches. Il l'a fait pivoter, et bascule son poids sur sa jambe arrière.

Mon feu intérieur danse, exulte de joie. Son corps presque collé au mien, sa peau contre la mienne, ses gestes sont doux et précis. En cet instant, il me donne plus que ce que j'avais réussi à grappiller ces derniers jours. J'espère que je saurais m'en contenter pour un bon moment. En tout cas je vais en profiter. Qu'est-ce qu'il dit ? Je peux peut-être faire durer l'exercice plus longtemps. Non ! C'est pas raisonnable, je dois me concentrer.

— Tu prends ton couteau par la pointe, là, comme ça, explique-t-il en la guidant. Ensuite tu bascules ton poids de ta jambe arrière vers ta jambe avant. Dans le même temps, tu donnes une impulsion du bras devant de toi. Tu lâches le couteau pour qu'il aille se ficher dans la cible. Tu dois t'ancrer dans le sol pour stabiliser la trajectoire, mais pas trop, pour rester souple dans tes mouvements.

Le couteau rebondit sur la cible et tombe au sol.

— Si tu lances trop fort, ton couteau va plus vite et risque d'arriver dans la mauvaise position au moment du contact avec la cible. De même que si ton mouvement diffuse trop de rotation dans ton couteau par rapport à la distance de ta cible, tu la rateras aussi. Tu dois t'entraîner pour trouver le mouvement et la puissance qu'il lui faut pour chaque situation. Sachant que dans le lancer de couteau, les centimètres sont importants. Il faut beaucoup de précision. Il ne suffit pas de viser. Il faut savoir apprécier la distance pour adapter ton lancer.

Il prend un couteau, qu'il fait tournoyer au-dessus de sa main avant de le rattraper par la lame, et le fiche au centre de la cible.

— Entraîne-toi.

Puis, il la laisse s'exercer, allant voir Thory pour simuler un combat.

Au bout d'une heure, elle est fatiguée, son poignet la brûle et elle doit encore aller au bar pour préparer l'ouverture avant d'enchaîner avec la soirée. Ils sont occupés alors elle décide de ne pas les déranger, et prend ses affaires avant de sortir.

Elle trouve Anuba au comptoir, où se masse beaucoup de monde en cette fin d'après-midi.

Merde ! J'avais oublié qu'il y aurait du monde. Ils vont se demander ce que je fais ici. Moi, la princesse Soukso chez un Varkie. Chez Naro. Et si ça revient aux oreilles de Merick, c'est pas bon. Faut que je trouve une excuse, et VITE !!

— Salut Akira.

Anuba !!

— Merci, Anuba. C'était sympa de m'héberger pour la nuit. Dis à Youma que j'ai apprécié de passer la soirée avec elle.

— De rien, lui répond-il complice.

— Je repars bosser, peut-être à ce soir.

Chapitre 18

Naro

Naro la voit partir, mais il préfère rester près de Thory. Il se sent bien trop à cran. Entre ces filles de la veille au soir qui ont attisé sa frustration, et cet entraînement qui a conduit à trop de proximité, de contacts… Il donne un grand coup de pied dans le sac de frappe qui traverse la pièce, et laisse un cri ressemblant à un rugissement sortir de sa poitrine.

— Tu vas bien ? demande Thory.

Naro hoche la tête sans rien dire, restant tourné vers la porte. Il laisse ses yeux se voiler de leur couleur noire. Il sent son érection, bien trop serré dans son pantalon, qui lui fait mal, alors il serre les dents et d'un pas rapide se glisse sous le jet glacé de la douche, encore habillé.

Sentir son odeur, la chaleur de son corps... c'était si agréable. Mais aussi très dangereux ! J'étais à la limite de la caresser. Oh, sa peau douce... J'en avais tellement envie, j'en ai tellement envie. Je veux la posséder, je veux qu'elle soit entièrement recouverte de mon odeur et moi de la sienne. Mais je dois rester plus fort que mes envies. Sinon je risque de la pousser dans ses retranchements, et elle prendra la fuite. Je la perdrais à nouveau. Elle ne veut plus de nous de cette façon. Je dois respecter sa décision et apprendre à contrôler mes envies.

Quand Naro sort de la douche, il ôte ses vêtements trempés et en enfile des secs. Il remarque que Thory s'est éclipsé.

C'est bien, il ne remarquera pas que je n'arrive pas à sortir de ma rage de sang.

Plus tard dans la soirée, légèrement calmé, il monte prendre un verre au bar. Anuba s'étonne.

— Tu n'es pas prêt ? Tu ne viens pas avec nous ?
— Non ! répond-il fermement, en prenant son verre avant de redescendre dans son antre.

Il est hors de question de retourner dans ce bar, et que des femmes m'approchent. Rien que d'y penser, j'ai des envies de meurtre.

Naro n'est pas inquiet, il sait qu'Anuba veillera sur Akira pour lui avec l'aide de Thory et qu'il ne lui arrivera rien. En y repensant, il se met à plaindre celui qui la mettra en colère aujourd'hui.

Si je n'avais pas été là ce matin, elle aurait tué Thory... Heureusement qu'il est endurant et que sa musculature forme sur lui un bouclier. Sans ça, il n'aurait pas tenu aussi longtemps sans oxygène. Sans compter son réflexe de la repousser, il aurait eu raison de lui et de sa trachée qui aurait fini écrasée entre les doigts d'Akira. Si je n'avais pas réussi à desserrer l'étreinte qu'Akira maintenait autour de son cou, elle lui aurait brisé la nuque lorsque dans un dernier réflexe il l'a projeté en arrière. Il s'en est fallu de très peu. Pourquoi était-elle si réactive ? Elle a mal dormi, mais ça ne peut pas être la seule raison. Elle a réagi et a attaqué au premier bruit, ne voyant même pas qui elle attaquait.

J'ai de la chance qu'elle ne m'ait pas pris pour cible ! À moins que moi, elle me voit même dans cet état ?

Il monte se coucher, tout en réfléchissant aux possibilités. Il retire ses vêtements et s'allonge dans ses draps. Un soupir d'extase jailli de lui.

Comment j'ai pu oublier qu'elle avait fait sa sieste ici ? Elle a imprégné mon lit de son odeur... C'est PARFAIT.

Son sexe encore dur réagit aussitôt, gonflant de plus belle. Le souvenir de ses mains contre ses hanches surgit dans son esprit. Il place son sexe dans sa main, et commence un mouvement de va et vient. Ainsi enveloppé par son odeur, il n'a aucun mal à visualiser ce qu'il avait rêvé de lui faire lors de leur entraînement. Il voit sa main droite remonter sur son bas ventre jusqu'à trouver son entre jambe, déjà humide, attendant qu'il y insert son index, puis son majeur. Elle se cambre, poussant ses fesses contre son érection. Et tandis que ses doigts jouent dans son intimité, sa main gauche malaxe son sein rebondi. Il lui mord l'oreille et elle gémit de plaisir, attrapant ses mains pour leur intimer plus de rudesse. Il déchire son haut et dévoile sa poitrine, qu'il prend plaisir à tirer, pincer et malaxer. Il lui embrasse le cou, la lèche, et remonte le long de sa clavicule. Ses doigts, plus nombreux, s'enfoncent dans un mouvement d'aller-retour beaucoup plus intense et profond, comme celui qu'il opère en ce moment sur son sexe, la poussant à la jouissance. L'imaginant atteindre l'orgasme de ses doigts, il augmente la cadence de son mouvement sur son membre et jouit à son tour, son besoin de libération assouvi.

Ce soir j'ai réussi à trouver une échappatoire. Mais ça ne marchera pas à chaque coup. Mes instincts ne se feront pas berner une deuxième fois. Je vais devoir réfléchir sérieusement à une solution. Mais pas maintenant, je suis trop fatigué. On verra au jour le jour.

Il se sent plus léger, moins sous tension, et l'odeur d'Akira agit comme un baume sur son esprit, sur sa bête et il parvient à s'endormir profondément.

Le lendemain, il lui fait refaire l'enchaînement ainsi qu'un nouveau, qu'elle maîtrise très vite. Il lui demande de poursuivre son entraînement au lancer de couteau, lui expliquant qu'elle doit le faire tous les jours jusqu'à ce qu'elle y arrive. Elle s'exécute, concentrée sur sa tache sans s'occuper de Thory, qui continue de s'entraîner avec Naro.

Après son départ, Thory qui n'avait pas revu son ami depuis la veille se permet de faire remarquer à Naro :

— Va falloir que tu arrives à te détendre, sinon ça va mal finir. Je t'ai déjà vu faire des dégâts moins tendu que ça.

— Et qu'est-ce que tu suggères ?

— On va aller chasser un peu tous les deux… Je préviens Anuba, qu'on sera absent plusieurs jours. Prends quelques affaires, on part tout de suite.

Naro retrouve Thory dans la rue, et ils prennent la route en direction de la forêt sauvage, vaste territoire vierge sur le sol Varkie.

Ils chassent en bordure des ravins du Tanon, afin de rester le plus loin possible de Tamrite. Car approcher le village de ses premières années est trop dur pour Naro, trop de souvenirs à gérer, trop de questions. Pendant plusieurs jours Naro attend, tapis dans des buissons, traque ses proies et court derrière elles… Il les étripe à main nue, et nourrie sa bête intérieure, qui, une fois fatiguée et rassasiée le laisse un peu tranquille. Il ressent toujours le manque d'Akira, mais vient de combler un autre manque, ce qui suffit pour le moment à compenser. Il se sent mieux et prêt à retourner à la civilisation. Sur le chemin du retour, il dépose à Varice le butin de sa chasse pour nourrir de nombreuses familles.

Quand il rentre chez lui, il regarde autour de lui, et voit des couteaux logés au centre de plusieurs cibles.

Elle a continué de s'entraîner, et s'est sacrément améliorée.

Il s'installe dans son canapé et remarque le mot qu'Akira a laissé sur la petite table. « Tu es parti depuis huit jours, je ne sais pas où tu es, mais je ne pouvais pas t'attendre plus longtemps. Si tu es rentré, rejoins-moi après-demain à l'entrée de Bouchko quand le soleil sera au Zénith. J'ai convoqué le conseil. »

C'est aujourd'hui.

Chapitre 19

Akira

Akira attend à l'entrée de Bouchko. Elle ne quitte pas la route du regard, soupirant et se mordant la lèvre, ses pensées tournant en rond.

Je ne sais pas où est Naro, mais ça devait être important pour qu'il parte comme ça. Oui, c'est la seule raison… Est-ce qu'il est rentré et a vu mon mot ? Il est important qu'il soit avec moi à cette réunion… Comment je vais faire s'il n'est pas là ? Et pourquoi papa a insisté pour savoir ce que je mijotais ? Sinon j'aurais pu repousser cette réunion. Naro, où es-tu ?!

Elle se retourne quand un messager arrive derrière elle, pour l'informer que le conseil est prêt à la recevoir. Elle lui fait signe qu'elle a compris, scrute une dernière fois l'entrée du village, il n'y a aucun signe de Naro. Elle fait volte-face, et se dirige vers la "Barraca", grande choza, où se déroulent les réunions du conseil de Zaïnof. Ce n'est pas une assemblée publique, mais une réunion du conseil sollicité par Akira. Toutes les portes et panneaux coulissants sont donc fermés, afin que ce qui s'y passe reste confidentiel. Une fois devant l'entrée, Akira ferme les yeux, se concentre sur ses résolutions, ce qu'elle doit dire, et les arguments auxquels elle a longuement réfléchi. Elle rouvre les paupières, et au moment où elle met la main sur la clenche, elle entend des gens se battre au loin.

Elle se retourne et discerne sans difficulté, Naro qui met KO deux gardes à l'entrée du village. Elle ignore le messager, qui la regarde sans comprendre pourquoi elle n'entre pas. Elle voit Naro approcher en courant et l'attend. Il a les cheveux ébouriffés par sa course à cheval jusqu'à Bouchko, et sent bon son musc naturel qu'elle perçoit avant même qu'il ne soit à sa hauteur.

Lorsqu'il arrive près d'elle, il lui dit avec un large sourire :

— Désolé du retard.

— Tu n'étais pas obligé de les assommer, tu sais !

— Si, ils refusaient que j'entre dans le village, répond-il le plus normalement du monde, n'étant pas non plus choqué qu'Akira ait pu le voir de si loin.

Elle rigole et lui fait signe de la suivre. Ils entrent dans la Barraca, où Akira reprend vite son sérieux lorsqu'elle entend le petit cri de surprise qui retentit à la vue de Naro.

— Qu'est-ce que cela signifie ?! demande Ralph le deuxième conseiller, debout prêt à mettre l'intrus à la porte.

— Tu fais demander une réunion du conseil, et tu ramènes cet étranger dans notre sanctuaire ! s'énerve Pô, la quatrième conseillère.

— Ça suffit ! Naro n'est pas notre ennemi. Et il est ici suite à ma demande, alors je souhaiterais que vous le respectiez et écoutiez ce que l'on a à vous annoncer.

— Très bien. Pourquoi nous as tu fais convoquer ? l'interroge calmement Dragan, le troisième conseiller.

— Tout d'abord je dois vous faire promettre de ne rien révéler de ce qui se dira ici. Cela doit rester confidentiel.

— Et pourquoi ça ? l'interpelle Pô sur la défensive.

— Si Merick apprends quoi que ce soit de ce que nous allons vous dire, il risque de tout compromettre. De plus, même si j'ai confiance en mon clan, je ne veux pas l'effrayer inutilement. Je préfère qu'il apprenne la vérité en temps et en heure.

— De quoi tu parles ? Pourquoi l'effrayer ? s'inquiète Zaïnof.

— Vous devez me donner votre parole ! insiste Akira en les scrutant tous, les uns après les autres, attendant leur réponse.

— Tu ne peux pas nous demander ça, sans que nous sachions de quoi il s'agit ! s'exclame Ralph.

— J'ai toute confiance en Akira, annonce Zaïnof, je promets de ne rien révéler de ce qui se dira ici. À personne ! précise-t-il.

Dragan, puis Ralph se rangent à son avis, mais Pô, n'est pas d'accord.

— Vous n'êtes pas impartial, je ne peux pas faire comme vous, désolée.

— Vous ne lui faites pas confiance ? Honnêtement ? Vous connaissez Akira, ses motivations et ce qu'elle a toujours fait pour son peuple... Vous croyez vraiment qu'elle peut nous nuire ? raisonne Dragan à Pô.

Après quelques secondes d'hésitation, elle finit par promettre à son tour de garder le secret. Akira regarde alors la première conseillère, sa grand-mère, et l'interroge.

— Conseillère Kindsley ?

— Tu m'attends ?! Oh, pardon. Il est évident que je promets. Je sais que tu es ici pour que l'on soit témoin de ce que vous avez entrepris s'il vous arrivait quelque chose. Et aussi, pour nous mettre au courant afin que ton père ne déclare pas une guerre inutilement.

Akira la contemple en souriant.

Elle comprend tellement de choses à partir des petites conversations qu'on a toutes les deux. Et bien évidemment, le thé qu'elle est venu boire à la maison il y a deux jours n'était pas sans raison. Elle cherchait déjà à comprendre pourquoi j'avais sollicité cette réunion. Je ne vais pas les faire attendre plus longtemps, c'est le moment de se jeter à l'eau.

— Naro a découvert un homme venu d'au-delà de la montagne. Il semblerait que nous soyons perçus comme des ennemis, par un peuple de sauvage. Nous avons décidé d'aller découvrir par nous même s'il y a vraiment quelque chose par-delà la montagne et si les dires de cet homme sont exacts.

— Vous êtes devenu fou ! s'exclame Pô.

Tous, les regardent les yeux exorbités. Sous le choc, ils gardent le silence un moment. À cet instant, dans la hutte, ils auraient pu entendre une minuche voler.

— Nous vivons de ce côté de la montagne. Pourquoi n'y aurait-il rien ni personne de l'autre côté ? demande Naro. Il est important, d'aller voir ce qui s'y trouve.

— Et s'il s'y trouve vraiment des sauvages, et qu'ils vous découvrent, que va-t-il se passer ? Ils vont vous tuer ? Déclarer la guerre ? Vouloir faire du commerce ? Tout ceci est bien trop risqué, on ne sait rien, s'exprime Dragan inquiet.

— Justement, c'est parce qu'on ne sait rien que nous sommes vulnérables. Il est important d'aller s'informer. Mais bien entendu pas n'importe comment, répond Naro.

— Comment comptez-vous vous y prendre ? Se renseigne Pô.

— Nous allons voyager discrètement, pour ne pas faire remarquer notre arrivée, puis nous nous ferons passer pour des sauvages comme eux.

— Et comment allez-vous réussir à vous faire passer pour eux ? s'enquiert Ralph.

— Grâce aux informations que m'a fourni l'homme que j'ai trouvé.

— Mais vous n'êtes pas sûr que c'est vrai ! rétorque le chef Zaïnof.

— C'est exact, mais on doit essayer.

— C'est dangereux ! persiste le père d'Akira avant de se reprendre et d'ajouter en tant que chef : qu'est-ce que vous avez prévu exactement ? Que doit-on faire pour vous aider ? Car c'est bien pour ça que vous êtes ici ? Nous ne pourrons pas vous faire changer d'avis ?

— Exact, on ira que vous le vouliez ou non. Seulement, pour éviter que vous ne déclenchiez une guerre en me cherchant partout, il était important que vous sachiez où l'on sera partis, énonce Akira.

— Akira agit avec sagesse, elle a tout prévu. Laissons la nous expliquer, prononce calmement Kindsley.

— Nous allons former un petit groupe, qui, comme vous a précisé Naro, se fera passer pour des sauvages. Nous les étudierons pour en découvrir plus sur eux. Nous devons vérifier nos informations. Sont-ils des ennemis ? Pouvons-nous leur faire confiance ? Ignorent-ils notre présence ? Tant de questions qui méritent des réponses. Je serai les yeux et les oreilles de mon clan, il pourra avoir confiance en moi quand je lui révélerai nos découvertes. Je serai honnête avec lui et il le sait.

— Il est hors de question que tu ailles là-bas ! s'écrie le père d'Akira, c'est trop dangereux, quelqu'un d'autre peut y aller à ta place.

— Ma place se trouve dans cette expédition ! Quel chef je ferais si je ne prends pas de risque pour mon peuple. Si je reste enfermée au village sans voir et savoir ce qui se passe au dehors ? Je sais depuis mon enfance, que j'ai un rôle à jouer et que ce n'est pas ici. J'ai quelque chose d'important à faire avant, mon instinct me pousse à y aller.

— Ce n'est pas raisonnable. Vous serez en dangers, en territoire inconnu et potentiellement ennemi, avec un homme plus que douteux pour escorte, argue Pô.

— Pour notre expédition je vous demanderai de me fournir deux guerriers. Ils seront mes gardes du corps, des témoins supplémentaires et une aide de plus à ce voyage qui s'annonce difficile.

— Rufus serait en mesure de vous protéger, annonce Ralph.

— Non ! répond Akira avec certitude. Il faut deux hommes capables de garder le secret sur leur mission, et qui peuvent faire croire sans le moindre doute qu'ils partent en infiltration pour espionner les Varkies.

Pô et Ralph la foudroient du regard, comme si elle avait dit la pire chose du monde.

— Quoi ? Il faut bien trouver une excuse à leur absence !

Naro retient un rire avant d'ajouter, ayant compris ce qui déplait tant aux conseillers :

— Y a pas de problème, ne vous inquiétez pas ! Vous avez bien raison d'espionner les manigances de Merick. Je ne lui fais pas confiance non plus. Je ne lui dirai rien, vous pouvez continuer, ce n'est pas moi qui vais vous en empêcher. Oh ! Et ne vous inquiétez pas non plus pour ceux que vous avez mis au coin de ma rue pour me suivre partout. On a nos petites habitudes. Je continuerai de m'arranger pour les semer quand ils me dérangent, ajoute-t-il avec un sourire entendu.

Ralph le considère, ahuri, Zaïnof rigole, et les autres restent silencieux à l'étudier.

— Ximus et Manzo seraient parfaits je pense, suggère soudain Dragan qui était resté muet tout du long.

Akira réfléchit et confirme, d'un hochement de tête, que c'est un très bon choix. Ils ont de très bonnes capacités au combat, en plus de dons assez particuliers, Manzo avec une vue hors normes, et Ximus avec une peau aussi épaisse que celle d'un ménonaure. Ils sont discrets et souvent assignés à la garde d'avant-poste lors des déplacements de Zaïnof.

— Quand comptez-vous partir ? se renseigne Kindsley.

— Dans deux lunes, répond Naro. Nous rentrerons dans une nouvelle saison chaude. La chaleur devrait faciliter notre voyage et nous permettre de rentrer bien avant les difficultés de la saison froide. On devrait s'en sortir, même si on doit passer beaucoup de temps à observer. Cela me donnera aussi le temps de préparer l'équipe que nous formerons pour ce voyage.

— Très bien. Je vais les prévenir qu'ils ont été choisis pour une mission importante et secrète. Il vous restera à leur expliquer dans les détails votre projet, stipule Kindsley.

— Que voulez-vous dire par préparer votre équipe ? l'interpelle soudain Ralph.

— Je veux tester leurs compétences pour m'assurer qu'ils sont prêts, et qu'ils seront efficaces face à n'importe quelle situation. Ce qui implique que je vais devoir les entraîner tous les jours à partir de demain après-midi.

— Ils ne seront jamais d'accord ! Comme s'ils avaient besoin qu'un Varkie leur dise comment se battre ! objecte Pô.

— Ils m'écouteront, affirme Akira.

— Et toi, comment comptes-tu expliquer ton absence ? demande Zaïnof

— J'ai ma petite idée.

— Laquelle ? insiste Dragan.

— Vous saurez bientôt, lui répond-elle dans un sourire avant d'ajouter. Maintenant que les choses sont claires, j'espère que vous tiendrez votre parole.

— Nous sommes des Soukso, tu peux nous faire confiance Akira, attestent-ils tous en chœur.

— Prenez soin de vous, et revenez-nous vivants, ajoute Zaïnof.

Akira et Naro quittent la grande choza et s'éloignent du village en silence, jusqu'à ce que Naro le brise.

— L'entraînement se passera au Trou Noir, tous les après-midi.

— Quoi ?

— Hors de questions que qui que ce soit mette un pied chez moi.

— Et Thory !? Et moi !?

— Toi, comme je te l'ai déjà dit, tu n'es pas n'importe qui. Tu continueras d'ailleurs de venir tous les matins pour ton entraînement personnel. Je ne suis pas sûr que tu serais au max de tes capacités en leur présence. Et pour t'éviter des allers-retours avec ta choza, tu pourras te changer chez moi. Tu n'auras pas à t'inquiéter d'être dérangée car je serai occupé à mettre de l'ordre dans mes affaires avant le départ. Pour ce qui est de Thory, il n'a pas mon code. Il ne peut entrer qu'avec moi, et même quand il est à l'intérieur, il ne peut pas aller où il veut. Il sait que la mezzanine lui est interdite. Thory est celui qui m'a aidé dans la confection de mon Loft ! Il est très doué dans ce genre de chose, il l'a fait pour plusieurs d'entre nous.

— Mon bar n'est pas une salle d'entraînement, tu vas encore tout casser !! Et je te rappelle que j'ai un commerce à faire tourner.

— Nous aurons fini avant l'arrivée des premiers clients et je veillerai à ce qu'ils t'aident à tout remettre en ordre avant de partir.

Akira le foudroie du regard, agacé qu'il ait toujours réponse à tout.

— J'espère que vous avez bien choisi.

— Évidemment.

— J'avais peur que ça se passe mal, mais comme toujours quand tu es dans les parages tu me fais avoir tort.

Akira rigole à sa remarque.

— Ce sont tes « a priori » qui faussent ton jugement.

Il a l'air de réfléchir à sa dernière remarque, tout en marchant à ses côtés. Et alors qu'elle commence à bifurquer pour passer chez elle avant d'aller au travail, il lui balance :

— À demain, bonne soirée.

Encore une soirée où il ne viendra pas au Trou Noir. Sa présence me manque. Pourquoi ne vient-il plus ? Il va ailleurs comme je l'avais suggéré, pour trouver des filles ?

Akira arrive à la Grande Ville et laisse Orou paitre dans le pré qui longe l'entrée Est. Elle chemine à travers les rues, sans conviction, trainant presque des pieds. Quand elle arrive devant l'entrepôt qui sert de lieu de rencontre entre les clans, elle lève les yeux vers l'enseigne. Elle mord très fort l'intérieur de sa joue, dans l'espoir de se raisonner. Elle soupire, avance vers la porte et fait soudainement demi-tour. Elle court sur le toit de l'immeuble voisin, et saute rapidement de toit en toit.

Je sais que ce n'est pas bien, mais j'ai besoin de savoir où et avec qui il passe la soirée, c'est plus fort que moi. Ne pas savoir me consume de l'intérieur. Ce soir je n'irai pas travailler, Nino devra se passer de moi.

Quelle surprise, quand elle découvre qu'il est bien rentré chez lui pour ne pas en ressortir avant le petit matin. Et personne ne l'a rejoint dans la nuit.

Je dois me dépêcher de rentrer. Il faut que je me change avant de revenir. Sinon il va comprendre que je ne suis pas rentrée à la maison. Quand je pense qu'il est resté seul toute la nuit. Il n'a pas cherché à aller voir ailleurs. Il n'est pas venu au Trou Noir pour d'autres raisons. Est-ce qu'il pourrait vraiment ne vouloir que moi ? Est-ce que c'est sa bête qui l'empêche d'en voir une autre ou a-t-il quand même quelques sentiments pour moi ? Je suis fatiguée, je n'ai pas les idées claires. C'est n'importe quoi ! Qu'est-ce que je vais encore m'imaginer. Au moins cette nuit, il n'était avec aucune autre femme et c'est le principal.

Chapitre 20

Naro

Anuba l'a prévenu qu'Akira n'était pas au Trou Noir hier soir. Et ce matin elle arrive plus tard qu'à son habitude pour l'entraînement. Pour autant Naro décide de ne pas poser de question.

Elle avait sûrement des choses à organiser après la réunion, il n'y a pas à s'inquiéter. Et puis les Soukso ont été assez compréhensifs, ça s'est bien passé en fin de compte. Les guerriers seront en mission d'espionnage... Et ils pensent que je ne suis pas au courant ! Vraiment naïf, rigole intérieurement Naro.

— Dis-moi, tu as prévu quoi comme explication à ton absence ? se renseigne Naro.

— Je ne sais pas encore. Je dois y réfléchir. Et toi, que vas-tu dire ?

— On n'est pas là pour causer je crois.

— C'est toi qui a commencé...

— Et c'est fini ! Au boulot.

Après un échauffement, ils simulent un combat qui devient rapidement intense, au milieu du quel ils reproduisent les deux derniers enchaînements travaillés. Akira les maîtrise très bien, et lui donne du fil à retordre. Il se surprend à la trouver de plus en plus fantastique, comme si c'était encore possible.

Il constate également que son lancer de couteau manque encore de précision, mais arrive dans la cible à chaque fois et peu importe la distance. C'est un énorme progrès. Elle est en train de trouver son style.

Il ne se lasse pas de l'observer à la dérobé, et ne contrôle pas ses lèvres qui s'étirent en un sourire niais. Quand elle se concentre, son visage affiche des petites mimiques, ce qui lui fait rater un battement à chaque fois. Il aimerait tellement connaître chacune de ses expressions et savoir ce qu'elles signifient, qu'il oublie d'être discret et Akira le surprends en train de la contempler. Elle rougit, Naro rate un nouveau battement, et sa respiration devient plus difficile.

Merde ! Elle est si magnifique, si ...

Une érection prend forme dans son pantalon, l'obligeant à se détourner.

— Je peux rester ici et me reposer avant de retourner travailler cet après-midi ?

— Oui, bien sûr ! Comme je t'ai dit hier, je ne resterai pas t'embêter après les entraînements. Mais... Quelque chose ne va pas ?

— Non, c'est juste que cet entraînement m'a fatiguée, et rentrer chez moi pour remettre ça tantôt... j'aimerais mieux me reposer.

— Tu n'auras pas à te battre. Mais plutôt à faire l'arbitre je pense. Car comme l'a dit l'un de tes conseillers, ils ne vont pas être d'accord pour s'entraîner avec moi !

— Ce sera probablement plus fatiguant que de se battre...

— Possible. J'ai pas mal de travail en retard à rattraper, j'y vais. Reste autant que tu veux, tu es ici chez toi... ajoute-t-il avant de sortir.

Il aurait aimé rester avec elle, et regarder l'eau s'écouler le long des courbes de son corps, mais il aurait à coup sûr fini par avoir des sueurs froides. Retenir son désir dans ce genre de situation, alors que c'est déjà très compliqué, reviendrait à un miracle. Il monte donc dans l'appartement d'Anuba, qui se trouve au-dessus du bar, au premier étage, pour se laver et se changer. Ensuite, il part vérifier ses commerces. À son retour, il demande à Anuba de convoquer Puck pour le lendemain, il doit lui parler. Il fait le point avec Thory, lui racontant ce qui s'est dit lors du conseil Soukso. Il lui explique quel genre d'entraînement il prévoit avec les deux guerriers Soukso censés protéger Akira.

Lorsqu'il arrive au Trou Noir avec Thory, Akira est dans la réserve et range. Nino étant absent, Naro décide de passer derrière le bar pour leur servir un petit verre.

Deux hommes blonds entrent dans le bar, l'un est grand et mince, l'autre fait une tête de moins avec une carrure plus carrée, laissant deviner une bonne musculature. Naro n'a pas de doutes, il s'agit des Soukso qu'ils attendaient. Les deux hommes se mettent en position de défense dès qu'ils aperçoivent Naro et Thory, les toisant avec haine.

— Salut ! s'aventure Thory.

— Je ne sais pas ce qui a piqué notre chef, mais il est hors de question qu'on participe à votre truc débile, et encore moins que vous vous permettiez de critiquer nos capacités.

— Vous n'avez pas le choix ! rétorque Akira qui venait de sortir de la réserve. Sinon vous resterez ici.

— Princesse !? s'exclame avec surprise les deux Soukso.

Akira reste calme et s'approche de Naro, qui est toujours derrière le comptoir.

— Et toi, qu'est-ce que tu fais là ?! Retourne à ta place...

Naro s'exécute, amusé, tandis que les Soukso changent de comportements, à l'évidence surpris par sa présence mais aussi par sa façon d'interagir avec Naro.

— Princesse, on ignorait que vous étiez ici, s'empresse d'expliquer Ximus.
— Évidemment que je suis ici, c'est mon bar.
— Votre bar ?
— Et il est aussi secret que la mission pour laquelle on vous a envoyé ici.
— Il restera notre secret, mais en revanche, il est hors de question pour nous de prendre part au projet fou de ce Varkie. La conseillère Kindsley nous a expliqué qu'il voulait traverser la montagne aux neiges éternelles, rigole Manzo.
— Dommage. Je pensais que vous voudriez nous accompagner pour me protéger...
— Quoi !? Vous… vous comptez l'accompagner ? s'indigne Manzo.
— Oui.
— Dans ce cas, il est évident que nous vous accompagnerons. On veillera sur vous avec grand plaisir, s'extasie Ximus.

Par automatisme, Akira étire légèrement ses lèvres dans le même sourire que celui dont elle se pare devant son peuple.

— Ximus, Manzo, je vous présente Naro et Thory. On fera équipe ensemble pour cette aventure. Je vous demanderai de ne pas leur manquer de respect, et de venir à chaque entraînement.
— Mais princesse, nous n'avons pas besoins de leur entraînement… insiste Manzo.
— Arrêtez avec vos princesses ! Vous savez comment je m'appelle, et pour l'entraînement, réfléchissez-y à deux fois avant de refuser. C'est pas donné à tout le monde d'apprendre des techniques de son ennemi. J'aurais pensé que vous seriez content d'en apprendre plus… Je suis déçue.

— Et moi donc ! ironise Naro. Tu les as vus ? Tu les as choisis et tu dis que c'est le bon choix ? J'ai de sérieux doutes.

— Ne te fie pas à leur apparence ! On n'est pas obligé de ressembler à Thory pour être un adversaire redoutable, tu devrais le savoir.

— C'est pas faux.

Ximus est le plus petit, avec des yeux bleus comme l'océan, tandis que Manzo a des prunelles noisette, et tous les deux reluquent Naro avec mépris. Ils doivent se retenir d'ajouter quoi que ce soit. Ils ont reçu un ordre de leur chef, et la princesse a insisté. Ils doivent mettre leur haine de côté, Akira a besoin d'eux et c'est la mission. À eux de prouver qu'ils sont capables, qu'elle a raison de leur faire confiance, et par la même occasion, le faire taire, ce qui les réjouit d'avance.

— Alors vous acceptez ? demande Akira.

— On n'a pas vraiment le choix... confirme Ximus.

— Très bien... Alors poussez toutes ces tables on va commencer, enchaîne Naro.

— Pardon !? Vous vous prenez pour notre chef pour nous donner des ordres ? s'offusque Ximus.

Naro fait face à Ximus qui le défie. Il est crispé et serre les poings pour se contrôler.

— J'ai promis à Akira que nous n'abîmerions pas son bar, mais je pense que je vais faire une exception pour cette fois, menace-t-il.

— Stop ! s'énerve Akira.

Thory a déjà commencé à décaler le mobilier, aidé de Manzo, qui a imité le Varkie en voyant que tout le monde mettrait la main à la patte.

Naro se tourne vers Akira.

— Quoi ?! Tu crois que je vais laisser ce petit merdeux arrogant faire ce qu'il veut ?

— Non. Je veux juste que tu attendes que l'on ait fait de la place, car il n'y a pas d'exception à ta promesse.

Ximus regarde Akira, surpris qu'elle ne prenne pas sa défense. Il réalise soudain que la place a été faite et que Naro le fixe avec un sourire carnassier, prêt à se battre.

— On va commencer par voir de quoi tu es capable… Allez, essaie de me faire mal.

Ximus attaque aussitôt, mais aucun des coups qu'il porte n'atteint Naro, qui esquive sans aucune difficulté. Naro trouve amusant de lui assener, de temps en temps, de petites tapes derrière la tête ou des petits coups de pied aux fesses. Pour lui, c'est comme un jeu, Ximus étant comme une bête qui charge bêtement, sans réfléchir, pendant que Naro l'évite tout en rigolant, le taquinant. Leur petit numéro dure une bonne dizaine de minutes, avant que Naro se fatigue et l'attrape par le cou.

— Tu ne veux peut-être pas de mon entraînement, mais sans lui, il est hors de question que je te laisse nous accompagner. Tu es incapable de protéger ta princesse ! J'aurais pu te tuer à plusieurs reprises si je l'avais voulu et lui faire du mal. On ignore ce qu'on trouvera de l'autre côté et l'étendue de la puissance de ces Originels. Je peux t'aider à devenir meilleur, mais pour ça, tu dois apprendre à écouter et faire ce que je te dis. Je ne suis pas ton chef, mais pendant les entraînements et l'expédition c'est à moi que tu dois rendre des comptes. Est-ce que je suis clair ? Si tu n'en es pas capable, dégage.

Naro le lâche et se tourne vers Akira, qui l'examine, sévère.

— Ne t'avise pas de critiquer mes méthodes.

— Je n'ai rien dit.

Ximus se frotte le cou et reprend son souffle. Il jette un coup d'œil à Manzo, qui est blême.

— À qui le tour ? questionne Naro.

Manzo le fixe et s'avance prudemment. Naro commence à lui expliquer comment observer les mouvements de l'adversaire pour essayer de comprendre quelle frappe il va réaliser, et ainsi pouvoir l'esquiver plus facilement.

— La priorité c'est la défense. L'attaque passe après.

Manzo écoute, attentif, et suit les instructions de Naro.

Ximus est assis plus loin, avec son air renfrogné. Il a les bras croisés sur la poitrine, et sert les lèvres. Il observe, avec ses sourcils froncés, Manzo appliquer les directives de Naro. Il lui fait changer de position, et lui montre comment faire quand il lui envoie son poing à la figure. Ximus analyse plus attentivement, réalisant que la parade n'est pas compliquée et qu'il n'avait jamais pensé à la faire de cette façon. Ça l'énerve, alors il jette des coups d'oeil à droite puis à gauche, refusant d'admettre que Naro n'avait peut-être pas tort. Il aperçoit Thory qui aide Akira à ranger des cartons. Puis il soupire, se passe les mains sur le visage avant de les laisser retomber mollement sur ses jambes. À bien y réfléchir, il est obligé d'admettre qu'il aurait été incapable de protéger la princesse de Naro. Il ne veut plus laisser ce genre de chose se reproduire. Il se rappelle ce que venait de dire Akira au sujet d'apprendre de son ennemi. Alors il prend une grande inspiration et se lève pour se rapprocher de Manzo et Naro.

Le reste de l'après-midi se passe tranquillement. Naro continue de leur expliquer comment esquiver telle ou telle action. Il les fait s'exercer l'un avec l'autre, leur réclamant de contrer chaque attaque.

Thory et Akira finissent par venir s'installer dans un divan, et assiste tranquillement à l'entraînement. Akira leur signale que c'est fini dès que Nino arrive, leur rappelant l'ouverture du Trou

Noir. Les Soukso partent, pendant que Thory et Naro remettent en place le mobilier.

Ils s'installent à une table, où Akira leur sert à boire, et restent à discuter de leur plan d'entraînement pendant que les danseurs commencent à affluer. Pendant la soirée, Akira se retrouve à le reluquer. Et Naro qui sent qu'on l'observe, lève la tête à la recherche du coupable. Il croise ses iris et se détend. Un sourire discret sur les lèvres, il la considère tendrement. Mais Akira, surprise par sa réaction, ne sait plus où regarder et comment réagir. Percevant son trouble, Naro sourit de plus belle. Akira laisse échapper un léger sourire, avant d'aller servir la jeune fille qui l'interpelle. Naro soupire, puis se détourne pour revenir à sa conversation avec Thory.

— Tu es mordu, n'est-ce pas ?

— Quoi ?

— Toi et elle ! La façon dont tu la contemples, c'est tellement évident que tu l'aimes.

— Vraiment ?

Il acquiesce.

Chapitre 21

Naro

Quelques jours plus tard, l'entraînement continue mais cette fois Naro leur demande de ne plus se battre entre eux, mais contre Thory. Pendant ce temps il les étudie depuis un divan.

Akira arrive un peu plus tard, les cheveux encore humides de sa douche récente. Elle avait continué de s'entraîner au loft après le départ de Naro, comme à son habitude, mais à présent elle est fatiguée et s'affale, à côté de lui, avant d'entamer le dialogue.

— Combien de temps tu penses que ça va durer avant qu'ils y arrivent ?

— Je l'ignore, ça va dépendre de leurs capacités. Quand ils y parviendront avec Thory ils réessaieront avec moi.

— Pourquoi, je n'ai pas eu cet entraînement ?

— Parce que tu te débrouilles déjà très bien pour éviter les coups. Je te rappelle que lors de notre première rencontre tu me tenais en respect malgré ma rage.

Elle sourit à ce souvenir, et examine avec lui, en silence, les hommes qui s'aguerrissent. Elle finit par s'endormir, sa tête tombe vers l'avant mais Naro la rattrape avant qu'elle ne se fasse mal et se réveille. Tout doucement, la main sur son front il la ramène en arrière et la cale sur le dossier du fauteuil. Il profite de ce moment volé pour la scruter avec envie, inhalant son parfum naturel qui l'apaise et le replonge dans les souvenirs de la nuit qu'ils avaient passée ensemble. Mais Akira bouge en grognant, elle n'est pas à l'aise. Naro décide de la guider vers une meilleure position, alors qu'elle est toujours dans les brumes du sommeil. Il l'aide à s'allonger et poser sa tête sur ses jambes. Il n'aurait jamais osé rêver d'un tel moment. Savourant le contact contre ses cuisses, il pousse jusqu'à lui caresser la joue avec son pouce.

C'est bien, repose-toi, tu es en sécurité ici. Et je suis content que tu me fasses toujours confiance. Tu peux le nier quand tu es éveillée, mais ton inconscient te trahit, ma précieuse Akira. Sinon tu ne dormirais pas aussi profondément et paisiblement.

Heureux, un léger sourire sur les lèvres, il continue de regarder les combattants. De temps en temps, il se risque à lui jeter une œillade furtive, mémorisant chacun de ses traits. Il aurait aimé que l'après-midi soit sans fin, pour rester figé dans cet instant.

Quand Nino arrive, il les fixe quelques instants avant de retourner à son travail sans rien dire. L'entraînement s'est arrêté lui aussi, et les Soukso les dévisagent interrogateurs, tandis que Thory affiche un large sourire. Naro n'a pas remarqué qu'il continue de lui caresser la joue. Il ignore complètement son public, et faisant attention à ne pas la réveiller, se lève doucement. Il repose sa tête sur le divan, où se trouvait ses jambes à lui, quelques secondes plus tôt. Il s'approche ensuite des garçons.

— C'était pas mal. On recommence demain.
— Qu'est-ce que vous lui avez fait ? demande Ximus.
— Rien. Elle est fatiguée et s'est endormie.

Naro et Thory quittent le bar une fois que tout est remis en place, et laissent Manzo et Ximus derrière eux, encore surpris par la tendresse dont ils viennent d'être témoins. Personne n'aurait imaginé cet homme faire preuve de douceur, et être gentil avec qui que ce soit. Pourtant, ils l'ont vu laisser dormir leur princesse sur ses genoux, la manipulant avec délicatesse pour ne pas la réveiller.

— Au moins, elle n'aura pas à subir des entraînements aussi durs que nous... remarque Manzo.

— Son rang oblige cette ordure à lui montrer un peu de respect. Il ne peut pas la maltraiter et lui parler comme il le fait avec nous, sinon il aurait des problèmes avec le clan, ajoute fièrement Ximus.

— Oui, c'est sûrement ça, répond Manzo en se dirigeant vers le comptoir où Nino leur sert à boire avant de rentrer chez eux.

Pendant plusieurs jours, ils continuent les exercices pour éviter les attaques, apprendre à les parer où les recevoir en réduisant leur impact. Au début, Thory a le dessus, mais, jour après jour, les Soukso arrivent de mieux en mieux à feinter ses attaques. Ils deviennent plus rapides et Thory doit faire preuve de plus d'ingéniosité pour les pousser dans leur retranchement.

Un jour, Naro est absent, à la surprise d'Akira qui ne peut s'empêcher de se renseigner, mine de rien.

— Naro n'est pas venu aujourd'hui ?

— Il devrait arriver. Il est parti chercher quelqu'un à Varice ce matin, l'informe Thory. Il ne devrait plus tarder.

— Ça avance ? interroge Akira en s'adressant aux Soukso.

— Marre de faire toujours pareil, ça sert à rien ! s'exclame Ximus.

— Vraiment ?

Akira prend deux grands bâtons et lui en envoie un. À peine l'a-t-il réceptionné, que déjà, elle l'attaque. Il prend un premier coup dans le ventre, puis un second derrière le genou, l'obligeant à mettre la jambe au sol.

— Visiblement oui, ça ne sert à rien puisque tu n'as rien retenu.

— Vous ne m'avez même pas laissé le temps...

— L'ennemi n'attend jamais ! La vitesse pour esquiver une attaque, et la voir venir doit être pratiquée aussi bien dans le corps à corps, qu'avec une épée ou toute autre arme. Vous devriez vous entraîner, et toi aussi Thory... Essaie de me toucher !

Thory sourit à l'invitation, prend un bâton et essaie à son tour. Il est trop lent pour elle, alourdi par sa corpulence massive, mais ne bronche pas sous les attaques qu'elle lui fait subir. Il les accueille de sorte qu'elles ne fassent que l'égratigner.

Naro, qui arrive entre temps, les regarde en silence. Il est fier d'elle, et ne peut qu'approuver la façon qu'elle a de se battre. Laetie, la guérisseuse Varka qui se tient près de lui, suit, elle aussi la scène qui se déroule au milieu du bar.

— Ton père aurait beaucoup apprécié cette fille, confie-t-elle.

Il la dévisage, surpris, et elle lui sourit en répondant à sa question muette.

— Elle n'a que faire qu'il soit Varkie, ça se voit dans sa façon de se battre avec lui, de lui parler et de lui sourire. Elle n'a pas l'air du genre à se préoccuper des obligations imposées aux clans. Ton père regrettait qu'il n'y ait pas plus de gens comme ça.

— Vous le connaissiez si bien que ça ?

— C'était un ami d'enfance, et un amour de jeunesse. Mais je ne pouvais rien faire contre l'union originelle qu'il a connu avec ta mère. J'ai même espéré connaître, moi aussi, un jour cette forme d'union. Tu lui ressembles beaucoup...

— Vous ne m'en aviez jamais parlé avant.

— Pour quoi faire ?

— Pour savoir que mon père avait des amis.

— Il en avait bien plus que tu ne le penses. Ils respectaient sa décision de rester en dehors de la politique, et ont fait leur propre vie, le laissant tranquille. Si ton père l'avait voulu, ils l'auraient suivi. Ils l'appréciaient toujours autant, malgré son alliance avec ta mère, une Soukso.

Une vague de tristesse passe sur le visage de Laetie. Elle la chasse et se concentre sur les jeunes gens, qui lui font face à présent et s'interrogent sur sa présence.

Naro vient de découvrir deux choses qu'il avait ignorées jusque-là, mais il décide que ce n'est pas le moment d'y penser. Il s'avance vers ses camarades, et présente la femme près de lui.

— Je vous présente Laetie. C'est une guérisseuse Varka. Elle est respectée et très talentueuse dans son domaine. Elle nous accompagnera dans notre expédition. Malheureusement, elle ne pourra pas s'entraîner avec nous, et ne supporte pas de devoir infliger des souffrances aux autres. Je vous serai donc reconnaissant de prendre soin d'elle et de veiller sur elle.

— Tu as qu'à le faire toi ! Elle est de ton peuple ! Notre mission, à nous, c'est la sécurité d'Akira, le toise Ximus.

Akira approche Laetie avec un grand sourire et rétorque :

— Je m'occuperai personnellement de votre sécurité.

— Merci, mademoiselle. Dans ce cas, je ne vois aucun inconvénient à vous accompagner. Je suis convaincue que vous y parviendrez sans difficulté.

Ximus et Manzo regardent leurs pieds. Et Manzo a les oreilles qui rougissent. Ils ont été grossiers et ils le savent. Ils ont encore du mal à accepter les ordres de Naro et à l'apprécier, mais Akira n'est pas comme eux. Et ça les met mal à l'aise de voir à quel point pour elle, la loi qui leur interdit d'interagir avec l'autre clan, n'a pas d'importance. Surtout, qu'ils savent qu'Akira n'est pas comme ça uniquement à cause de la mission, où ils ne formeront qu'une seule équipe. Elle est comme ça au quotidien car elle les respecte. Le bar qu'elle a créé en est la preuve. Ximus et Manzo ne sont pas idiots, ils savent les Varkies comme eux à bien des égards, pourtant, il n'y a que Manzo qui sort progressivement de sa réserve. Il commence à discuter avec Thory avant les entrainements, il lui pose des questions sur sa vie à Varice. Pour Ximus, ça reste plus compliqué, car il a un grand respect pour leurs lois et a appris, tout petit, sous les coups de son père à les respecter, alors il reste toujours à l'écart. Il arrive et attend la leçon, et dès que c'est fini, il va voir Nino ou part directement pour retourner à Bouchko.

— Je suis ravie d'avoir fait votre connaissance à tous, sourit Laetie avec chaleur en les jaugeant. Je reviendrai vous voir dès que j'en aurai l'occasion. Je pourrais ainsi mieux vous connaître avant le départ. J'espère aussi pouvoir aider aux préparatifs.

— Vous venez quand vous voulez. Et sachez que vous êtes également la bienvenue au Trou Noir lorsqu'il est ouvert au public, l'informe Akira.

Naro raccompagne Laetie dehors, où elle remonte en selle avant d'affirmer à Naro :

— Elle est puissante. Je l'ai vu dans ses yeux. Et tu peux lui faire confiance, elle sera loyale à votre cause. Le blond trapu, lui, te donnera plus de fil à retordre, il a prêté allégeance à son clan, pas à ta cause. Il te suivra, tant qu'elle sera là, c'est tout. Il ne te respecte pas encore et je ne sais pas s'il y arrivera un jour. Il y a une blessure profonde en lui qui l'empêche d'être lui-même.

— Vous avez toujours su voir ce qui était cassé et invisible aux yeux des autres... J'ignore comment vous faites.

— Probablement un don, comme le tien.

Il lui sourit, sans confirmer ses soupçons. Et elle part au petit trot dans les rues de la grande ville, le laissant dehors à l'entrée du Trou Noir.

Chapitre 22

Naro

Naro se remémore sa rencontre du matin avec Laetie, quand il était arrivé à Varice pour se rendre dans le nouvel immeuble réservé aux malades. Laetie y passe le plus clair de son temps.

— Qu'est-ce qui t'arrive ? Tu ne viens pas me voir souvent et tu n'es pas du genre à vouloir qu'on t'aide à panser tes blessures.

— Tu as raison, je ne suis pas venu pour que tu t'occupes de mes blessures. En même temps, je n'en ai pas en ce moment.

Elle le regarde un moment, avant de sourire et de rétorquer :

— C'est ce que tu dis. Mais je sens qu'il y a quelque chose... Là, fait-elle en montrant sa poitrine. Mais ça, je ne peux rien y faire, seul toi et le temps y pouvez quelque chose.

— Je ne suis pas venu pour ça non plus, admet-il en souriant tristement.

— Alors pourquoi ?

— J'ai un grand service à te demander.

— Explique-toi.

— Je pars voir ce qui se passe de l'autre côté de la montagne.

— Tu es devenu fou ?

— J'ai toujours été fou...

— Non, le coupe-t-elle. Les gens disent ça pour ne pas admettre que tu es visionnaire. Mais là en revanche, c'est de la folie. Et c'est quoi ce service que tu voulais me demander ?

— Je ne pars pas seul.

— Évidemment, Thory sera avec toi. Il est toujours dans tes plans foireux.

Naro rigole avant d'acquiescer.

— Oui, mais il y aura aussi trois Soukso.

— Tu as réussi à convaincre des Soukso de t'accompagner ?

— On peut dire ça. Ils seront en charge d'informer leur clan de ce qu'ils auront vu et appris. J'aimerais que les Varkies aient eux aussi le droit à ces connaissances à mon retour, seulement aucun Varkies ne me croira... Thory est respecté et à de l'influence, mais pas autant que toi. Personne ne trouverait à redire après toi, tout le monde te croirait. Ils savent que tu ne leur mentirais pas. C'est pourquoi j'aimerais que tu nous accompagnes, pour être les yeux et les oreilles Varkies.

— Je te remercie de me faire à ce point confiance et de me donner autant d'importance, mais tu pourrais choisir mieux que moi.

— Non. Il n'y a qu'en toi que j'ai confiance pour ne pas trahir le secret de notre départ, et personne ne pourra acheter ton silence.

— Et qui va s'occuper des malades ?

— Tu n'es pas la seule guérisseuse, et avant notre départ tu pourrais finir de former celle en qui tu as le plus d'espoirs, pour te remplacer le temps de ton absence.

— Je ne sais pas, Naro. C'est dangereux, et je ne sais pas si j'arriverais à avoir assez confiance en quelqu'un pour prendre soin des malades convenablement.

— S'il te plaît... On veillera à ce qu'il ne t'arrive rien. Tu n'auras pas à te battre. Et puis, nous aussi on aura besoin d'un guérisseur. On ne sait pas ce qui va se passer. On va peut-être se blesser sur cette montagne ou tomber malade... On a vraiment besoin de toi.

Elle voit bien l'espoir qu'elle représente dans les yeux de Naro, et elle aimerait lui accorder au moins ça. Mais elle doit aussi rester prudente et penser aux Varkies. Naro la fixe, avec le même regard implorant que son père, et elle ne peut s'empêcher de lui dire :

— Laisse-moi voir ce petit groupe avant de te donner ma réponse.
— Alors viens avec moi, je vais te les présenter.

Akira

Naro entre à l'intérieur du club, où Akira a repris l'entraînement avec les garçons.

— Manzo, tu dois être moins raide dans tes mouvements. Tu n'es pas en train de tenir un arc, ton bâton c'est le prolongement de ton bras, il doit bouger en harmonie avec lui. Thory, toi tu es trop lent. Tu essaies d'esquiver mais à peine tu finis ton mouvement que j'ai le temps de t'attaquer par l'autre côté. Si c'était une épée tu serais déjà mort.
— Parce qu'on s'entraîne juste à esquiver pour l'instant. Je sais que l'épée est mon point faible. Teste-moi sur un vrai combat au corps à corps et on verra si tu arrives à me tuer.
— Tu penses ?
— Oui
— Ok, alors essaie.

Ils se mettent en place, Akira commence son attaque, tranquillement, pour, comme à son habitude, ne pas en dévoiler trop sur elle. Thory ne cherche pas à esquiver. Il attrape le bâton à pleine poigne et désarme Akira en le lançant hors de portée. Akira le toise, surprise, puis il passe à l'attaque, se jetant sur elle avec férocité. Elle l'esquive. Il recommence, mais Akira parvient toujours à l'éviter sans effort, n'ayant aucune difficulté à être un peu plus rapide que lui. Quand Thory essaie finalement de lui faire un croche-pied, elle saute et s'appuie sur lui, se servant du déséquilibre provoqué pour le faire tomber à terre. Elle pose ensuite son pied sur sa trachée.

— Tu es mort !
— J'en ai pour deux secondes à t'envoyer valser dans le décor, répond Thory en la repoussant par le pied posé sur son cou.

Elle se rattrape et reprend son équilibre facilement, avant d'ajouter en rigolant :

— Mais je ne t'en aurais pas laissé le temps. Mon pied t'aurait écrasé la trachée avant que tu aies pu faire quoi que ce soit. Je ne laisserai pas le temps à mon ennemi de réfléchir à comment s'en sortir.

Thory caresse sa gorge, se rappelant ce qui s'était passé au loft. Il sait qu'elle a raison. Il lui sourit, et la félicite pour ce beau combat.

— Je te ferai remarquer que depuis le départ, tu essaies de profiter de la situation. Attraper le bâton pour me désarmer… Tu étais censé faire comme si c'était une épée.
— C'est ce que j'ai fait.
— Tu ne pourrais pas attraper la lame comme ça.

Naro qui était resté en retrait pour les observer, choisi ce moment pour intervenir.

— Détrompe-toi, il l'a déjà fait… C'est un dur, ça ne le dérange pas d'avoir les paumes lacérées. Il a de belles cicatrices pour le prouver. En général, maintenant il ne combat plus sans protection sur ses mains car il sait que c'est plus fort que lui, il attrape tout ce qui le dérange pour l'envoyer valser.

Akira étudie Thory incrédule.

Il est vrai qu'il porte toujours des gants, et que je n'ai jamais vu ses mains, sauf peut-être le jour où j'ai failli le tuer. Mais ce jour-là, je me moquais bien de leur apparence, je ne voyais même pas que c'était lui.

Les jours passent et les entraînements se poursuivent, augmentant en intensité et en diversité. De son côté, Akira continue de s'entraîner le matin avec Naro, et l'après-midi elle n'est qu'observatrice. Naro prend tout en charge, pour lui laisser la liberté de se reposer, et de faire ce qu'elle a à faire. Mais c'est aussi un moyen pour Naro de donner la possibilité à Akira de garder ses capacités secrètes. Et bien qu'elle sache que ça ne pourra pas durer longtemps, surtout pendant leur voyage, elle lui en est reconnaissante. Car pour l'instant, elle apprécie ces moments où ils la côtoient encore sans crainte.

Ces derniers jours, elle a beaucoup réfléchi au déroulement de l'expédition. Elle a réalisé qu'ils leur manquent quelque chose d'essentiel. Elle a donc demandé à Naro de faire venir Laetie, sans lui donner plus d'explication.

Chapitre 23

Ximus

C'est qui encore celui-là ?

Ximus reluque Akira qui arrive accompagné de Park. Tandis que Naro met fin à l'exercice avec Manzo, et la dévisage surpris.

Visiblement ça ne lui plait pas non plus, rigole intérieurement Ximus.

Akira s'avance dans la pièce et sourit à Laetie, qui est installée sur un divan avec une tasse d'infusion de badiane. Cette dernière est occupée depuis son arrivée à découvrir l'entraînement de ses futurs compagnons. Akira fait les présentations, et s'installe près d'elle sur le canapé, laissant Park s'assoir sur un fauteuil à côté. Puis Akira tourne son attention vers le petit groupe, et remarque que Naro la fixe toujours, un sourcil relevé.

— J'ai remarqué qu'il y avait un problème dans notre préparation.
— Lequel ?!
— Nous devons aussi travailler notre couverture ! Elle aussi est importante, voir même, plus que le reste, car sans elle tout peut tourner mal. Alors que si elle est bonne, on n'aura pas besoin de tout cet entraînement.

— Tu as raison, je n'y avais pas pensé. Qu'est-ce que tu proposes ?

— Avec l'aide de Park, nous allons nous entraîner à nous faire passer pour des esclaves et des maîtres. Il nous aidera à nous corriger.

— Tu as déjà une idée de qui jouera quel rôle ? demande Ximus en se rapprochant.

— Bien sûr. J'y ai longtemps réfléchis. Naro et Ximus vous serez des maîtres. Il est évident que vous êtes incapables de vous faire passer pour autre chose, même avec de l'entraînement.

— Et pourquoi ? s'enquiert Naro avec défi.

— Vous êtes bien trop fiers.

Thory et Laetie pouffent de rire, et Naro lui sourit tel un prédateur. Akira sait que quand il est comme ça, il faut être prudent, mais elle ne cède rien et poursuit ses explications.

— Thory, Laetie, Manzo et moi seront vos esclaves. Park m'a confirmé qu'un maître se déplace toujours avec plusieurs esclaves. Au moins un homme pour les lourdes besognes, et une femme pour faire... sa cuisine, dit-elle en rougissant, tout en évitant de dire les autres choses que lui a révélées Park. Nous serons donc plus crédibles ainsi.

— Tu seras mon esclave alors, affirme Naro.

— Hors de question !! s'offusque Ximus. Elle est sous notre protection, il est hors de question qu'elle soit ton esclave.

Naro le fusille du regard, et ne lui laisse même pas le temps de comprendre la menace. Il lui a déjà fait une balayette, le faisant tomber au sol. Manzo a voulu réagir et avant de finir de se positionner devant lui se retrouve éjecté à travers la pièce, par Naro qui l'avais soulevé du sol et jeté. Il attrape le bras d'Akira sans douceur, l'obligeant à se relever, et ainsi déséquilibré il en profite pour se positionner derrière elle avec un couteau sous sa gorge. Akira ne bouge pas, elle sait que ça ne sert à rien. Elle serre les dents et attend qu'il la relâche, quand il aura fini sa petite leçon.

— Tu la protèges ?! Tu es sûr ? Pour son bien, il est préférable qu'elle soit mon esclave...

Ximus est fou de colère, contre Naro, contre lui-même. Il sert les poings et les dents.

Pourquoi est-ce que ce type parvient encore à me mettre au tapis !? Et le pire c'est que je ne lui soumets même pas un peu de résistance. C'est si facile pour lui de se débarrasser de nous. Ça m'énerve ! Akira mérite ce qu'il y a de mieux, et je dois me rendre à l'évidence, je ne suis pas le meilleur garde du corps à l'heure actuelle. Qui sait ce qu'on va croiser là-bas. Mais je te promets Akira de faire de mon mieux pour devenir meilleur.

— Thory et Laetie seront les esclaves de Ximus, moi et Manzo seront les esclaves de Naro, stipule Akira en regardant Ximus, tout en se détachant de l'emprise de Naro qui la laisse faire.

Il n'y a pas de désapprobation dans son coup d'œil, juste une demande muette d'arrêter de faire des histoires et d'obéir, ce qu'il fait.

— C'est une bonne idée. Notre expédition mélange nos deux clans, autant continuer de nous mélanger pendant notre couverture. Arrêtons de faire bande à part, s'exclame Laetie pour baisser la tension.

Et Akira ne peut s'empêcher d'approuver son point de vue, tant elle aime cette idée. Puis elle continue d'exposer son plan. Ce qui ne rassure pas complètement Ximus.

— Manzo sera toujours près de moi en tant qu'esclave, donc tu n'as pas à t'inquiéter Ximus. Vous continuerez de veiller sur moi… Et puis nous devons équilibrer les forces au cas où nous serions séparés.

— En quoi ça équilibre les forces ? Tu crois que j'ai besoin de Thory pour rivaliser avec Naro ? objecte Ximus vexé.

— Tous les deux vous serez plus fort pour protéger Laetie qui n'est pas une combattante. Tu préfères que je te mette en équipe avec Manzo et que je reste seule avec Thory et Naro ?

— Hors de question !! proteste Ximus avec plus de vigueur que nécessaire.

J'aurais juste préféré rester à tes côtés à la place de Manzo. Je suis sûr de pouvoir me faire passer pour un esclave, tu te trompes.

Naro se retient de rire, comprenant où veut en venir Akira, mais elle le fait taire d'un simple coup d'œil. Et il reprend son sérieux.

— On commence dès aujourd'hui. À chaque fois que l'on franchi ces portes, et dès que l'on n'est pas en train de se battre, on doit tenir nos rôles respectifs. Ça doit devenir naturel pour nous. Compris ?

Ils hochent la tête. Ensuite Park commence à leur expliquer comment les esclaves doivent se tenir :

— Ne fixez jamais le maître dans les yeux, vous devez avoir en permanence la tête baissée. Les hommes ont le droit d'observer l'horizon pour surveiller le camp, le bétail… Mais quand le maître est là, ils doivent baisser les yeux. Les femmes, quant à elles, ne voient jamais plus haut que les épaules du maître, sauf quand elles sont entre elles, en cuisine. Les hommes n'ont pas le droit de contempler intensément une femme, même si c'est leur compagne. Elle est la propriété du maître, il n'y a que lui qui a le droit de la regarder comme il veut et en faire ce qu'il veut, comme l'emmener dans son lit si l'envie lui en prend.

Akira et Laetie sont livides... Elles ont horreur de ce qu'elles entendent, et se demandent comment on peut traiter des femmes de la sorte. Akira, reformule alors sa promesse à Park. Celle de retrouver son ancien maître et le tuer pour lui faire payer ce qu'il a fait subir à sa fille et probablement sa femme. Park se met à genoux devant elle, et cramponne ses mains dans les siennes. Des larmes roulent sur ses joues.

— Vous ferez ça ?! Vraiment ?

Akira hoche la tête en lui souriant avec tendresse. Park essai d'essuyer ses larmes, tandis qu'Akira l'aide à se relever.

— Merci, arrive-t-il enfin à prononcer.

Akira ne veut pas s'attarder sur le sujet et se relève aussitôt pour s'exercer à marcher en fixant le sol, avant d'être rejointe par Laetie.

— Il n'est pas suffisant de baisser la tête, vous vous tenez trop droite, la corrige Park. Votre dos, vous devez le voûter. Vous regardez le sol depuis votre enfance. Vos épaules sont avachies et votre dos, courbé. Et vous madame, imaginez que votre dos vous fait terriblement souffrir. Vous devez avoir des difficultés à vous redresser. À votre âge une esclave a déjà beaucoup souffert.

Les filles essaient de réaliser les positions qu'il leur a expliqué. Naro qui s'est assis dans un fauteuil se prête au rôle sans difficulté.

— Akira va me chercher à boire !

— Non !! Vous ne pouvez pas l'appelez par son prénom. Parmi les esclaves, les femmes ont le niveau le plus bas. Elle ne mérite pas d'avoir un nom. Au mieux, elle est la favorite, mais ça ne lui donne pas plus de nom. Les femmes n'ont un nom que dans l'intimité. Les maîtres les appellent juste « femme ». Mesdames vous devez vous entraîner à reconnaître la voix de votre maître, car il n'y a qu'à lui que vous obéissez. Ainsi vous saurez à laquelle de vous il parle. Et vous allez-y essayé. Dites « Femme, à boire ! »

— Mais comment les femmes font pour se reconnaître dans les demeures si le maître les appelle toute de la même façon ? interroge Laetie dubitative.

— Ça n'a pas d'importance. Au pire, elles feront toutes ce qu'il a demandé. Le plus important pour le maître, c'est d'être servi et rapidement.

Akira est rouge de colère. Elle en a assez entendu pour aujourd'hui, aussi sort-elle en trombe à l'extérieur.

Qu'est-ce qui se passe ? Pourquoi elle... Quoi !? Pourquoi Naro la suit !

— Ça va aller ? demande Naro.

— Oui, il me faut juste un temps d'adaptation. Je n'accepterai jamais ce genre de chose, mais je sais comment dissimuler mes sentiments, je vais y arriver ne t'inquiète pas.

— Je ne m'inquiète pas pour ça.

Elle le regarde surprise, et Naro la prend dans ses bras sans rien attendre en retour. Elle est tétanisée, et n'ose plus bouger. Il sert ses bras autour d'elle, comme un cocon protecteur.

— Tu t'en sortiras très bien. Mais quand tu sens que tu vas flancher, n'oublie pas que je suis là. Je sais que tu ressens le besoin de les protéger. Malheureusement, tu es impuissante. Tu vas avoir besoin de beaucoup d'énergie pour y arriver. Donc, dès que tu as besoin de reprendre des forces, viens t'appuyer sur moi.

Je serai toujours là pour t'aider et te protéger, personne ne saura que tu as eu besoin de te reposer.

Elle ferme les yeux, respire profondément et profite de cette proximité, pour emmitoufler son visage dans son torse. Elle lâche son masque, et pleure. Petit à petit, en prenant son temps, elle se recompose une nouvelle barrière, derrière un nouveau masque, plus résistant et prêt à encaisser ce qui les attend. Quand elle se sent prête, elle se recule. Naro ne la retient pas plus longtemps, et relâche son étreinte. Akira frissonne, sentant le froid qui l'entoure maintenant qu'elle s'est éloignée du corps chaud de Naro. Elle le regarde avec sérieux, avant de le remercier. Il lui sourit gentiment avant de repartir comme si de rien n'était, mais s'arrête devant la porte le temps de lui dire :

— N'oublie pas ce que je t'ai dit. Je serai là, dès que tu auras besoin, n'hésite pas...

Elle était sincère quand elle l'a remercié. Il lui a fait beaucoup de bien. Et, elle apprécie qu'il ne se moque pas d'elle et qu'il ne cherche pas à jouer avec ses sentiments. Il la respecte et elle lui en est reconnaissante.

Naro rentre à l'intérieur, où Park continue ses explications avec Ximus.

Enfin ! Il a de la chance que j'étais obligé de rester ici. Sinon je serais sorti voir ce qui se passait. J'espère qu'il ne lui a pas fait de mal. Ah la voilà !

— Seigneur, vous m'écoutez toujours ?
— Oh, euh, oui pardon.
— Je vous disais qu'un maître ne doit pas regarder ses esclaves avec pitié, ni avec plaisir. Il n'a aucune émotion pour eux. Ce sont ses objets, ils ne valent pas plus que de simple marra. Il n'y a pas

non plus de désir dans le regard, ajoute-t-il à l'intention de Naro. Vous possédez tout ce que vous voulez quand vous le voulez...

Naro comprend l'avertissement, et fera de son mieux.

— Oui, comme ça. C'est parfait. Votre façon de les toiser est parfaite. Gardez-le en mémoire, vous le faites très bien ce regard méprisant.

Mais j'ai juste regardé Laetie et Thory comme je le fais d'habitude... Ils ont beau ne pas être désagréable, je n'arrive pas à oublier qu'ils sont Varkies. Pour être honnête c'est la seule chose à laquelle je pense quand je les vois. Mais, de là à dire que je les toise avec le même détachement méprisant que les maîtres de chez lui... Je suis aussi cruel que ces hommes ? Non c'est impossible. Je ne veux pas être comme ces personnes.

Chapitre 24

Akira

Akira trouve Naro devant sa choza.

— Qu'est-ce que tu fais là ?
— Ce matin l'entraînement se passera ici, lui apprend-t-il en lui tendant les couteaux.

Elle le dévisage avec étonnement.

— Je serai ta cible mobile. Tu maîtrises à la perfection une cible fixe, maintenant tu dois apprendre sur une cible vivante, car ton ennemi est rarement immobile. Ressens le mouvement, la vitesse, visualise sa trajectoire et l'endroit où il sera au moment où ton couteau l'atteindra. C'est le seul moyen de réussir.

Tout en parlant, Naro fixe sur son dos une petite cible en bois.

— C'est parti.
— Mais je risque de te blesser.
— Vise bien, lui conseille-t-il simplement en s'éloignant dans le bois.

Elle maîtrise très vite le concept, ce n'est pas si compliqué. C'est comme sur les cibles fixe à part qu'il faut imaginer l'endroit où elle sera au moment où on lance. Et avec ses dons, estimer les distances et vitesse s'avère naturel. Elle doit jute s'entraîner encore un peu pour se perfectionner.

Après l'entrainement, Naro revient près d'elle. Il y a un autre sujet qu'il veut aborder.

— On doit parler.
— De quoi ?
— Tu n'as jamais tué.
— J'ai promis Naro. Cet homme est ignoble. N'essaie pas de nous faire passer par un autre chemin pour qu'on l'évite. Ne le fais pas non plus à ma place.
— Ce n'était pas mon intention. Je voulais juste savoir si tu t'y étais préparé.
— J'avoue ne pas vraiment y avoir pensé. Je me suis engagée sur le coup de l'émotion, mais ce n'est pas pour autant que je vais faire marche arrière, ou que je vais laisser quelqu'un d'autre le faire pour moi. Ça ne me fait pas peur.
— Tu ne t'es jamais dit que pendant ce voyage, tu risques de croiser la route de d'autres types dans son genre ? Et que l'on serait peut-être obligé d'en finir avec eux aussi ? Ce ne serait plus une promesse à respecter, ce ne serait plus une personne. Ce serait le sang de plusieurs individus sur tes mains.
— Tu crois qu'une fois que j'aurais commencé à assassiner cet homme, je vais, moi aussi, avoir besoin de plus de sang ?
— Non, tu n'as pas la rage de sang en toi. Peu d'entre nous souffrent de cet instinct. Mais tu dois savoir que parfois, avant d'ôter une vie, il nous arrive de nous poser des questions. Seulement, tu n'auras pas le temps de douter quand tu seras au combat. Il n'y a pas de « doit-il vivre ? Dois-je faire preuve de clémence ? » Si tu hésites un seul instant, c'est toi qui meurs. Tu dois être plus rapide qu'eux et tuer sans réfléchir. Ton seul objectif doit être ta survie. J'espère seulement que tu t'en

souviendras lorsque le moment sera venu. Car on ne peut pas s'y préparer.

— Je m'en souviendrai. Lors d'un combat avec l'ennemi il est trop tard. « Pas de question. Pas de clémence. »

— C'est ça. Je veux juste te dire de penser à ta survie à toi avant tout le reste. Promets-moi de ne pas l'oublier et de ne penser qu'à ça le moment venu.

— Je te le promets.

— Sache aussi que tu peux compter sur moi, si tu as besoin d'en parler. Je serai toujours là, sans aucun jugement. D'ailleurs, comment le pourrais-je ? Avec toutes mes actions passées et actuelles, je suis plus que mal placé.

— Tu as fait ce qui était nécessaire pour ta survie et pour le bien des Sans Dons qui souffraient. Tu es quelqu'un de bien. Arrête de te persuader du contraire.

— Si tu le dis !

Il sourit sans conviction et repart pour la Grande Ville. Il la laisse repenser à ce qu'il venait de lui dire.

Si je veux tenir la promesse que j'ai faite à Park, je vais devoir assassiner cet homme. Je deviendrai une meurtrière. Vais-je devenir quelqu'un d'autre après ça ? Déjà que les gens me craindront quand ils auront connaissance de toutes mes capacités. Qu'est-ce que ce sera s'ils découvrent que je suis une meurtrière ? Ils diront de moi que je suis une bête, comme ils parlent de Naro, alors qu'il ne faisait que défendre sa vie ou la justice.

Je ne devrais pas penser à ça. De toute façon, je ferai ce qu'il y a à faire à chaque fois que ce sera nécessaire. Que ce soit au-delà de la montagne, pour venger Park de ces personnes abjectes qui méritent leur sort, ou ici dans l'avenir. Je ferai toujours ce qui est nécessaire pour le bien et la survie de mon peuple, ainsi que la mienne, même si ça implique de tuer.

Chapitre 25

Akira

Le départ approche, Akira prépare sa besace en essayant de ne rien oublier.

De quoi pourrais-je avoir besoin ? Qu'est-ce que j'oublie ? Mes petits couteaux sont là, et j'ai pensé à faire faire des holsters exprès pour faciliter leur rangement sur différentes parties de mon corps. J'ai aussi deux couvertures, une tenue de rechange et nos habits d'esclaves que j'ai faits réaliser avec l'aide de Park. Des cordes ! Oui, je devrais en prendre une ou deux, tout le monde n'est pas aussi à l'aise que moi pour escalader. Et pendant que j'y suis, je devrais prendre une bâche pour nous mettre à l'abri de la pluie. Normalement c'est Manzo qui s'occupe de la nourriture, mais on n'en a jamais trop, je vais rajouter des tranches de viande séchée.

Elle regarde son épée, posée près de la porte, dans l'entrée.

Je ne peux pas t'emmener, c'est tellement dommage. Je vais me sentir bien nue sans toi. Mais Park nous a bien dit qu'aucun esclave ne porte d'armes. Et mon épée est bien trop grande, je ne peux pas la dissimuler sous mes vêtements contrairement aux couteaux.

Peut-être que je pourrais la confier à Ximus. Park nous a bien dit que certains maitres aimaient se battre avec deux sabres. Non, ce ne serait pas raisonnable, il sera déjà bien assez chargé sans que je lui donne mon épée en plus. Le voyage sera déjà bien assez dur.

Bon voilà, je suis prête. Il ne me reste plus qu'à prévenir le conseil que le moment du départ a sonné.

Akira prévient très rapidement le conseil, pressée d'en finir. Elle veut absolument se rendre sur sa petite montagne, du côté de River, avant de partir.

Manzo

Manzo prépare ses affaires très vite.

Mon arc en bois de Tirnoton, tu es précieux et j'ai bien l'intention de prendre soin de toi comme tu prends soin de moi depuis des années. On va faire de super parties de chasse tous les deux, et je suis bien content de pouvoir te garder sur moi là-bas. L'idée que le maitre m'ordonne de porter son arc m'a soulagé. Je ne dois pas oublier de prendre une provision de flèches, même si je peux toujours en refaire d'autres avec le petit bois des forêts. Une tenue de rechange, et de la nourriture. Voilà. Non attends, je dois rajouter encore d'autres viandes séchées. Je fais l'approvisionnement pour tout le monde, il n'y en aura peut-être pas assez. Je sais que je dois chasser, mais on est jamais trop prudent quand il s'agit de nourriture.

Manzo a toujours peur d'avoir faim. Depuis son enfance il cache des réserves de nourriture au cas où.

Il part ensuite rejoindre sa sœur pour sa dernière soirée de liberté. Elle l'emmène au Trou Noir, pour lui présenter le Varkie dont elle est amoureuse et pour qui elle est prête à enfreindre toutes les règles.

Pourquoi les Varkies font tourner la tête de nos femmes ? Je sais qu'ils sont comme nous et qu'ils ne sont pas méchant, mais quand même. C'est contraire à la loi. Akira ne devrait pas permettre à ce genre de chose d'arriver. Que l'on passe des soirées ensemble à rigoler au Trou Noir pourquoi pas, c'est une bonne idée. Mais elle devrait faire plus attention avec les sentiments des gens.

— Je ne sais pas comment c'est possible, je ne l'ai pas fait exprès, explique sa sœur. Je n'étais pas à la recherche d'un Varkie pour enfreindre la loi, c'est arrivé c'est tout. Quand je l'ai croisé, une chose bizarre s'est produite en moi. Il l'a ressentie lui aussi. Cela fait maintenant une lune qu'on est ensemble et se retrouve ici. Je ne peux pas me passer de lui et de son contact, je l'aime plus que ma propre vie. Et devoir attendre le soir pour le retrouver est très dur.

Une lune !? Ça coïncide à l'odeur bizarre qui persiste sur toi et qui ne te correspond pas. D'ailleurs, maintenant que je l'ai rencontré, je dois bien admettre que cette odeur pourrait lui appartenir. Mais comment c'est possible ? De toute façon ce n'est pas le moment de se prendre la tête et de lui faire une leçon de morale. En plus, elle m'a fait confiance pour me dire son secret, alors pour l'instant je vais m'amuser.

— Tu garderas mon secret ? Hein !?
— Bien sûr sœurette. Allez viens danser.

Il doit aussi admettre que depuis qu'il connait et côtoie Thory, Naro et Laetie, il n'est plus aussi fermé aux Varkies. Passer cette soirée au Trou Noir est très agréable pour lui. Il découvre que Soukso et Varkies aiment le même genre de choses. Ils ne cherchent pas à se battre, ils ne se regardent pas de travers ni rien. Non, ils s'amusent ensemble. Et découvrir que sa sœur n'est pas la seule à enfreindre la loi le rassure un peu.

Naro

Les vêtements de maître, des couvertures... Il nous en faut quelques-unes car il fera froid là-haut. Des bâches aussi. Même si on est à la saison chaude, on n'est pas à l'abri de prendre une averse, et ça permettra de nous protéger pour pas être mouillés. Est-ce qu'on trouvera de la neige ? D'ici on a l'impression qu'un manteau recouvre en permanence ces sommets, mais certains disent que ce sont les nuages qui sont restés accrochés sur les pics de la montagne. Quoi qu'il en soit, Park nous a dit qu'il avait failli mourir de froid dans la neige. Il faut donc s'attendre à en trouver. Alors, il vaut mieux prévoir des vêtements chauds pour là-haut.

Naro saisit un pot de poudre irritante et le fourre dans son sac.

On ne sait jamais, on en aura peut-être besoin. Quelques couteaux supplémentaires, ma pierre à aiguiser, quelques cordes et ça ! Je pense que j'ai été créatif sur ce coup-là, et les Sans Dons sont incroyables quand il s'agit de créer.

Naro regarde les piolets et crampons, qu'il avait dessiné et donné en modèle à des amis très inventifs, pour équiper tout le monde, et les range dans son sac.

Le plus important reste son épée. Il peut oublier son sac, il n'en a rien à faire, seule son épée est importante. Elle avait appartenu à son père, et il l'avait récupéré chez Merick dès son retour à Varice.

Fin prêt, il se couche une dernière fois dans son lit confortable.

Thory

Le sac de Thory ressemble beaucoup à celui de Manzo, avec beaucoup de paires de gants en plus dedans.

Coucou mes jolies, je vais enfin avoir l'occasion de vous emmener et de vous utiliser. Je suis pressé de vous enfiler sur mes doigts et de voir gicler le sang, quand je frapperai le visage de l'ennemi avec.

Il glisse dans son sac, les petites bagues en fer pointu, et regarde autour de lui à la recherche de ce qu'il peut encore emmener.

Ah oui, deux gros pulls et une couverture. Même si je ne suis pas frileux et ne crains pas le froid, je n'ai jamais été confronté au froid des montagnes. Oh et si je prenais ça, les soirées risquent d'être longues. Bien sûr, ce sera pas possible de s'en servir de l'autre côté, mais avant d'y être y a le temps.

Thory veut ajouter sa petite caisse à percussion, mais elle n'entre pas, alors il passe une corde autour et décide qu'elle sera très bien en bandoulière. Puis il boucle sa besace et part chercher Laetie.

Elle doit être prête maintenant. Je suppose qu'elle a fait un stock de remède, comme si nous étions faible et risquions mille et une blessures, et que son sac pèse lourd. Heureusement, on va faire la route ensemble jusqu'à la Grande Ville. On doit dormir dans mon appartement au-dessus du bar de Naro et Anuba, et partir ensemble demain matin aux aurores pour la choza d'Akira.

Chapitre 26

Akira

River est un village nicher au pied d'une étendue de six petites montagnes qui s'éparpillent d'Est en Ouest. Essentiellement couverte d'herbe et de bois, traversées ça et là par de petits cours d'eau, elles sont très faciles à arpenter malgré quelques pentes un peu plus abruptes que d'autres. Seule celle du milieu, qui est aussi la plus haute, présente de grandes parties rocheuses à gravir. Akira y vient régulièrement depuis son enfance, faisant halte à River comme d'une excuse, avant de partir arpenter, librement, ces montagnes. Ce n'est pas très loin de Bouchko pour elle, et déjà à l'époque ça lui permettait de s'échapper. Elle a toujours aimé escalader, se sentir seule avec le vent et la nature qui l'entoure.

Et aujourd'hui, Akira a grand besoin de ce moment de tranquillité. Elle contourne le village, et se rend directement au pied de l'une des petites collines. Elle laisse Orou paitre dans la nature herbeuse, et commence à grimper. Une fois sûre d'être seule, elle utilise ses dons pour monter rapidement et avec agilité les pentes abruptes. Elle trouve un promontoire offrant une vue dégagée sur le territoire Soukso, avec au Nord la montagne aux neiges éternelles, au Sud des plaines, à l'Ouest l'océan et à l'Est le Tanon.

Elle s'assoie sur l'herbe verte, prend une grande goulée d'air frais pour emplir ses poumons et regarde le ciel bleu parsemé de petits nuages blancs qui se mêle au paysage à l'horizon.

« On part demain. C'est le grand jour. Tu crois que j'ai eu raison d'imposer ma présence et celle des autres ? Si jamais il nous arrive quelque chose et que l'on ne revient jamais, papa ne s'en remettra pas. Et qui aidera notre clan à prospérer ? Au départ je pensais qu'on y trouverait une terre accueillante, avec qui on pourrait faire du commerce. Ou bien avec des idées nouvelles, qui nous aideraient à évoluer. Mais quand j'ai entendu le témoignage de Park, il était évident que je me fourvoyais. On ne va rien trouver d'intéressant là-bas. On devrait rester ici, chez nous. Au lieu de ça, je me suis engagée à venger un homme que je ne connaissais pas. Et chose qui ne me ressemble pas, je le fais sans avoir connaissance des points de vue adverses. »

Je me suis même engagée à tuer un homme, pour venger quelqu'un. Je vais faire ce que Morvos demandait à mon père au sujet de Naro. Pourquoi je fais ça ? Et si on avait tort ?

« AAAHHHHHHH !!!!!! »

C'est pas le moment de douter Akira. Tu as promis à Naro, que le moment venu tu n'hésiterais pas. Il est trop tard pour faire marche arrière. Tu dois aller jusqu'au bout, même si tu le regrettes. Ça t'apprendra à faire des promesses sans réfléchir. Et pourtant Ima m'a déjà prévenue, il y a des années : « ne soit pas si rapide à accepter des accords. Apprends à peser les avantages et inconvénients pour t'assurer qu'ils te conviennent et éventuellement négocier.

« Je dois assumer mes décisions et mes actes à présent. N'est-ce pas maman ? »

Akira ferme les yeux, et tend son visage au vent qui la gifle. Ses cheveux volent derrière son dos. Elle se sent bien, là, assise sur la montagne. Seul avec elle-même, et l'idée que sa mère n'est pas loin. Elle aime se confier, lui raconter ses secrets, ses doutes et ses peurs. Et même si elle n'obtient jamais de réponse, elle revient toujours. Ça lui fait du bien, et ça l'aide à réfléchir.

« Pour être honnête, je crois que si je voulais faire cette expédition ce n'était pas pour le clan. Ni même pour Park. Ça n'a toujours été que des excuses. Je voulais, et je veux toujours, partir à l'aventure. Je veux me sentir libre. Je veux, je veux... Je veux aller là où le vent me porte. Je suis jeune et je ne veux pas encore hériter de la responsabilité de gérer le peuple... Et c'est bien la preuve que je ne mérite pas leur confiance. Je leur mens, aussi bien dans ce que je leur raconte pour partir tranquille, que dans mon bar secret, et ma relation avec Naro. Je suis une menteuse, et je mets mon peuple en danger. Pas seulement moi. Manzo et Ximus sont en danger, eux aussi. Oui, car même si je suis contente de partir escalader cette grande montagne, je sais que pour eux, ce sera plus dur et dangereux. Ils peuvent y laisser la vie. Naro fait ce qu'il veut, mais eux, c'est à cause de moi qu'ils sont embarqués dans cette affaire. Je n'ai pensé qu'à moi. En quoi ma vie à plus de valeur que la leur ? Pourquoi mon désir de liberté me pousse à les mettre en danger ? »

Akira laisse les larmes couler sur sa joue, et pleure dans la solitude. Le cœur lourd de remords.

Elle se décide à redescendre lorsque le crépuscule vient chatouiller l'horizon. Elle chevauche Orou une grande partie de la nuit, afin de rentrer chez elle pour quelques heures de repos avant l'arrivée de ses compagnons.

Chapitre 27

Akira

Au petit matin, Akira sort de chez elle et constate que son père et sa grand-mère sont venus lui dire au revoir. Elle leur sourit et se tourne vers les nouveaux arrivants.

Naro, Thory et Laetie approchent, au pas, sur leur monture.

Kindsley qui se tient derrière Akira, lui chuchote à l'oreille : « Il est toujours aussi bel homme. Il a un charisme qui en impose même à distance... Elle soupire, regarde sa petite fille et la prend dans ses bras avant d'ajouter : essaie de lâcher prise ma petite. Tu dois vivre. Et ne me dit pas que tu survis, car à ce rythme-là, toute cette souffrance que tu t'infliges à petit feu aura raison de toi ou de ta santé mentale. La vie ne vaut d'être vécue que grâce à l'amour, même si elle doit être courte. Le danger ne vient pas de lui, mais de toi-même. Qu'est-ce qu'un oiseau, s'il ne peut pas voler ? Tu as des ailes, sers-t'en ! » Kindsley lâche sa petite fille, et retourne près de son fils Zaïnof, tandis que Naro descend de cheval et salue les Soukso.

— Vous êtes prêt ? demande Zaïnof.

— Est-ce qu'on peut vraiment être prêt ? répond Naro.

— Prenez soin de ma fille...

— Je la protégerai de ma vie, vous avez ma parole.

Akira est mal à l'aise et se détourne pour apercevoir Manzo et Ximus qui approchent à leur tour. Ils saluent leur chef comme il se doit, puis se tournent vers le reste du groupe avec sérieux.

Avant de monter en selle, Akira fait demi-tour et court chercher son épée. Elle n'arrive pas à se résoudre à partir sans, même si elle est équipée de beaucoup d'autres lames dissimulées. De retour au petit groupe, Naro lui propose :

— Une fois de l'autre côté, tu pourras me la confier. J'ai fait confectionner ce fourreau pour y ranger deux lames, je te la rendrai le moment venu.

Il savait que je ne voudrais pas me séparer de mon épée !? Pourquoi es-tu si attentif ?

— Je la prendrai ! S'offusque Ximus. C'est mon devoir de protéger Akira, s'empresse-t-il d'ajouter pour cacher sa jalousie.

— Merci Ximus.

Il sourit de fierté et toise, triomphant, Naro qui essaie de l'ignorer, vexé.

Le petit groupe s'éloigne à travers le bois, sous les yeux aimants de Zaïnof et Kindsley.

Ils décident de rester le plus discret possible, pendant leur traversé du territoire Soukso, et maintiennent donc une bonne distance avec les villages. Ils montent leur premier camp, avant la tombée de la nuit. Ils ont pris leur temps, et se situent entre Razu et Mélito, à l'Est. Ils peuvent encore croiser du monde, alors, par précaution ils décident de ne pas chasser et de manger ce que Kindsley leur a donné avant de partir.

Ximus, qui a décidé d'impressionner et se rendre indispensable pour Akira, commence à être serviable et apporte une portion très généreuse à sa princesse.

— Tenez Princesse. Si vous avez besoin de quoi que ce soit, demandez-moi...

— Merci, Ximus. Mais s'il vous plaît, je vous ai déjà dit à toi et Manzo d'arrêter de m'appeler princesse. On est parti pour un long voyage, et je ne veux pas de toutes ces manières. Sans compter que dans quelques temps on devra jouer des rôles. Alors peut-on m'appeler par mon prénom ? Et arrêtez de me vouvoyer ? J'aimerais que l'on devienne tous des amis entre nous, et pas juste des compagnons de voyage.

Akira remarque les éclairs que lance Naro. Elle s'en amuse, et commence à reluquer Ximus. Ce dernier, flatté, s'enorgueillit devant tant de chaleur de la part de la princesse de glace.

Après le repas, ils s'éparpillent sur des couvertures autour du feu et dorment, décidant qu'il n'est pas nécessaire de monter la garde.

Naro ne leur dit pas, que de son côté, il ne peut s'empêcher d'être alerte. Même pendant son sommeil. C'est une vieille habitude d'enfance qui ne le quittera jamais.

Le deuxième jour est identique au premier. En revanche, quand vient le troisième jour, Ximus devient plus audacieux.

— Voulez-vous qu'on fasse une halte, Princesse ? Vous devez fatiguer de rester sur votre étalon, a cru en plus.

— J'aimerais qu'on arrive avant la saison des pluies... recadre Naro avec une colère à peine contenue.

Ximus va un peu trop loin, cependant Akira ne veut pas le rabaisser. Elle sait qu'il essai de bien faire, et espère qu'il ne se sert pas d'elle pour prendre le contrôle sur le déroulement de l'expédition. Et bien qu'elle ne se lasse pas de monter à cheval, et qu'elle soit d'accord avec Naro, elle trouve une solution après une petite minute de réflexion.

— A huit lieues d'ici, il y a le lac aux larmes. On n'aura qu'à établir notre campement pas trop loin, ça nous permettra de continuer notre avancée et profiter des lieux jusqu'à demain.
— Bonne idée, s'exalte Ximus en toisant de biais Naro.

Ce dernier se crispe, les jointures de ses mains blanchissent sur les rênes, mais il continue de fixer l'horizon sans rien dire, la mâchoire contractée.

Quand ils arrivent près du lac, Akira et Laetie préparent un feu, pendant que Thory et Ximus s'occupent des chevaux. Naro et Manzo, quant à eux, vont chasser, donnant à Naro une excuse pour se défouler sans se faire remarquer.

Depuis la veille, ils se sont mis d'accord pour éviter d'entamer les réserves de nourriture séchée, tant qu'ils pourraient trouver de quoi manger. Et depuis, Manzo tue des volatiles avec son arc pendant que Naro débusque avec plaisir d'autres gibiers.

Les soirées sont toujours égayées et agréables, contrairement aux journées qui se déroulent dans le calme. Manzo et Thory animent les repas de leurs conversations favorites : les femmes... Ils partagent leur point de vue avec tout le monde, et s'entendent bien. Akira et les autres les écoutent, amusés. Parfois Akira pose des questions à Laetie, pour en savoir plus sur elle. Ce soir-là, Naro participe à la conversation en choisissant le sujet.

— Pourquoi, vous l'appelez le lac aux larmes ?
— Ce lac ne trouve pas sa source dans une rivière. C'est un creux naturel qui s'est formé dans ce petit massif, et qui c'est au fil du temps empli avec l'eau de pluie. Nos anciens disaient que la pluie était les larmes de nos ancêtres qui nous regardent depuis là-haut, lui relate Akira.
— C'est magnifique, s'extasie Laetie d'une voie douce.

Après le repas, Akira a à peine le temps de se lever que Ximus commence son cinéma.

— Ne t'inquiètes pas Akira. Je reste ici pour surveiller que personne ne vienne vous déranger pendant que tu te rafraîchis, se pavane-t-il tout en fixant Thory et Naro.
— Oh, oh... Attention ! Akira à un homme dévoué à ses côtés pour prendre soin d'elle...

Naro est tout sourire, ce qui surprend autant Akira que Ximus.

— Il faut bien que quelqu'un le fasse, rétorque Ximus sur la défensive.

Mais Naro répond très calmement, ce qui met Akira sur ses gardes.

— Laisse-moi te dire un truc... Tout d'abord, Laetie serait sûrement heureuse d'accompagner Akira. Après tout, quel mal y a-t-il à ce que deux femmes se baignent ? Ensuite, bien que vexé, je ne suis pas surpris par ta réflexion. Mais, comprend bien que nous avons de l'honneur et que ni Thory, ni moi, nous abaisserions à espionner une femme dans son intimité. En fait, ça ne nous viendrait même pas à l'esprit... *Contrairement à toi,* finit-il en pensée, fixant Ximus qui comprend très bien. Sache aussi que mon cœur est déjà pris et que je suis fidèle.

Quoi ?! Il a rencontré une femme, et il l'aime ? C'est une de ces femmes avec laquelle il est parti l'autre nuit ? Celle qui a failli me faire tuer Thory ?

Akira ne se sent pas bien. Elle est jalouse, et elle a du mal à garder son calme. Elle le scrute avec attention, pendant qu'il parle avec Ximus, mais n'intervient pas. Elle aimerait aller le renifler, pour voir qui est cette femme. Elle ronge son frein, et afin de garder son calme, elle essaie de se raisonner.

Pourquoi me regarderait-il de cette façon, s'il aimait une autre femme ? Est-ce que ça pourrait être de moi qu'il parle ? Non, il ne m'a jamais aimé. On est marqué, car nos bêtes se sont trouvées, mais ça ne veut pas dire qu'il m'aime.

Elle sursaute, surprise, quand Naro se tourne vers elle.

— Attention Akira, bientôt il mettra directement la nourriture dans ta bouche et te proposera de te laver lui-même. Au cas où tu risquerais de te casser un ongle.

Elle le dévisage abasourdie, et ne sait pas quoi lui répliquer. Elle entend Ximus, qui tousse après s'être étouffé avec l'eau qu'il était en train de boire. Elle décide qu'il vaut mieux les ignorer. Elle se lève en adressant un sourire d'invitation à Laetie, qui l'accompagne au Lac.

Akira doit se raisonner, reprendre le contrôle, et arrêter d'être jalouse. Elle profite de cette baignade, dans l'eau fraiche et claire, pour calmer ses nerfs.

Naro n'est pas à toi. Tu n'as aucun droit d'être jalouse. Pourtant, quand il voit Ximus trop proche de moi il n'aime pas ça. C'est que j'ai quand même de l'importance pour lui. Sinon ça ne lui ferait rien. Comme lui, il est important pour moi.
Mais ce soir, il n'a pas réagi. Au contraire, la situation le faisait même gentiment rire...

Akira rigole toute seule. Réalisant la bêtise de la conjoncture.

Tu fais la tête parce qu'il a quelqu'un d'autre dans sa vie, alors que toi, tu t'amuses avec Ximus volontairement devant lui. Tu te sers de Ximus, exprès pour le faire enrager. C'est du grand n'importe quoi. Et dangereux. Car si, comme je l'espère, je représente quelqu'un pour lui, il pourrait perdre le contrôle. Comme moi avec Thory. Je serais alors responsable. J'agis comme une enfant immature. Pourquoi ? Pourquoi est-ce que je fais ça ? Pourquoi est-ce que je deviens aussi irréfléchie ces derniers temps ? Je dois me reprendre... Mais je n'en ai pas envie. J'aime voir Naro s'inquiéter pour moi et être jaloux, même si ce n'est pas réel. L'idée qu'il puisse m'avoir pardonnée ce que j'ai fait et qu'il m'aime, me rend heureuse.

Akira doit penser à autre chose. Elle sait que son comportement n'est pas sain, mais elle ne sait pas comment gérer tout ce qui se passe en elle. Alors elle se concentre sur Laetie, voulant se changer les idées. Elle constate que cette dernière est plongée dans ses pensées.

— À quoi pensez-vous, si c'est pas indiscret ?

— Et bien, je pense à ce que vient de dire Naro. « Son cœur est pris ». S'il le dit, c'est que c'est vrai. Il ne rigolerait jamais sur ce genre de chose. Il aurait même tendance à le cacher. Alors maintenant, j'essaie de réfléchir à qui pourrait être cette fille, si je la connais.

Akira est curieuse, et veut savoir avec qui Laetie est en train de l'imaginer.

— Ça ne doit pas être compliqué. Déjà, essayez de réfléchir au genre de filles qui pourrait lui plaire et avec qui il serait susceptible de nouer des sentiments. Ensuite réfléchissez à qui correspond cette description chez les Varkas. Après lui avoir laissé quelques instants de réflexion Akira lui demande : Alors à votre avis à quoi elle ressemble ? Vous avez trouvé qui ça pouvait être ?

— Non, j'en ai aucune idée. Je ne le connais pas assez bien, vous savez. Naro était un enfant très joyeux, mais quand il est réapparu à Varice vers douze ans, il était devenu colérique et haïssait tout le monde. Bien que je l'aime beaucoup et que je le respecte, je ne l'ai jamais vraiment compris. Alors, comment voulez-vous que je sache à quoi ressemble cette femme ?

— Essayez.

— Si je me fie au peu qu'il m'a laissé savoir sur lui, je dirai que cette femme doit être courageuse. Car l'homme d'aujourd'hui est calme et réfléchi, mais derrière ce calme se cache une bête redoutable. Donc, cette femme ne doit pas craindre sa bête intérieure sinon ça ne pourrait pas fonctionner entre eux. Est-elle puissante pour ne pas le craindre ou inconsciente ? Je l'ignore. Par contre, une chose est sûre, elle doit avoir du tempérament pour réussir à le maîtriser. Il n'aimerait pas avoir une femme obéissante et craintive. Il aurait peur qu'elle ne soit pas honnête avec lui et, n'arriverait pas à lui faire confiance. Elle doit savoir lui dire non, être sûre d'elle, et intelligente. Elle doit aussi être généreuse, car derrière son apparence de dur à cuire, se cache un homme charitable. J'aime à penser qu'elle est aussi inaccessible que lui, lui confie-t-elle avec le sourire.

— Vous voyez, vous pouvez avoir une idée de qui c'est...

— Oui. Cependant ce n'est qu'une hypothèse sur les traits de caractères que peut avoir cette femme. Au final, je me trompe peut-être sur Naro et ses attentes.

— Vous ne connaissez peut-être pas tout de lui, et n'appréhendez peut-être pas toujours ses actions. Pourtant, je pense que vous le comprenez mieux que ce que vous croyez.

Laetie sourit poliment, ne voulant pas la contredire.

— Avec ces spéculations, sur la personnalité de cette femme, avez-vous trouvé de qui il pouvait s'agir ?

Après un court instant de réflexion, Laetie plonge ses iris dans ceux d'Akira.

— Non. Je ne connais aucune Varka qui pourrait correspondre en tout point à ce profil. Surtout qu'en premier lieu, il faut qu'elle ait réussi à lui faire oublier sa haine pour notre clan. Et ce dernier point est, j'en ai peur, impossible. Peut-être est-elle une Sans Dons, il aime tellement sa vie à la Grande Ville.

— Vous la rencontrerez peut-être un jour, et vous aurez vos réponses.

— J'espère. Pendant qu'on est dans la confidence, dites-moi, avez-vous conscience de ce que vous faites dans votre bar ?

— Comment ça ?

— J'y suis allée un soir, pour voir ce qu'était exactement le Trou Noir. J'ai beaucoup apprécié de voir tous ces jeunes se mélanger et rire ensemble, mais c'est dangereux et j'ai peur que vous n'en ayez pas conscience.

— Laetie, je sais que vous voulez bien faire et que vous ne dites pas ça pour me faire mal. Mais cet endroit est exactement ce que j'ai voulu qu'il soit. Il n'y a pas de danger à mélanger les clans... Faut ouvrir les yeux. On vient tous du même endroit, on est tous pareils si on oublie le nom des clans.

— Mais des gens pourraient suivre le même chemin que les parents de Naro et ce serait catastrophique.

Akira ne comprend pas pourquoi Laetie s'offusque autant que des unions se forment entre clans. Ça la blesse, car elle la pensait plus ouverte d'esprit. La colère monte en elle, et elle répond :

— Je ne suis pas d'accord avec vous. Pour votre gouverne, il y a déjà eu plusieurs unions originelles grâce à mon bar, et entre des personnes de clans différents. Des unions mixtes.

— Cela ne vous dérange pas de les conduire à une mort plus que probable ?

— Tout ce que j'espère c'est qu'il y en ait de plus en plus, pour que ça fasse un peu évoluer les mentalités. Quand je vois tous ces gens porter des visières et se complaire dans un mode de vie tourné que sur eux-mêmes, ça me rend malade. On doit évoluer.

Akira vexé, se retourne et regagne la rive, laissant Laetie seule. Cette dernière lance une dernière remarque pour Akira.

— Moi aussi j'espère que les gens évolueront et accepteront ce métissage. Sinon les conséquences seront catastrophiques. Lors d'une union originelle, les partenaires ont besoin l'un de l'autre, ils forment un tout, vivant très mal l'éloignement. Si par malheur, ils sont séparés, ne pouvant vivre l'un sans l'autre, ils finissent par se laisser mourir dans une grande majorité des cas.

Akira ne rétorque rien et retourne au camp. Elle refuse de voir les conséquences qu'aurait, encore une fois sa décision, si Laetie avait raison.

Tous se passera comme prévu. Personne ne mourra. Si les Varkies refusent cette union, je ferai en sorte que ce ne soit pas le cas chez les Soukso. C'était une bonne décision. J'en suis sûre. Elle nous permettra d'avancer. On ne peut pas rester dans notre confort actuel, on doit aller plus loin, on doit évoluer. J'ai peut-être pris des mauvaises décision ces derniers temps, été trop téméraire et audacieuse. Mais le Trou Noir est la meilleure chose que j'ai réalisé. Ça nous rendra plus fort. Les parents de Naro auraient été de mon avis. Naro m'en voudrait-il d'avoir utilisé ses dessins ?

Arrivée au campement, elle surprend Naro qui la contemple avec douceur. Elle sent le rouge lui monter aux joues, son feu intérieur s'embraser. Effrayée, elle se détourne et se dépêche de se coucher. Il y a trop d'émotions qui s'enchainent en elle ces dernières heures. Elle ne sait plus comment y faire face.

Comment peut-il aimer une femme et me regarder comme ça ? Me pardonnera-t-il un jour ? Je suis tellement désolée Naro. Le Trou Noir est définitivement une bonne décision. Il fera changer les choses pour que personne n'ait à se cacher, ou craindre pour sa vie. On a le droit de s'aimer. L'union originelle en est la preuve. Même si Laetie a raison, je les protégerai. C'est ma promesse ! Personne ne mourra assassiné, ou de solitude, obligé de se séparer de sa moitié. Même si les Soukso ne veulent pas changer, je trouverai une solution à notre retour. Personne ne sera rejeté.

Akira s'endort, laissant des larmes couler, silencieuse sur ses joues.

Chapitre 28

Akira

Ils arrivent au pied des grandes montagnes un après midi, et décident de bivouaquer là, avant de commencer l'ascension.

— Demain matin, nous devrons continuer sans les chevaux, informe Naro.

— Nous ne pouvons pas les attacher pour une si longue durée. Tu penses qu'ils seront encore là à notre retour ? s'inquiète Thory.

Orou ne s'éloignera jamais très loin s'il sait que je reviens. Mais les autres...

— Ils n'ont pas l'habitude d'être si loin d'un village. Alors soit, ils ne s'éloigneront pas, soit ils chercheront du monde et serons ramenés dans un village des environs, pense tout haut Akira.

— En attendant je vais les bichonner, se réjouit Thory. Ça leur donnera peut-être envie de rester par là.

Akira sourit gaiement à son idée, et commence à préparer le camp avec Laetie. Tandis que Naro et Manzo partent chasser comme à leur habitude.

De retour au camp Naro n'attend pas que le repas soit prêt pour s'éclipser discrètement. Ximus le voit partir et tente de le suivre, mais Akira intervient.

— Reste ici.

— Tu n'as pas vu Naro se faufiler ? Il est parti sans moi ou Manzo. Qui va s'assurer qu'il ne fasse pas de bêtises. Il faut que je le suive pour le surveiller. Je te rappelle qu'on est toujours en territoire Soukso.

— Ce n'est pas la peine, il ne va pas faire de bêtises et reviendra bientôt.

— J'espère que tu as raison, crache-t-il avec véhémence.

Ximus regarde méchamment l'horizon, et serre les dents. Akira voit bien, la petite veine qui tressaute sur sa tempe, signe de sa colère. Et voir sa réaction la blesse profondément.

Si tout le monde réagit comme lui, après tout ce temps à s'entraîner ensemble, dormir, chasser... Et ne parvient toujours pas à lui faire confiance, ne parvient pas à voir les Varkies pour ce qu'ils sont : des personnes comme nous. Alors vraiment, j'ai été naïve de croire que mon plan pourrait fonctionner avec le Trou Noir.

Akira sait où il est parti, et elle a conscience de son besoin d'être seul. Alors pour distraire Ximus et le détendre un peu, elle lui sourit et propose de l'aider à préparer le repas. Ça fonctionne, car il se réjouit aussitôt de ce moment à partager avec sa belle Akira.

Le camp se dresse rapidement, et Akira finit les préparatifs avec Ximus. Elle les observe s'installer autour du feu. Naro n'est toujours pas rentré et elle sait que bientôt ils poseront des questions. Elle décide d'aller le chercher avant qu'ils en aient l'idée. Elle siffle Orou qui paisse dans la prairie non loin.

— Où vas-tu ? l'interpelle Ximus.

Son côté hyper protecteur l'agace de plus en plus.

— Je ne savais pas que je devais te rendre des comptes… Tu me prends pour qui ? Une enfant ? Une femme fragile et sans défense complètement perdue sans toi ? Laisse-moi te rappeler que je suis la princesse Akira, et que je n'ai jamais rendu de compte à personne et que ça n'arrivera jamais ! Maintenant, je te demande de rester ici avec les autres. Je vais chercher Naro. Ne nous attendez pas pour commencer à manger.

Au vu de la surprise et déception qu'elle lit sur son visage, Akira comprend qu'elle a peut-être été un peu trop sèche et dure avec lui.

Désolé Ximus, mais il est temps d'arrêter de jouer. Je ne pensais pas que tu prendrais tout ceci au sérieux, mais visiblement si. Ma bêtise te fait souffrir. Heureusement, ça se termine. J'arrête mes enfantillages, j'arrête de jouer avec toi et tes sentiments. C'est mieux maintenant, que plus tard. C'est pour ton bien. Jamais tu pourras espérer quoi que ce soit avec moi. On n'est pas fait l'un pour l'autre.

Ils la fixent tous, surpris de ce rebiffement soudain, tandis qu'elle monte à cru sur son étalon qui s'est approché.

Je dois rester la femme de glace, et casser ses espoirs. J'espère…

— Tu vas le chercher pendant des heures ! crache Ximus, en colère, la sortant de ses pensées. Tu aurais dû me laisser le suivre, on n'en serait pas là. Et comment comptes-tu le ramener toute seule ?

Ximus veut lui prouver qu'elle a tort et qu'elle a besoin de lui, mais il ne fait que l'énerver encore plus.

— Oh, tu m'agaces ! Vraiment la façon dont tu me voies… Ça me déçoit. Mais le pire, c'est la façon dont tu te persuades qu'il est ton ennemi et qu'il est forcément là pour nous faire du mal. Grandis et ouvre les yeux. Fais-toi ta propre opinion sans les préjugés de ton éducation, apprend à connaître ces personnes qui t'entourent.

Elle ne lui laisse pas le temps de répondre, faisant volte-face avec Orou qu'elle talonne, lui signifiant que la conversation est finie. Elle s'éloigne du campement, et sait exactement où elle va, car elle sait où elle le trouvera.

Chapitre 29

Naro

Naro est à genoux devant la tombe de sa mère, le regard perdu dans le vide. Akira sait qu'il l'a sentie entrer, pourtant il ne bouge pas.

Je n'ai pas été suivi tout à l'heure. J'y ai fait attention, au cas où Manzo, ou ce crétin de Ximus aurait essayé de le faire. Et pourtant, elle est là...

La présence d'Akira ne fait que confirmer ce qu'il sait déjà : elle connaît l'emplacement de la tombe de Navi, sa mère, car elle l'y a suivi à l'époque.

Il ne lui en veut plus pour ce qu'elle a fait par le passé, et ne veut pas en parler, mais il se pose une question et peut-être qu'elle peut avoir la réponse. Alors il se risque à la lui poser, même si la réponse risque de lui déplaire.

— Est-ce que ma mère repose toujours ici ?

Son interrogation surprend Akira, qui ne s'attendait pas à ça. Elle pensait qu'il serait en colère de la voir dans cet endroit précieux pour lui, mais au lieu de ça elle n'entend que de la tristesse dans sa voix. Elle reprend contenance, et lui répond calmement.

— Oui.

Il reste silencieux, son attention toujours tournée vers l'emplacement ou gît sa mère. Elle hésite quelques secondes, et décide finalement de lui en dire plus, espérant qu'il ne réagirait pas comme la dernière fois. Et que de découvrir des faces cachées de son passé lui ferait plaisir.

— Quand tu es entré sur le territoire Soukso, des gardes t'ont pris en filature et ont alerté mon père. Il est venu voir de lui-même, et quand il t'a vu avec le corps de ta mère, il leur a simplement dit « Laissez-le, il ramène une Soukso chez elle. » Les soldats étaient surpris, mais n'ont rien dit, et ont obéit à l'ordre de leur roi. Ils t'ont donc escorté sans t'approcher, en veillant à ce que personne ne te dérange. Ils ont ensuite veillé à ce que tu retournes à la Grande Ville. Je suis restée ici après ton départ, je ne voulais pas la laisser seule. Je suis revenue régulièrement pour donner de tes nouvelles à ta mère. Et c'est ici que j'ai fait la connaissance de ton arrière-grand-mère maternelle, la femme qui a élevé ta mère. Elle était venue planter une kaliné. Elle s'est assurée que les racines prennent bien, afin que la tombe de ta mère soit toujours fleurie. J'ai découvert plus tard, que la kaliné est une plante reconnue pour ses vertus curatives, et qu'elle est utilisée en symbole de protection. Je suppose qu'elle a planté cette fleur, pour que ta mère soit protégée même dans la mort.

Il la regarde surpris par ses dernières révélations.

— C'est mon arrière-grand-mère qui est venue fleurir sa tombe ?

— Oui. Peu importe ce qu'a fait ta mère, elle ne lui en a jamais voulu et l'aimait. Elle est décédée dans son sommeil quelque temps après. Je pense qu'elle voulait la rejoindre.

Naro regarde à nouveau la tombe, avec un petit sourire, tandis qu'une larme coule le long de sa joue.

— La kaliné était la fleur préférée de ma mère. Quand on vivait à Tamrite, elle en mettait dans ses tresses, et avait fabriqué un collier avec. Elle l'avait mis autour du cou de mon père. Elle m'a expliqué que la fleur de kaliné possédait plusieurs symboles : celui de la pureté du fait de ses vertus désinfectantes, ainsi que celui de protection. Mais pour ma mère il était aussi le symbole de son amour sincère pour mon père.

Akira l'écoute en silence, contente qu'il se confie à elle.

— Quand elle a été blessée lors de l'attaque à la boulangerie, ça s'est infecté. J'ai passé beaucoup de temps à en chercher, pour qu'elle se prépare des baumes avec, mais à la Grande Ville, la kaliné est une denrée rare.

Akira ne sait pas quoi lui dire, alors elle reste silencieuse et le regarde, se mordant la lèvre en essayant de résister à son envie de le prendre dans ses bras.

Naro se relève si soudainement qu'Akira se demande ce qui se passe.

— Je suppose que tu étais venue me chercher. On devrait rentrer avant que les autres ne s'inquiètent et se posent des questions.

— Orou est dehors, il va nous ramener.

Naro jette un dernier coup d'oeil sur la tombe de sa mère et suit Akira hors de la grotte. Elle enfourche son étalon et tend son bras à Naro, pour qu'il monte derrière elle. Il la dévisage étonné, mais elle garde la main tendue, alors il l'attrape et se hisse sur la croupe de l'étalon. Il met ses bras autours de la taille d'Akira, qui lance son cheval au galop.

Il est heureux, son cœur allégé, de savoir que sa mère est bien là où il l'a laissé. Et en plus, sa grand-mère était venue lui rendre hommage aussi. Il n'en avait jamais espéré autant. Maintenant apaisé, il profite de sa proximité avec Akira pour s'emplir les poumons de son odeur. Un sourire béat aux lèvres, il savoure la chevauchée auprès de celle qu'il aime. Une promenade qui se termine bien trop vite à son goût.

De retour au campement, tout le monde se focalise sur eux, mais Ximus l'inspecte maussadement.

— Tenez ! Je vous ai gardé au chaud de quoi manger, s'exclame Laetie pendant qu'ils s'approchent du feu.
— Il t'a laissé le ramener ?! s'amuse Thory pour provoquer Ximus.
— Et pourquoi je ne l'aurais pas laissé faire ? s'offusque Naro, ignorant ce qui s'est dit en son absence.
— Parce que tu en as marre de supporter l'humeur de Ximus, indique Thory en rigolant avec Manzo.

Naro profite de l'excuse que lui a apportée Thory.

— C'est vrai que j'étais bien, loin de lui... Ça m'a permis de me détendre un peu ! Mais bon, je ne pouvais pas continuer à faire bande à part. Quelques heures c'est déjà bien.

Ximus les fusille du regard.

Chapitre 30

Naro

Ils commencent l'ascension avec une pente un peu raide, qui s'éternise toute la matinée. S'ensuit, une pente plus douce, mais pleine de cailloux qui roulent sous leur pas et ne facilite pas leur avancée. Si bien que, plus la journée s'étire, plus la fatigue se fait sentir. Quand Naro regarde derrière lui, il a l'impression de ne pas avoir assez avancé.

Ça va être long...

Les trois premiers jours, ils traversent encore des petits bois qui fournissent nourriture et feu. Mais plus ils montent, plus la roche prend de place, rendant la présence des petits gibiers plus rares. Les volatiles, en revanche, ne manquent pas et Manzo parvient à les récupérer, grâce à une ficelle qu'il attache à ses flèches. Ainsi, ils n'ont pas besoin de redescendre chercher le repas, quand celui-ci, retombe au loin dans ce paysage raide.

Après cinq jours de marche, ils s'arrêtent près de leur premier obstacle. Une grande falaise leur fait face. Ils vont devoir escalader pour la première fois cette montagne de roche.

— A ton avis, c'est haut comment ? demande Thory en se focalisant sur le haut de la falaise.

— Ça à l'air sans fin, lui répond Naro dont l'attention se dirige comme lui vers le ciel.

— Je pense qu'on devrait s'arrêter ici pour se reposer le reste de la journée, et commencer à grimper demain, dès les premières lueurs du jour, fait remarquer Akira en constatant les mines tirées de ses camarades.

— Ce serait une bonne idée, confirme Laetie.

Naro acquiesce en se retournant vers eux.

Manzo prend son arc pour aller chasser, pendant que les autres commencent à s'installer.

Comme à leur habitude, autour du feu, ils parlent de chasse, bagarres, et femmes. Ce soir-là, ils ne se gênent pas pour demander leur avis aux deux seules femmes de l'équipe. Surtout, lorsqu'ils veulent connaître leur point de vue en ce qui concerne la meilleure manière d'aborder une jeune fille.

Laetie surprend tout le monde, quand elle avise Naro :

— Je continue de songer à l'élue de ton cœur ! J'essaie d'imaginer à quoi elle ressemble.

Naro pris au dépourvu, se fige. Il aimerait se faire tout petit, seulement, toutes les conversations se sont arrêtées. Tous se sont tourné vers lui, curieux, et attendent la réponse.

— Tout ce que je peux te dire, c'est qu'elle est fabuleuse. Elle n'est pas juste belle et intelligente. En elle, il y a un magnifique feu qui brûle. Un feu ardent qui la rend si vivante, si intense et passionnée... Elle est unique.

— Pour que tu l'aimes, elle doit forcément être spéciale. Tu me la présenteras un jour ?

— Tu la connais déjà.

— C'est qui ?

— Je ne peux pas te le dire pour l'instant.

Laetie n'insiste pas, comprenant que le moment n'est pas le bon et que Naro lui en a déjà beaucoup dit.

Manzo, lui, est devenu curieux.

— Tu ne parles pas beaucoup, contrairement à Thory. C'est difficile d'apprendre à te connaître. Tu veux pas nous en dire un peu plus sur toi ? Ce serait...

— Y a rien à dire, l'interrompt sèchement Naro.

Laetie ignore la réponse de Naro, comprenant que Manzo a besoin d'être sûr de la confiance qu'il lui accorde, et qu'il aimerait sympathiser. Alors elle commence à raconter l'histoire de Naro.

— Vous l'ignorez sûrement, mais la mère de Naro est Soukso.

Manzo et Ximus s'échangent un regard surpris, ils ne s'attendaient certainement pas à ça. Mais Laetie continue.

— Naro était un enfant très joyeux, qui adorait jouer avec les autres. Enfin, ceux qui acceptaient de jouer avec un enfant métisse. Malheureusement, tout a changé le jour où ses parents sont morts dans l'incendie de leur choza. L'évènement a dû traumatiser Naro, qui suite à ça, a fui le village.

Naro plante ses iris dans celles d'Akira, qui reste sans voix. Il a l'habitude d'entendre cette version, mais elle lui fait toujours le même effet. Sa mâchoire se crispe, et il cherche du soutien dans les yeux d'Akira. La seule, ici, qui connaisse la vérité.

Akira ne comprend pas que Naro ne dise rien, et elle lit la souffrance en lui. Mais elle continue d'écouter l'histoire de Laetie. Elle est stupéfaite et n'ose pas la couper, voulant savoir quand le mensonge s'arrêtera.

— On a longtemps cru qu'il était mort avec eux. Son oncle, notre chef Merick, a réussi à le retrouver dans les bas fond de la grande ville après quelques années. Au début, certains ont cru que ce n’était pas lui. Or, ceux qui avaient connu Laroom et Navi étaient capables de voir la ressemblance, et les doutes furent vite envolés. L’adolescent qui est revenu vivre parmi nous était colérique et détestait tout le monde. Il se comportait comme un sauvage. Les premiers jours, il se battait avec ceux qui cherchaient à l’approcher, sauf Thory. C’est pourquoi il est parti vivre chez les parents de Thory, avec lui. Tant que des étrangers ne venaient pas, ça se passait bien, et petit à petit, il a repris le chemin de la civilisation, s’instruisant auprès de notre guide du savoir. Il avait passé tant de temps loin de chez lui, qu’il n'a pas pu rejoindre ceux de son âge et commencer le parcours d’affiliation. Cependant, Naro était très intelligent. Il s'amusait même à défier le savoir de ses professeurs. À Varice, personne ne comprenait comment il pouvait y arriver.

Tout le monde est pendu aux lèvres de Laetie qui poursuit son récis.

— Merick voulait le sortir de l'école, et ne voulait pas non plus le laisser suivre le cursus normal des enfants de son âge. Il avait trop peur que Naro devienne incontrôlable, il aimait déjà tant se battre. Mais j’ai réussi à convaincre Merick que, petit à petit, Naro surmonterait l’incendie et pourrait rejoindre la garde Varkies. Qu’il ne fallait pas le laisser en dehors du circuit de sélection. C'est comme ça qu’il a pu rejoindre Thory dans le programme d’entraînement. Il a fait de nombreux passages à l’infirmerie pour soigner ses blessures. J’avais beau lui dire qu’il n’avait pas à avoir honte de ne pas être assez fort, et qu’il avait le droit de rester sur l’entraînement de base, il refusait toujours d’abandonner. Un jour il m’a confié qu’il n’avait pas besoin d’être puissant ou d’avoir des dons, car il deviendrait le plus fort, comme il l’avait promis à son père. Et c’est ce qu’il est devenu aujourd’hui. Chez les Varkies, personne ne l’égal. Je suis contente qu’il ait réussi à surmonter l’incendie, et qu...

Akira qui n'arrive plus à tenir sa langue, tant c'est devenu insupportable pour elle, lui coupe la parole.

— Pourquoi vous dites que les parents de Naro sont morts dans un incendie ?
— Parce que leur choza a pris feu durant la nuit. On a retrouvé leurs corps calcinés dans leur lit. Ils ont dû être asphyxiés par les fumées pendant leur sommeil. Les pauvres. Ils n'ont eu aucune chance, c'était atroce. Cette nouvelle nous a tous affectés.

Laetie ne comprend pas pourquoi Akira semble si en colère. Elle n'arrête pas de froncer les sourcils et de secouer la tête pendant toute son explication.

— Pourquoi tu ne lui as jamais dit la vérité ?! s'offusque Akira en questionnant Naro. Elle est ici. Ça veut dire que tu lui fais confiance autant qu'à Thory...
— Tais-toi ! Tu n'as pas à te mêler de ça...

Akira veut protester mais Naro ne lui en laisse pas le temps. Il est déjà près d'elle, lui saisit le bras et la soulève du sol, pour la plaquer contre lui, avant de la maintenir, ses bras derrière le dos.
Il lui chuchote à l'oreille un avertissement : « ce n'est pas à toi qu'il appartient le droit de révéler mon passé. » Akira serre les dents, il a raison, mais elle ne supporte pas ce mensonge. Personne n'a conscience de la véritable histoire de Naro, de ce qu'il a vécu, et tout le monde se permet de le juger. Naro est quelqu'un de bien, mais avec cette histoire ridicule, quoi de plus normal que de le voir comme un enfant sauvage et asocial.

— Je ne comprends pas pourquoi tu veux protéger les meurtriers de tes parents, répond-elle sur le même ton. Tu as le droit à la justice, et tes parents ne méritent pas qu'on mente sur leur mort. C'est injuste ! s'emporte-t-elle sans le vouloir.

Naro la foudroie du regard, serrant plus fort sa prise, mais Akira soutient son regard sans faillir, redressant même le menton.

Laetie qui ne comprend pas ce qui se passe essaie de détendre l'atmosphère, alors que Ximus approche avec son épée.

— C'est vrai que la thèse de l'incendie volontaire a longtemps été suspectée. Seulement, nous n'avons jamais trouvé le coupable. Par chance, Naro a pu revenir en sécurité au sein de son clan, c'est le plus important.

— Je t'ai déjà dit que je ne suis pas Varkies, lui répond-il en jetant un regard noir à Ximus, lui faisant comprendre qu'il sait pertinemment qu'il est là, armé, et que ça ne lui fait pas peur.

— Arrête de dire n'importe quoi Naro. Je n'aime pas t'entendre dire ça. Pour nous tous tu es Varkie, peu importe que la marque que tu as décidé de porter soit différente de la nôtre. Et peu importe ce que ton oncle te raconte pour te garder loin du pouvoir.

— Naro n'est pas Varkie ! s'insurge Akira, en regardant Laetie par-dessus l'épaule de Naro. À 9 ans, il a proclamé devant mon père qu'il n'était ni Varkie, ni Soukso, qu'il était juste lui.

Naro la regarde stupéfait. Il ne s'attendait pas à ça. Il est à la fois content qu'elle se souvienne de ce qu'il a dit ce jour-là et qu'elle en soit fière, mais en même temps il s'inquiète des répercussions qu'auront ses propos. Car il est évident que Laetie va vouloir savoir comment il s'est retrouvé face à Zaïnof à 9 ans. Akira regarde Naro, penaude. Il soupire et la lâche.

Sans un regard vers eux, il commence à s'éloigner du groupe mais se trouve interrompu par la demande de Laetie.

Chapitre 31

Ximus

— Que s'est-il passé ? Dis-moi la vérité Naro ? J'aime à penser que si je suis ici, c'est que tu me fais confiance. Que ce n'est pas seulement parce que tu avais besoin de moi. Ai-je tort ?

Naro se retourne et fixe Laetie, restée debout devant le feu.

Ximus, de son côté, baisse son épée et s'approche d'Akira pour vérifier qu'elle va bien. Elle l'arrête d'un geste de la main.

Tu continues de lui faire confiance, après ce qui vient de se passer ? Pourquoi tu refuses que j'intervienne ? Et c'est quoi cette histoire de vérité ?

Tout le monde est resté attentif, observant Naro en attendant ses révélations.

— Tu veux tout savoir ? Tu es sûre ? s'irrite-t-il.

— Oui.

— Tu veux savoir que mon père a été tué dans une embuscade par des Varkies qui lui reprochaient son union avec ma mère ? Que c'est Merick qui est venu nous annoncer sa mort, en nous donnant le mot qui avait été laissé sur son corps ? Un mot qui nous demandait de partir, sinon nous subirions le même sort. Alors nous avons fui. Nous avons fait plaisir à tout le monde. Nous sommes allés quémander la protection des Soukso. Zaïnof a refusé, prétextant que ma mère avait choisi son clan en quittant les Soukso pour rejoindre mon père. Il a dit qu'elle ne pouvait pas revenir en arrière. Nous n'avions nulle part où aller, seul les Sans Dons nous acceptaient parmi eux, c'est pourquoi nous nous sommes réfugiés à la Grande Ville. On est resté en sécurité quelque temps, puis des Varkies nous ont retrouvés et attaqués par surprise. Maman a été blessée en me protégeant avant qu'ils ne prennent la fuite, voyant qu'ils nous avaient sous-estimés. Après ça nous avons dû nous cacher dans une cave. Maman ne voyait plus la lumière du soleil et s'affaiblissait de jour en jour. Sa blessure s'était infectée et le manque de nourriture ne l'aidait pas. Je travaillais dans les égouts, caché de la lumière du jour pour ne pas me faire remarquer et réussir à lui ramener des remèdes. Quand je nous ai trouvé une nouvelle planque, les Varkies qui surveillaient partout, nous ont retrouvés avant qu'on ait le temps d'y arriver. Je m'en rappelle comme si c'était hier. C'était le jour de mes onze ans. Et ce jour-là, ils étaient venus plus nombreux, ils ne voulaient pas rater leurs cibles tu comprends !? Un de ces salops s'est faufilé pour attaquer maman pendant que j'étais occupé avec les autres. Je l'ai vu, mais j'ai été moins rapide que lui et il a eu le temps de la poignarder. Ils m'ont roué de coups, et se sont arrêtés que pour contempler leur chef-d'œuvre, persuadés qu'un petit garçon comme moi ne pourrait rien contre eux. Pour eux, j'étais tellement mal en point que j'étais à l'article de la mort. Lors de leur première attaque c'est maman qui les avait fait fuir, les Varkies ignoraient encore ce que j'allais leur faire.

Avec un sourire sinistre, Naro ajoute :

— Comme tu te doutes, je les ai tous massacrés. Ils sont morts dans d'atroces souffrances, de mes propres mains. Ils ont hurlé quand je leur ai brisé les os, que je les ai écorchés vif, avec mes ongles pour seul arme. Quand j'en ai eu fini avec eux, j'ai dû porter ma mère, qui était morte dans cette rue froide, pour l'emmener se reposer là où elle avait été la plus heureuse avec mon père. Ça m'a pris dix jours pour arriver là-bas. Son corps s'était abîmé mais je ne pouvais pas la laisser et la lâcher. J'ai marché jour et nuit pour arriver jusqu'à la grotte. J'ai espéré qu'elle serait enfin heureuse, papa lui manquait tellement. Tu es contente maintenant ? C'est bien ça que tu voulais savoir !? Oh !! Et veux-tu la suite de l'histoire ?

Laetie ne peut s'arrêter de pleurer et ne sait pas quoi dire.

— Naro, je pense que c'est bon, essaie de temporiser Akira.

— Pourquoi ? Ça fait trop ? Pourtant c'est toi qui disais que mes parents avaient le droit à la vérité. Sans compter qu'elle voulait savoir. Alors elle saura tout, je ne vais pas lui épargner les détails. Oui Laetie, car ça ne s'arrête pas là. Après la mort de maman, je suis retourné à la Grande Ville, et j'ai continué de tuer des Varkies dès que j'en voyais. Et un jour Merick, mon cher oncle, a envoyé ses hommes pour me proposer de rentrer à Varice. Il a voulu me faire croire qu'il m'avait recherché et que ce qui s'était passé était indépendant de sa volonté. Il n'était, soi-disant, pas au courant de ce que nous avions enduré et il voulait nous mettre en sécurité moi et maman. Je savais que c'était faux. Et pour couronner le tout, dès mon arrivée à Varice il m'a briffé sur le petit mensonge qu'il vous avait servi. Il a été très clair, si j'avais le malheur de vous dire la vérité sur leur mort, je connaîtrais le même sort. Soi-disant à cause de la panique que ça créerait. Après quelque temps, j'ai remarqué que tout le monde n'était pas contre moi et mes parents, que les gens ne savaient que ce que Merick leur avait raconté, et y croyaient vraiment. Il y avait donc peu de chance que je retrouve un jour le meurtrier de mon père, mais en attendant je devais réfléchir et devenir plus rusé que mon ennemi. Je me demande même encore qui sont les malheureux qui ont pris la place de mes parents dans l'incendie de notre choza... C'est comme ça que j'ai découvert que Merick était plus pourri que ce que je pensais. Qu'il était le donneur d'ordre de tous ces crétins de Varkies que je passais mon temps à chasser de la Grande Ville. Que c'était pour ça qu'il était venu me chercher. Pour se débarrasser de moi, celui qui tuait ses larbins et qui le gênait dans ses affaires, mais qu'il n'arrivait pas à tuer. Après ça, mon objectif a changé, ma priorité : faire de la vie de Merick un enfer, comme il l'avait fait de la nôtre. Maintenant tu connais toute mon histoire ! L'envers du décor... Contente ?!

Naro qui a du mal à contenir son émotion n'attend pas plus longtemps pour s'éloigner.

Thory qui connaissait en partie l'histoire, mais n'avait jamais eu les détails, se trouve d'autant plus fier d'avoir refusé la flamme Varkies.

Laetie continue de sangloter en silence, encore en train d'emmagasiner toutes ces révélations. Maintenant, elle voit d'un nouvel œil les réactions qu'il a eu à son retour à Varice.

Ximus et Manzo, eux, n'ont pas perdu une miette de ce qui vient de se passer. Apprendre que Naro est le fils d'une Soukso, et qu'il aurait pu vivre et grandir parmi eux si Zaïnof avait accepté de les aider, les laisse pantois. Ils sont obligés de se rendre à l'évidence, Naro n'est pas comme tout le monde. Bien au contraire, c'est le premier enfant métisse, et il n'a pas eu une enfance des plus facile et agréable.

Finalement, je ne suis pas le seul à avoir souffert des coups d'un homme pendant mon enfance. Il t'a frappé indirectement, contrairement à moi. Mais au final, tu souffres tout autant, peut-être même plus. Je ne peux même pas imaginer ce que ça fait d'être impuissant face à la souffrance qu'endurent nos proches. J'étais désarmé et ne pouvais l'empêcher de me faire souffrir, mais au moins il ne s'en prenait qu'à moi.

— Du coup, on doit le considérer comme un Varkie ou un Soukso ? questionne discrètement Manzo à Ximus.

J'ai bien entendu, quand il s'est mis en colère, qu'il ne se considère pas Varkie. Mais qu'est-il alors ? Comment dois-je me comporter avec lui ? J'ai toujours détesté les Varkies, mais finalement il n'en est pas vraiment un. Peut-être que je devrais faire comme Manzo avec Thory, et discuter avec lui. Peut-être que l'on pourrait devenir ami... Non impossible, il se met en travers de mon chemin avec Akira, et il a même été jusqu'à se moquer de moi au lac. Il reste dangereux, je vois bien comment il la regarde même s'il me dit qu'il aime déjà quelqu'un.

Chapitre 32

Naro

Naro n'a pas beaucoup dormi, et quand il se réveille, il ignore tout le monde.

Je n'ai pas besoin de votre pitié. Si vous continuez de me regarder comme ça, je vais être obligé de devenir méchant. N'oubliez pas qui je suis ! Je suis Naro le monstre, et ne m'obligez pas à vous le rappeler.

Il n'imagine pas un seul instant que les regards puissent être autre chose, et s'éloigne légèrement du groupe. Il longe la falaise, pour se calmer, les foudroyants des yeux au passage.

Vous feriez mieux de penser à ce qui nous attend... Cette falaise a l'air sans fin d'ici. Est-ce qu'on arrivera en haut, avant la tombée de la nuit au moins ? Est-ce que tout le monde est capable d'escalader ? On ne s'est pas entraînés pour ça, j'aurais dû y penser. Même moi, j'ai passé ma vie à sauter d'immeuble en immeuble, mais je n'ai jamais expérimenté ce genre de terrain.

Les affaires sont rangées, ils sont tous prêts à monter. Ximus part le premier, suivie de Thory, et Laetie.

Naro décide de monter en dernier, pour fermer le groupe. Tout le monde compte sur lui pour veiller sur le groupe. Et il est hors de question qu'il avoue ne pas être à l'aise avec cette paroi rocheuse. Toujours irrité par l'interaction de la veille et l'attitude des autres à son égard, il ne prête pas attention à ce qui l'entoure. Il monte machinalement, une prise après l'autre. Ses doigts se ferme sur les saillis de la montagne, et s'écorchent sur des pierres aiguisées, tandis que ses pieds cherchent des appuient eux aussi. Au milieu de l'ascension, une pierre cède sous son poids et il glisse. Il sent une pression sur son bras, tandis que sa chute c'est brutalement arrêté moins d'un mètre plus bas. Il relève la tête à la recherche de ce qui vient de lui sauver la vie. C'est Akira qui le maintient fermement. Naro surpris reste béat quelques secondes.

— Heureusement que j'ai ralenti pour repasser derrière vous tous, au cas où.

— Tu as raté ta chance de te débarrasser de moi. Je serais mort en arrivant en bas.

— Tu devrais faire plus attention. C'est dangereux et la roche est glissante.

— Tu es incroyable.

— Tu ne le savais pas encore ?

— Si. Mais te voir là, sur cette falaise, me retenant d'un seul bras, tandis que l'autre nous y maintient. Jamais personne ne soupçonnerait ça de toi.

— C'est ma particularité, lui sourit-elle. J'ai toujours aimé les hauteurs, et escalader. Je suis très à l'aise ici.

Pendant qu'ils parlent, Naro replace ses pieds et ses mains le long de la paroi. Et cette fois, il fait plus attention dans le choix de ses prises.

— L'une de tes nombreuses particularités, corrige Naro.

Avec un sourire entendu, elle lui fait signe de repasser devant, ainsi elle peut continuer de veiller sur leurs arrières. L'ascension se poursuit sans que personne n'ait remarqué ce qui s'était produit.

Je me doutais que c'était l'un de tes nombreux talents. Il t'a permis de trouver les meilleurs points de vue, quand tu grimpais partout à travers la Grande Ville, pour m'espionner.

Naro a raison, ces escapades ont fait parties de son entraînement. Mais il ignore qu'elle s'amusait aussi à escalader les falaises des petites montagnes à l'Ouest du territoire Soukso, lorsqu'elle rêvait de liberté. En regardant vers le bas, il surprend l'air radieux qu'affiche le visage d'Akira, et il comprend que cet environnement, grimper dans les hauteurs, la rend heureuse.

Akira hésite, mais décide de profiter de leur recul par rapport au reste du groupe. Se disant que ce serait peut-être sa seule opportunité.

— Je suis désolée, pour hier soir. J'étais si énervée que je me suis laissée emporter. J'étais obtuse. Pour moi tes parents doivent avoir justice, mais j'oublie que c'est toi qui en souffre. C'est toi le vivant, qui doit subir cette situation. Je n'avais aucun droit de remuer le passé.

— Tu as raison. Je ne peux pas laisser la mort de mes parents être un mensonge. Ce n'est pas juste pour eux. Et puis, ça m'a fait plaisir que tu prennes mon parti d'Originel avec tant d'enthousiasme.

— Arrête. Je fais n'importe quoi sous le coup de l'émotion. Ils peuvent dire que je suis une femme de glace qui ne ressent rien. La réalité c'est que je ne contrôle plus rien quand je me laisse emporter par mes sentiments.

— Peut-être que j'aurais préféré en parler à un autre moment, dans d'autres conditions. Il est tout aussi possible que j'aurais gardé le secret toute ma vie. Ce qui est fait et fait, et je ne le regrette pas.

— Je t'ai fait souffrir hier soir. Je m'en veux tellement.

— C'est vrai, c'était dur hier soir. En parler, c'est comme si je revivais tout. Mais maintenant, je me sens comme libéré d'un poids. C'est la première fois que je réalise que je n'ai pas à avoir honte de ce que j'ai fait à l'époque.

Akira garde le silence, préférant ne pas remuer plus le passé. Ils doivent rester concentrés sur leur ascension.

Après une demi-journée à gravir cette paroi, ils arrivent enfin à son sommet. Ils découvrent alors, un petit terrain plat avant une nouvelle pente abrupte.

— Nous pourrons continuer demain. Reposons-nous ici avant de reprendre cette ascension qui n'a pas l'air simple non plus, avec cette nouvelle falaise, propose Laetie.
— Effectivement, la suite peut s'avérer tout aussi compliquée et moins stable pour poser un campement, approuve Akira.
— Génial, car moi, cette falaise m'a épuisé ! s'exclame Thory.

Ils installent leur campement pour le reste de la journée, mais Ximus s'exclame soudainement et les surprends.

Ximus

— Cette vue, c'est magnifique...

Akira rejoint Ximus près de la falaise.

— C'est bien vrai... confirme-t-elle

Avoir la chance d'admirer un tel panorama au côté d'Akira, je ne pouvais pas rêver mieux. Ce serait l'endroit parfait pour lui offrir le bracelet.

Elle n'est pas la seule à s'être déplacée. Thory arrive à son tour et siffle son approbation.

Tu pouvais pas rester là-bas avec les autres ?! Tu gâches tout.

Ils sont progressivement rejoints par les autres, et tous s'assoient sur le bord de la falaise pour contempler l'horizon. Une grande forêt, qui dissimule les petits villages épars au pied de la montagne, s'étend en contre bas. Ils aperçoivent le lac aux larmes, mais d'ici, il parait plus petit. Le Tanon serpente au loin vers un horizon qui semble infini. Un vent frais cingle leur visage, et rosit leurs joues. Akira détache d'ailleurs ses cheveux pour les laisser aller librement aux vents, et ferme les paupières, offrant son visage à la tramontane. Naro qui tourne son attention vers elle, reste à l'admirer, la trouvant bien plus magnifique que le paysage. Il se tient ainsi quelques instants, avant de retourner à la contemplation du ciel devenu orangé alors que le soleil commence à disparaitre dans l'horizon.

Le lendemain matin, pendant que tout le monde se prépare à repartir, Akira réfléchit à une solution pour le risque de chute. Elle regarde son sac et la falaise à tour de rôle, sortant de ses pensées quand Manzo arrive près d'elle.

— Qu'est-ce qui se passe ?
— J'essaie de trouver une idée pour nous mettre tous en sécurité le temps de grimper, au cas où l'un de nous glisserait.
— C'est vrai que ça serait pas mal, nous avons eu de la chance hier.

Il se met à réfléchir avec elle.

— On a prévu des cordes pour descendre la montagne, mais pourquoi ne pas les utiliser aussi pour monter ?
— Tu veux que l'un de nous monte là-haut et hisse tout le monde avec la corde après ?

— Non ! Je pensais plutôt à nous attacher les uns aux autres. Tu vois, si tu t'attaches à un bout et moi à l'autre, lorsque tu tombes, moi je te retiens grâce à la corde qui nous lie et vice-versa.
— C'est une super idée ! On va faire ça, mais on va doubler les cordages à d'autres duos, pour faire une sécurité supplémentaire.

Akira prend une grande corde qu'elle noue autour de sa taille, et s'approche du groupe, leur expliquant l'idée de Manzo.

Génial, une occasion de lui prouver qu'elle peut compter sur moi. Je vais assurer sa sécurité. Je ne la laisserai pas tomber.

Ximus s'approche très vite d'Akira pour s'accrocher à elle.

— Veillez quand même à laisser assez de corde entre les deux, pour ne pas vous gêner pendant la montée, précise Naro.

Naro s'encorde tranquillement avec Laetie, et pendant que Manzo s'attache à Thory il jette un coup d'œil à Akira. Son attention est ailleurs, il est déçu. Il aurait aimé la remercier de ne pas avoir évoqué son accident.

— Maintenant, on raccorde une corde entre chaque duo pour faire une sécurité de plus, précise Akira en accrochant un nouveau lien, entre elle et Naro.
— Pourquoi tu l'accroches à toi ? se vexe Ximus.
— Si tu tombes, tu crois qu'elle pourra te rattraper sans tomber avec toi ? lui répond Naro. L'un de nous peut suffire face au poids plume d'Akira ou Laetie, mais elles, peuvent-elles faire face à nos poids ? La sécurité, ça vaut pour tout le monde... Nous devons rester prudent, personne n'est invincible.

Ximus, se mord la langue et baisse la tête.

J'ai encore manqué une occasion de me taire. Je me suis humilié tout seul en posant cette question, comme si qu'il n'y avait qu'Akira à protéger. C'est évident que toutes les vies sont précieuses, et j'ai toujours voulu protéger mon clan. Mais là, je me suis focalisé sur Akira, et maintenant elle risque de me voir comme un égoïste. Je ne fais que l'éloigner encore plus de moi.

Il constate que Laetie ajoute une corde autour de sa taille puis la noue autour de celle de Thory. Maintenant qu'ils sont tous encordés, ils s'avancent vers la falaise. Ximus monte le premier, suivi d'Akira et Laetie qui partent côte à côte, puis Naro avec Thory et pour finir Manzo.

Chapitre 33

Akira

Cela fait quatre jours qu'ils enchaînent des falaises et des pentes raides, emplies de sapins. Ils sont arrivés à une hauteur considérable, le froid devient plus piquant, même pour eux. Leurs joues commencent à rosir, et leur peau à picoter. La neige a fini par recouvrir le sol comme un manteau sur la montagne. Elle rend leur pas plus lourds et difficiles, et les ralentit dans leur avancée.

Cela fait déjà un moment qu'ils ne voient plus non plus, les villages, les forêts, rivières... en contrebas, seule la montagne, enchevêtrement de roches, de sapins et de neige s'offre à leur vue.

Le sixième jour, les sapins laissent place à une immensité de blanc immaculé, il n'y a plus de point de repère à part les traces laissées par leur pas. Un vent glacial fouette leurs visages, et au milieu de la journée, la neige commence à tomber. Ils ne voient pour ainsi dire, plus devant eux, alors ils s'arrêtent, transit de froid. Les mains tremblantes et les doigts rougis, ils allument un feu avec le bois qu'ils ont continué d'amasser ces derniers jours, craignant de ne pas en trouver plus haut. Le feu n'est pas vraiment réconfortant car la neige continue de tomber et de mouiller leurs vêtements. Naro sort une grande bâche de son sac et demande à Ximus et Thory de l'aider à l'installer. Le vent les ralentit, mais ils parviennent à mettre une grande branche en son centre pour la relever, et fixer ses côtés dans le sol, formant un abri contre la neige.

— Donne ta bâche Akira, demande Naro.

Elle lui tend, et le mate pendant qu'il l'étale sur le sol, sous la précédente bâche qu'ils avaient tendue.

— Nous serons à l'abri, là-dessous. La neige ne pourra plus nous tomber dessus, et on pourra s'allonger sans se mouiller d'avantage. Malheureusement, elle n'est pas assez grande pour nous mettre entièrement à l'abri du vent. Je propose qu'on se dépêche de faire cuire à manger pour ne pas gaspiller notre bois.

— C'est une bonne idée, confirme Laetie. Mais avant de nous coucher, il faut que l'on retire nos vêtements. Ainsi à l'abri, les uns contre les autres nous pourrons nous réchauffer avec nos chaleurs corporelles. Si on garde nos vêtements mouillés sur nous, nous allons juste geler.

— Oui, on va mettre des vêtements secs, réagi Akira.

— Non, notre corps ne produira et récupérera pas la chaleur de la même façon. Et comme cet abri est petit, on n'aura pas de mal à être les uns contre les autres, donc il n'y aura pas beaucoup de place pour l'air froid entre nous. Je vais sortir les couvertures pour nous mettre vite au chaud dessous une fois que nous aurons enlevé nos vêtements, explique Laetie.

Akira la regarde sous le choc, et Manzo dit à voix haute ce que Laetie avait clairement sous-entendu, histoire d'être sûr d'avoir bien compris.

— Vous voulez qu'on dorme nus ?

— Oui, confirme Laetie. Mais nous pouvons rester avec nos sous-vêtements. Pour ma part, la neige ne les a pas encore atteints. Comprenez bien, que nos corps les uns contre les autres, en peau à peau, nous tiendrons bien plus chaud que si nous étions habillés. Sinon je ne vous demanderai pas ça. Par contre nos vêtements mouillés, il faut trouver un moyen de les faire sécher quelque part, à l'abri de cette neige mais au vent.

Manzo rougit et se retourne vers le feu, allant aider Naro.

— Tu devrais te mettre à l'abri sous les couvertures et essayer de te réchauffer avec Laetie pendant qu'on s'occupe du reste. Je vais prendre tes vêtements et ceux de Laetie pour les accrocher à une autre corde devant l'entrée de la tente. Ça nous apportera peut-être un moyen de briser le vent qui entre dedans par ce côté-là, lui propose gentiment Ximus.

Akira lève les yeux vers lui, elle voit bien qu'il fait de son mieux pour être le plus utile possible. Elle lui sourit et part retrouver Laetie sous la tente. Elle sort ses couvertures et en étalent quelques-unes pour couper le froid qui traverse la bâche posée au sol et disposent les autres sur le côté, attendant que chacun vienne prendre place. Chacune leur tour, elle se déshabille et s'enroule sous une couverture. Manzo et Thory sont les suivants. Puis Naro leur ramène le repas qui consiste en de la neige fondue bien chaude, infusé avec de la badiane trouvée dans le sac de Laetie, et un peu de viande séchée.

— Cette infusion devrait aider à nous réchauffer, explique Naro.
— Prenez vos vêtements de rechange avec vous sous la couverture avant de vous coucher, pour qu'ils ne soient pas glacials quand il faudra les enfiler demain matin, leur conseille Laetie.

Pendant qu'ils mangent Naro et Ximus se déshabillent à leur tour. Après le repas, Naro va rapidement éteindre le feu en sous vêtement, pas gêné du tout, et Ximus met à l'abri leurs sacs, pour être sûr qu'ils ne soient pas mouillés pendant la nuit.
Akira s'installe sous sa couverture, sur le bord gauche à droite de Laetie, et ajoute une deuxième couverture sur elles deux. À côté de Laetie vient s'installer Thory puis Manzo. Quand Ximus

arrive avec sa couverture sous le bras, il veut s'installer à la gauche d'Akira et se sent obligé d'expliquer son choix.

— Je vais m'installer ici, comme ça je vais faire une barrière avec mon corps contre le vent qui s'infiltre sous la bâche par la gauche.

Akira tente de protester mais il ne l'écoute pas, et commence à s'installer. Quand il se rapproche d'elle en s'allongeant, il a un vif mouvement de recul tout en se redressant. Il la dévisage surpris et craintif. Il ne comprend pas ce qui se passe, mais il sait qu'il ne peut pas rester allongé près d'elle, car autour d'elle flotte quelque chose qui le terrifie.

Naro qui n'avait pas voulu créer plus de problème qu'il n'y en avait déjà avec la situation extérieure, était resté silencieux jusque-là. Mais voir la réaction de Ximus l'empli de joie et de confiance.

— Bouge de là, Ximus ! Va à côté de Manzo, tu es incapable de rester allongé près d'Akira.

Ximus fixe Naro fou de rage, tandis que celui-ci s'avance pour prendre la place, un sourire sur les lèvres.

— Je ne bougerai pas ! proteste-t-il.

Même s'il se sait incapable de rester à cette place, il refuse que Naro y vienne.

— Alors elle va mourir de froid ? demande Naro. Car tu sais très bien que tu ne peux pas rester ici, collé à elle.

— Tu crois que tu es plus fort que moi, et que ça te permet de rester près d'elle ? Tu comprends même pas ce qu'il se passe ! s'énerve Ximus.

— Tu n'as pas le choix Ximus. Moi aussi, j'ai senti ce que tu as senti quand je me suis couchée près d'Akira, essaie de le calmer

Laetie. Seulement je suis une femme, ça n'a pas eu le même effet sur moi, alors même si ça reste incommodant c'est supportable pour moi.

Akira est mal à l'aise, et ne sait plus où se mettre. Tous les regards sont tournés vers elle.

Ils doivent se demander depuis quand je ne me suis pas lavée ? Ou se dire qu'il y a quelque chose qui cloche avec moi !

Akira entend Laetie continuer d'expliquer à Ximus.

Ximus

— Tu n'es pas assez puissant pour supporter de rester à côté de cette marque. En revanche, tout le monde sait que Naro est très puissant, alors je pense qu'il peut y arriver. Laisse-le essayer, si tu veux vraiment qu'Akira ne souffre pas du vent glacial qui entre par là.

— Mais qu'est-ce que c'est ? demande Ximus, fixant Laetie qui n'est pas sûre de devoir lui expliquer.

— Allez viens Ximus ! s'exclame Thory pour couper court à la conversation, sachant parfaitement de quoi il s'agit.

Pourquoi faut-il encore que je sois évincé par ce gars ? Pourquoi serait-il forcément plus puissant que moi ? Il sait bien se battre c'est tout. Il est devenu dominant grâce aux histoires que l'on raconte sur lui, pas parce qu'il est vraiment fort. Et puis personne ne connaît la réelle puissance des autres, alors qu'est-ce qu'elle en sait s'il y est plus que moi ? Hum, on va voir comment tu vas réagir face à ce truc qui émane d'Akira, car ça c'est vraiment considérable et dangereux !!!

Ximus s'écarte à contre cœur, et attend de voir la réaction de Naro, persuadé que lui non plus ne pourra pas le supporter. Mais il se retrouve bête et frustré, quand il le voit s'allonger sans aucune réaction.

Mais qu'est-ce qui se passe ? Qu'est-ce que c'est que ce truc ? Est-ce vraiment une question de puissance ? Est-ce un moyen de sélectionner le meilleur partenaire possible pour Akira ? Je ne suis pas à la hauteur ? Pourquoi ? Et pourquoi lui ?

Akira reste cachée sous la couverture, rouge de honte, ne sachant comment s'expliquer. Elle ose encore moins faire face à Naro, qui elle le sait, est fier de lui. Elle sait qu'une expression satisfaite et de vainqueur est dessiné sur son visage, le rendant encore plus beau. Si elle croise son regard, elle sait exactement ce qu'elle y lira. Alors elle se retourne, pour lui montrer son dos. Naro en jubile de plus belle, et est d'une humeur légère. Il avise Ximus, taquin.

— Ne t'inquiète pas, je ne touche que ma partenaire. Et puis, tu as vu comment on est tous serrés là-dessous ?! Tu crois vraiment que je peux lui faire quelque chose sans que vous vous en rendiez compte ? Sois raisonnable...

Il m'énerve ! Il m'énerve ...

Ximus soupire et va s'allonger près de Manzo, les épaules avachies sous le poids de la défaite.

Naro s'installe plus près d'Akira, joignant sa couverture à la sienne et rapproche leurs corps nus l'un de l'autre.

Akira, qui sent la proximité de Naro contre son dos, a le corps en feu et ne sent plus du tout le froid extérieur. Elle ne dit rien et reste sans bouger, fermant les yeux pour savourer le contact qui s'offre à elle. Elle emplit ses poumons du musc de Naro. Elle n'y perçoit pas la marque d'une autre femelle. Elle se sent rassurée, et apprécie que Naro ne tente rien. Ce qui lui permet de profiter du moment, sans avoir à culpabiliser. Elle finit par s'endormir d'un sommeil profond, rassérénée et réchauffée par cette proximité inespérée. Et bien qu'elle n'en ait pas conscience, Naro vit ce moment exactement comme elle.

Anuba

Comme tous les soirs, Anuba ferme la porte de son bar avant de se rendre au Trou Noir. Depuis que Naro est parti avec Akira, il va y aider Nino.

— Salut, Anuba. Dis-moi, tu sais quand rentre Naro de sa chasse ? J'ai des choses à voir avec lui.

Anuba se retourne vers la femme qui vient de l'apostropher.

— Je ne sais pas, mais si c'est urgent tu peux voir ça avec moi.
— Y a un nouveau groupe de malfrat qui se forme du côté de la fabrique de coton. Ils essaient de racketter les employés le soir. Pour l'instant ils ne sont pas violents, juste insistant. J'ai peur qu'ils ne finissent par tenter d'autres tactiques, plus fructueuses.
— Ok ! Merci pour l'info. Je vais voir avec les gars s'ils peuvent aller roder un peu par là-bas et surveiller.
— Super. À bientôt.
— Tu viens pas au Trou Noir ce soir ?
— Non, mon père veut faire une réunion de famille.
— Aïe. Ça risque d'être ennuyeux.
— Tu m'étonnes avec ce vieux ronchon.

Elle lui fait un signe de la main et s'éloigne dans les rues de la Grande Ville.

J'ai comme l'impression que certains ont compris que Naro était absent pour un moment et qu'ils avaient le champ libre. Faut que je vois ça avec Puck et les autres. Heureusement, Iline m'a prévenue. Le réseau d'espion, que l'on a créé avec Naro, est toujours aussi efficace. Et bientôt, j'aurai des détails sur ce nouveau petit groupe.

Anuba arrive à son nouveau poste, et se fait aussitôt invectiver.

— Non d'une... Aarrgghh !!! essaie de se contenir Nino. Combien de fois je t'ai dit d'arrêter de déplacer les caisses de la réserve.
—Mais c'est plus simple comme ça. Plus facile d'accès. On gagne du temps. Je te rappel que tu n'as pas la force d'Akira pour t'aider. Tu dois y penser quand tu les organises dans la réserve.
— C'est mon organisation ! Tu n'as pas à venir foutre ton bazar dedans. Me voilà en train de chercher pour la millième fois, mon stock de coupo.
— Je vais le chercher. T'affole pas.
— Anuba, remet-le à sa place.
— Hors de question, j'ai pas envie de me faire un tour de reins.

Nino soupir, et retourne à ses occupations. Tous les deux se chiffonnent presque tous les jours, et pourtant une grande amitié est née entre eux. Comme s'ils étaient obligés de se chamailler pour se comprendre. C'est leur façon à eux de se dire qu'ils vont bien, malgré l'absence de leurs amis.

Plus tard dans la nuit, Youma arrive et passe derrière le comptoir pour venir embrasser Anuba.

— Bonjour.
— Ma nuit est enfin éclairée par ta présence. Tu m'as manqué aujourd'hui.

Anuba la serre dans ses bras, et l'embrasse langoureusement.

J'adore le goût de ses lèvres douces sur les miennes. Et sa peau sent bon les baies colorées qui poussent autour de sa choza.

Je n'aurais jamais pensé pouvoir ressentir ça un jour, et encore moins pour une Originelle. Mais c'est un fait, je l'aime. Je suis fou amoureux d'elle. J'ai besoin de la voir tous les jours, et je ne me sens bien que lorsqu'elle est près de moi. Je veux la rendre heureuse. Quand elle sourit, elle est la plus belle sur cette Terre. Ma magnifique Youma.

— Hé, vous deux ! Vous pouvez arrêter de vous bécoter comme ça ?! Y en a qui travaille ici, et vous gênez.

— Tu es jaloux !

— Non...

— Une lumière t'est destinée. Arrivera-t-elle à te trouver, je l'ignore.

— Euh, Youma, ma chérie, je suis pas sûr que ça le rassure. On ferait mieux de le laisser tranquille. Viens.

— Hop hop hop !!! Tu vas où là ?! Tu as vu le monde ce soir ? Tu reviens ici m'aider...

— Je savais que tu pouvais pas te passer moi ! s'exclame fièrement Anuba.

Nino lève les yeux au ciel, et repart servir les clients, enjoué.

Chapitre 34

Naro

Quand Akira se réveille, sentant la morsure du froid sur son visage, elle jette un coup d'œil autour d'elle et remarque que Naro, Ximus et Manzo sont déjà levés. Seuls Thory, Laetie et elle-même sont encore couchés. Elle s'apprête à se redresser quand elle se rappelle sa tenue, et s'enfouie sous les couvertures à la recherche de ses vêtements, avant de commencer à les enfiler.

— Regardez-moi ça, il y a une kinette qui s'est emmêlée sous les couvertures et ne trouve plus la sortie, pouffe Naro, devant le spectacle des couvertures qui bougent sur une masse en mouvement.

Tous se retournent pour vérifier tandis qu'Akira, piqué par la remarque, émerge de sous les couvertures les cheveux en bataille. Le regard brillant de férocité, elle fait comprendre à Naro ce qu'elle pense de ses remarques matinales. Elle perçoit la lueur de désir qui s'allume aux fonds de ses yeux, tandis qu'il lui sourit content de lui. Et alors qu'elle s'apprête à le remettre à sa place, un éclat de rire à sa gauche lui fait tourner la tête. Thory s'époumone tandis que Laetie commence à se redresser.

— Quoi ?! Qu'est-ce qu'il y a de si drôle ?

— Toi... répond Thory avec des difficultés pour reprendre son sérieux.
— Et je peux savoir pourquoi ?

Elle n'attend pas la réponse pour comprendre, car Laetie lui passe les mains dans les cheveux pour essayer de leur redonner une contenance.

— Oh... s'empourpre-t-elle. C'est pas gentil de se moquer.
— Je ne me moque pas !! Je suis juste surpris. On dirait une sauvageonne qui vient de sortir de sa tanière maintenant le danger éloigné... Une sauvageonne innocente.
— Et c'est ce qui te fait rire ?!

Laetie qui se lève, enroulée dans une couverture, permet à Thory de s'approcher d'Akira pour lui chuchoter à l'oreille.

— Ce qui est drôle, c'est que sous ton apparence fragile, peu savent qu'il s'y cache une redoutable bête... C'est pas crédible, désolé.

Naro, qui voit Thory si proche d'Akira, le fusille du regard.

Je ne comprends toujours pas tout ce qui concerne la marque, mais à ce que je vois, toi, elle ne t'empêche pas de lui parler à l'oreille. Donc pour se tenir près d'elle, il n'est pas juste question de puissance ? Tu as de la chance Thory que ce soit toi, et que je sache que tu ne la toucheras jamais. Mais tu ne perds rien pour attendre. Quand je pense qu'en plus vous êtes nus, tous les deux sous cette couverture...

Naro commence à contracter sa mâchoire et ses poings. Thory qui le remarque, ne s'éloigne pas pour autant. Il reprend juste un peu plus haut.

— Le costume dont tu te pares au quotidien depuis des années est inutile, car tu es bien plus redoutable au naturel… Si tu te présentes comme ça devant notre ennemi, tu n'auras aucun mal à le vaincre. Face à ton innocence, il ne pensera jamais à lever les armes.

— Arrête tes bêtises tu veux… soupire Akira en repoussant les couvertures, qui jusque-là la couvraient, pour se lever.

Qu'est-ce qu'elle fait ? Elle est folle ? Elle a oublié qu'elle est nue, tout le monde va ... Elle est habillée !

Naro soupir de soulagement, ce qui n'échappe pas à Akira qui prend un malin plaisir à le remettre à sa place.

— La kinette n'était pas emmêlée dans les couvertures, elle était en train de s'habiller à l'abri des regards… lance-t-elle en s'arrêtant à la sortie de la tente.

Il ne neige plus et le vent s'est calmé. Ils rangent leurs affaires, mais une brume épaisse tombe, limitant leur visibilité à moins d'un mètre. Thory leur donne l'idée de s'encorder comme ils l'ont fait pour escalader les falaises, afin de ne pas se perdre les uns les autres. Naro en profite pour leur distribuer leur crampons et grapins.

— Je pense que Thory et Manzo devrait fermer la marche. Moi et Naro on l'ouvrira, tandis que vous les filles vous serez entre nous, suggère Ximus.

— Je préfère fermer la marche, répond Naro.

— Très bien alors tu fermeras la marche avec Manzo, et je serai devant avec Thory.

Naro acquiesce, content de répartir les forces physiques de part et d'autre. Une fois encordés, ils reprennent leur ascension.

Ximus

C’est dur, ils ne voient presque pas devant eux. Ximus a les yeux plissés, mais ne parvient pas à se concentrer sur l’horizon qu’il ne voit pas. Il espère avancer en ligne droite, et guider comme il se doit son équipe. Chaque pas est machinal, il ne réfléchit plus. Lui comme tous les autres, s’enfoncent jusqu’aux genoux dans la neige. Elle est lourde sur ses pieds, et le manteau neigeux forme comme une gangue autour de ses jambes. C’est épuisant, il est essoufflé, ses joues sont rouges. C’est encore plus difficile pour Laetie qui est de petite taille et s’enfonce presque jusqu’aux hanches. Heureusement, Manzo reste juste derrière elle et l’aide à progresser au milieu de toute cette blancheur.

Avec le brouillard, personne ne se voit, ils sont comme seuls aux mondes. Ximus à enfin l'impression de retrouver un peu de son intimité, alors il laisse ses émotions rejaillir, et ses yeux deviennent humides. Il ne peut s’empêcher de revoir dans son esprit l’image de Naro tenant Akira entre ses bras protecteurs, la serrant contre lui, la tête posée sur la sienne. Il s’était réveillé avant les autres, et les avaient observés en silence.

Akira doit se sentir en sécurité dans ses bras, car elle dormait profondément, le visage enfoui contre sa poitrine. Elle avait les traits légers, et semblait calme, apaisée et heureuse. Même Naro avait l’air aux anges, avec sa mine détendue, un sourire léger sur les lèvres. C’est bien la première fois d’ailleurs que je le vois aussi détendu. Je suis sûr que sous les couvertures, leurs corps étaient enchevêtrés l’un dans l’autre. Il dit qu’il a déjà une compagne, et pourtant tous les deux ressemblaient à un couple cette nuit.

Ça lui fait mal de l’admettre, et il est jaloux, d’autant plus qu’il les trouvait beaux, ensemble. Il continue d’essayer de se convaincre que Naro et Akira ne sont pas faits l’un pour l’autre. Que Naro est beaucoup trop dangereux pour sa belle et fragile princesse, qui est trop entêtée pour rester en sécurité. Et il marche avec nonchalance, résigné.

Soudain, un hurlement perce le silence et tous sont happés en avant, tombant sur leur dos et glissant sur la neige. Akira essaie de s'arrêter en plantant ses pieds devant elle et en plantant son grappin, mais ça la ralentit à peine. La panique commence à s'emparer d'elle, son cœur s'accélère. Elle réessaie à plusieurs reprises, paniquée. Puis tout s'arrête. Elle soupir de soulagement et ferme les yeux. Ses tentatives mêlées à celles de Manzo et Naro, derrière elle, ont réussi l'impossible. La corde est tendue derrière et devant elle, et tout le monde est crispé sur sa prise. Ils ont tous peur de se retrouver de nouveau propulsés vers l'avant.

Qu'est-ce qui se passe ? Je suis mort ? Non, Thory est là, au-dessus. Merde, c'est quoi se délire.

Ximus a de plus en plus de mal à respirer, la panique prenant le dessus. Il n'arrive plus à réfléchir, ses mains sont fermement accrochées à la corde tendue le long de son visage. Il a peur qu'elle cède. Il tremble de partout.

— QU'EST-CE QUI SE PASSE ? crie Naro.
— Je sais pas ! lui répond Manzo essoufflé.

Akira rouvre les yeux et après une grande inspiration, déplace son poids sur le côté. Elle se risque à se redresser sur un coude, prenant appui sur le bras qui tient fermement le grappin planté dans la neige. Elle a un hoquet de surprise. À dix centimètres devant ses pieds se trouve le vide. Elle referme les paupières, et inspire profondément pour calmer les battements de son cœur avant de les rouvrir.

— THORY ! XIMUS ! Vous m'entendez ? Ça va ? appelle-t-elle.

De faibles échos lui parviennent, mais avec son ouïe elle les perçoit sans mal.

— On est toujours là, mais si vous pouviez faire vite pour nous remonter... On n'a pas envie de mourir là-dedans !!

Akira sait que Manzo et Naro, qui sont assez loin derrière elle, ignorent ce qui se passe et attendent des explications.

— Naro, tu m'entends ?
— Difficilement. Essaie de parler un peu plus fort si tu peux.
— C'est le vide devant moi ! Thory et Ximus sont tombés dans un énorme trou, mais la corde a tenu le coup. Ils attendent qu'on les remonte. Je ne sais pas si la corde tiendra longtemps, on doit faire vite.
— Ok ! Ne bouge pas et assure-toi que ton piolet et tes crampons sont bien ancrés et que ta prise est solide. Manzo tu restes en place et tu fais comme Akira pour maintenir tout ce petit monde à l'abri. Moi je vais essayer de me rapprocher d'Akira pour aller tirer la corde de là-bas. Vous m'avez compris ?
— Oui, répondent-ils en cœur.

Naro suit sa corde et arrive sur Manzo, qui a assuré sa prise. Laetie se trouve pas loin devant lui et a réussi à faire pareil sur les conseils de Manzo. Naro se détache pour ne pas tirer sur Manzo. Il continue son avancée dans le brouillard et arrive près d'Akira. Il se fige quand il remarque à quel point elle est juste au bord du vide. Il l'examine blême, ne voulant pas imaginer ce qui se passerait s'il la perdait. Elle perçoit l'angoisse qui l'envahit.

— Ça va aller... Ne t'inquiète pas on va s'en sortir.

Naro se ressaisit, et va poser son sac plus loin. Il se met légèrement plus haut qu'Akira, pour avoir plus de marge de manœuvre et assurer sa prise dans une neige qu'il espère ferme. Elle l'observe, inquiète, mais ne dit rien. Il prend une autre corde qu'il accroche à son piolet. Il le fixe profondément dans la neige, et par sécurité en fixe un deuxième qu'il avait pris avec lui au cas où. Puis il passe la corde autour de lui et l'envoie dans le vide.

— Vous voyez la corde que j'ai lancé les gars ? crie-t-il.

Il interroge Akira. Entre le vent et le fait qu'ils soient en contrebas, c'est à peine s'il perçoit un son. Akira ne se fait pas attendre pour répéter leurs paroles.

— Ximus tu peux l'attraper sans trop bouger ?
— Non... Trop loin.

Naro remonte la corde et demande à Akira de baisser la tête. Il la projette alors de nouveau, pour essayer de viser au plus près de la corde d'origine et se rapprocher d'eux.

— C'EST BON ! crie Ximus
— Noue la autour de toi et détache-toi de l'autre ! Essaye ensuite de te hisser pendant que je te remonte.
— OK !

Akira qui répète, ajoute une question pour elle.

— Pourquoi doit-il se détacher ?
— Parce que s'il reste attaché à la corde principale, au bout d'un moment il aura le poids de Thory à remonter en plus du sien. Et puis ça allégera votre corde, je ne veux pas que votre appui lâche.

Elle acquiesce, comprenant, et se garde de dire à quel point c'est dangereux pour eux. Elle voit Naro commencer à remonter la corde dans la neige instable. C'est difficile, mais il reste concentré. Ximus de son côté, se découvre une force insoupçonnée et se hisse le long de la corde remonter au plus vite.

Il immerge et se glisse sur le sol à côté d'Akira. Il enfonce ses mains dans la neige, et plisse les yeux pour voir ce qu'il y a devant lui. Il ne voit pas grand-chose. Mais il veut s'éloigner de là le plus vite possible. Alors il se détache et suit la corde principale, encore tremblant, pour aller rejoindre Manzo.

Naro renvoie la corde à Thory et ne lui demande pas de se détacher de l'autre. À l'instar de Ximus, il doit grimper, sur cette dernière, pour enfin atterrir près d'Akira.

Thory s'allonge près d'elle et se met soudainement à rire.

— Qu'est-ce qui te fait rire ? demande Akira surprise par sa réaction.

— Cette foutue aventure n'a pas fini de nous apporter des frayeurs... Et tomber comme ça dans le vide sans le voir venir, et bah je peux te dire que ça fout une sacrée trouille ! C'est pire que d'aller se battre en sachant que la mort nous attend peut-être au bout. Car contrairement à un champ de bataille, quand on tombe dans le vide on a aucun pouvoir sur ce qui se passe.

— Et ça te fait rire ?

— Non, ça me fait peur. Mais qu'est-ce que tu veux que je fasse d'autres ?

La franchise de Thory laisse Naro et Akira sans voix. Thory n'est pas forcément en meilleur forme que Ximus. Mais chacun gère à sa façon l'événement qui vient de se produire. Ils doivent tous deux encaisser le contre coup.

Tous les trois reculent jusqu'à Manzo, Ximus et Laetie. Une fois tous regroupés et à nouveau encordés, comme il faut les uns aux autres, Naro cherche à comprendre ce qui s'est passé. Ximus, encore tout confus, lui confie :

— Je ne sais pas, je marchais et comme d'habitude mes pieds s'enfonçaient dans la neige, mais d'un seul coup alors que je faisais un nouveau pas, tout ce qui se trouvait sous mes jambes a disparu ne laissant que le vide.

— Je n'ai rien vu. Je l'ai entendu crier en même temps que je me suis retrouvé sur le dos à glisser sur la neige, et avant même que je réalise quoique ce soit, j'étais moi aussi dans le vide.

Naro réfléchit et Manzo coupe le silence.

— C'est peut-être un peu comme les lacs à la saison du gel. Tu as dû marcher sur une couche de glace recouverte de neige. Tu ne l'as pas vue, mais elle était trop fine et a cédé sous ton poids.

— Je pense qu'on a eu assez d'émotion et fait suffisamment d'efforts pour aujourd'hui. Je propose qu'on revienne encore un peu sur nos pas, pour s'éloigner de ce trou et qu'on campe là jusqu'à demain, propose Akira.

— Très bonne idée, s'empresse de confirmer Laetie qui a vu dans quel état Ximus se trouve.

Comme la veille, ils installent leur tente pour se prémunir du froid du vent et de la neige qui peut revenir à tout moment. Ils reprennent les mêmes places, excepté Ximus, qui se met entre Laetie et Thory, laissant Manzo sur l'autre bord. Il est effrayé de se trouver le premier à sombrer dans un trou, de glisser à l'extérieur de la tente, et il n'arrive pas à stopper ses tremblements de froid et de peur.

Chapitre 35

Manzo

Le lendemain, un grand soleil les réchauffe un peu et réconforte leur humeur après ces deux derniers jours. Ils peuvent voir à présent le trou dans lequel ils avaient failli tous tomber. Il fait cinq mètres de long sur trois mètres de large. C'est impressionnant, et ils n'osent pas approcher pour regarder au fond, de peur qu'il ne s'agrandisse.

Non d'un ménonaure, on l'a échappé belle. Je comprends que Ximus ait peur de reprendre sa place devant. Si le temps reste clément comme ça, on aura moins de problèmes. Avec ma vue perçante, j'ai un avantage sur les autres et devrait pouvoir réussir à voir des irrégularités. Enfin j'espère, car tout ce blanc m'éblouit. Heureusement, il nous reste de grands bouts de bois dans la réserve qu'on avait faite pour faire des feux. Avec, on va pouvoir vérifier la solidité du sol.

Ils reprennent leur marche. Manzo remplace Ximus à l'avant de la cordée. Grâce au soleil, ils n'ont pas de mal à rester dans son sillage, pendant qu'il teste scrupuleusement devant et autour de lui avant de faire le moindre pas. Ils avancent lentement, mais ont la chance d'avoir, les trois jours suivants, le soleil pour les aider dans leur progression.

— Tu as vu ce qui nous attends ? demande Thory à Naro en regardant le haut de la montagne qui se dessine devant eux.

— Oui, ça va être compliqué.

Je n'ose pas leur dire de peur de casser leur moral, mais la neige trompe l'œil. Le dénivelé est bien plus raide qu'il n'y paraît là-haut, et la neige risque de s'effriter sous nos pieds et nous faire glisser. Sans compter sur ces morceaux de falaise si abruptes que même le manteau blanc ne parvient pas à s'y accrocher. J'ai peur que l'on n'arrive jamais à franchir cette montagne. J'ignore comment Park à fait, mais maintenant que j'y suis confronté je dois dire qu'il a été drôlement fort et courageux. Surtout pour un Sans Dons.

La côte devient de plus en plus raide, la neige glisse sous leur pas, les faisant souvent chuter comme l'avait deviné Manzo. L'air s'était déjà raréfié avant, mais ils commencent à le ressentir et fatiguent plus vite.

Naro craint qu'il y en ait encore pour au moins deux jours, dans le meilleur des cas, avant d'atteindre le sommet. Mais il n'a pas les dons de Manzo ou d'Akira et ne se rend pas compte que c'est plus ardu qu'il n'y paraît. C'est pourquoi, il est encore plus préoccupé par la descente. Il redoute qu'elle soit aussi difficile que la montée, les obligeant à rester dans ce froid encore trop longtemps. Alors qu'il se résigne sur leur sort prochain, Akira les arrête un grand sourire aux lèvres.

— Qu'est ce qui te met en joie ? l'interroge Thory en se retournant.

— J'ai trouvé une grande faille dans le pan de la montagne un peu plus loin. Je suis sûre que l'on pourrait y passer la nuit à l'abri et se reposer enfin comme il faut.

Manzo ne s'attendais pas à ça. Il n'a rien remarqué. Perplexe, il regarde aux alentours à la recherche de ce qu'Akira a aperçu, et constate qu'il la voie aussi.

Akira possède elle aussi une vue accrue ! Elle est pleine de surprises notre princesse... Elle est incroyable. Et heureusement qu'elle scrute tout, car malheureusement, moi je suis resté focalisé sur ce qui est devant. On serait passés à côté de ce superbe refuge.

Akira

— On va voir si on peut aller se reposer là-bas, et si on y trouve un chemin plus praticable, informe Naro.

— Pourquoi ? Qu'est-ce qu'il y aurait de mieux là-bas ? se plaint Ximus fatigué.

— Il y a quelque chose dans la falaise qu'on aperçoit à l'Est. Peut-être qu'il y aurait de quoi s'abriter pour la nuit, l'informe Manzo.

Akira lui sourit, contente que Manzo l'ai vu aussi, même si pour lui ce n'est qu'une imperfection dans la roche. Akira ayant un don plus développé sait que c'est une caverne.

Naro et Akira se détachent de la cordée, et en créent une nouvelle pour eux deux, laissant leurs amis se reposer en les attendant.

Naro la suit sur un peu moins d'un kilomètre, jusque devant une faille qui n'est, maintenant devant, pas si petite que ça. Elle fait dans les trois mètres de haut, sur un peu plus d'un mètre de large. Ils entrent à l'intérieur et n'en voient pas le fond.

— Tu as raison, on peut y faire un feu et se mettre assez loin pour rester à l'abri du vent. Allons chercher les autres.

La roche est froide, mais une fois bien enfoncés à l'intérieur de la grotte, ils sont à l'abri du vent et de la neige, bien au sec pour la première fois depuis des jours. Ils sont tous ravis de leur nouvel abri, et s'installent autour d'un feu. À la surprise générale, Ximus pose enfin une question à Naro.

— Comment ça se passe l'affiliation chez les Varkies ? Laetie disait que tu n'avais pas pu le faire comme les autres, du coup tu as fait comment pour savoir dans quoi tu étais doué.

— C'est vrai je n'ai jamais passé de test, mais ça ne m'a pas empêché de rejoindre la garde. On doit tous plus ou moins y aller de toute façon.

— Ah bon ? Ce n'est pas un post réservé à ceux qui ont des affinités pour ? s'étonne Manzo.

Naro lui explique comment se passe les tests chez eux et à quoi ils servent, puis comment se fait leur intégration dans le clan.

— Alors tout le monde est obligé d'apprendre à se battre quoi qu'il arrive ! C'est si différent de chez nous, réalise Ximus.

— Vous faites comment vous ? s'enquiert Thory.

— Chez nous, on est orienté dans la voie de nos dons pour apprendre quelque chose qui sera utile pour le clan, pour le faire prospérer avec plus de facilité grâce à nos capacités. On est très vite mis à contribution tout en apprenant, révèle Manzo.

— Alors votre armée n'est pas très développée, fait remarquer Thory.

— Elle l'est suffisamment. Vaut mieux être peu nombreux, mais très bien entraînés et compétents, rétorque sèchement Ximus.

— Nous sommes tous très bien entraînés. Femmes ou hommes, il n'y aucune différence de traitements, affinités ou non. C'est juste plus facile pour ceux qui ont des capacités, et lors de l'intégration dans la garde les plus faibles sont envoyés ailleurs, un peu comme vous, pour apprendre quelque chose de plus dans leurs cordes pendant deux ans, explique Naro.

— Quel intérêt ?! insiste Ximus. Ils ont perdu du temps.

— Apprendre à se défendre n'est jamais une perte de temps, lui certifie calmement Naro.

— Vous avez toujours peur qu'on vous attaque, alors que c'est vous les plus agressifs, fait remarquer Ximus.

— L'objectif de la formation Varkies est de savoir se défendre contre l'envahisseur. En l'occurrence, pour eux, c'est vous. Mais au final, dans la vie, on passe notre temps à se défendre contre des personnes mal intentionnées. Il y aura toujours quelqu'un pour vouloir ce qui vous appartient, et vous aurez à le défendre. Peu importe qui vous êtes. Alors il vaut mieux être préparé. La plupart d'entre nous ne sont pas des marras.

— Il y a pas beaucoup de femmes à avoir de prédisposition pour le combat chez nous. Il y a plus de possibilités d'en chopper une chez les Varkies, essaie de rigoler Manzo pour baisser la tension.

— T'es fou ! Les Varkas sont de vraies sauvageonnes, lui intime Thory avec un grand sourire complice.

Akira qui a suivi leur conversation ne peut qu'approuver les propos de Naro, et trouver une faiblesse dans la préparation de son clan. Mais Ximus n'a pas tort non plus.

À l'intérieur de la grotte, ils ont beaucoup d'espace, alors ils s'éparpillent un peu partout avec leur couverture. Ils peuvent enfin dormir à leur aise, chacun dans son coin, et le feu est assez gros pour les réchauffer.

Au petit matin, Naro réfléchit à la suite quand Akira le rejoint.

— Je pense que l'on devrait rester ici une journée de plus pour bien se reposer. On ne sait pas ce qui nous attend ensuite, et au point où on en est, on est plus à un jour près.

— Tu as sûrement raison.

— Je vais en profiter pour explorer le fond de cette grotte.

— Je t'accompagne.

— Je peux me débrouiller seule.

— Je sais, mais moi aussi je suis curieux.

Akira comprend qu'il dit en partie vrai, et ne répond rien.

Ils retournent à l'intérieur de la caverne, auprès des autres, et Akira leur explique ce qu'elle a prévu de faire. Elle prend son sac et alors que Naro s'apprête à la suivre, il est arrêté par Ximus qui lui saisit le bras.

— Tu crois que je vais te laisser la suivre ? Va savoir ce que tu veux lui faire dans ces cavernes.

— Le jour où tu arrêteras de la considérer comme une personne sans défense et que tu la respecteras pour ce qu'elle est, une adulte et non une enfant, peut-être que tu pourras espérer avoir un peu de son attention. En attendant ne soit pas surpris qu'elle reste froide face à toi. Je ne la laisse pas y aller seule, et si tu veux nous accompagner libre à toi de venir.

Ximus le relâche, et enrage de ne pas faire de progrès avec Akira, surtout que tout le monde l'a remarqué. Naro et Akira se sont déjà éloignés dans la caverne quand il se ressaisit, et part à leur suite.

Tous les trois s'enfoncent toujours plus loin dans la caverne, il fait moins froid que sous le blizzard, mais l'air est humide. Des stalagmites et stalactites forment un décor inédit et impressionnant autour d'eux. Parfois ils doivent longer un escarpement pas très large au-dessus du vide, mais ils continuent malgré tout d'avancer, des heures durant, s'enfonçant plus profondément dans le gouffre de cette montagne, jusqu'à ce qu'ils découvrent un précipice de près de trois mètres de large.

— Nous voilà au bout du chemin, constate Ximus.

— Je vais sauter… les informe Akira, tout à fait sereine, les yeux brillant d'excitation.

— Non mais tu es devenue folle ?! s'emporte Ximus. Quel intérêt de prendre autant de risque ? Tu ne sais même pas où ça mène.

— Au cas où tu n'aurais pas remarqué, on a beaucoup descendu, mais on a jamais pris une direction laissant à penser qu'on faisait demi-tour. Peut-être qu'au bout de tout ça se trouve une sortie qui nous emmènerai directement de l'autre côté de la montagne.

— À quoi bon ? C'est trop dangereux...
— Certainement moins que de continuer à l'extérieur. S'il y a une possibilité par ici, on doit la tenter, tranche Naro.

Il soutient Akira avec confiance, tout en sortant une corde de son sac.
Elle le remercie silencieusement, et Ximus, en colère, s'emporte.

— Et comment va-t-elle faire ? Si tu veux tellement aller voir, vas-y toi-même...

Naro et Akira ne l'écoutent plus depuis longtemps, le laissant se plaindre et râler dans son coin. Naro s'approche d'elle et lui chuchotte à l'oreille :

— Je sais que ce saut ne représente rien pour toi, mais par sécurité, accroche-toi.

Il joint le geste à la parole, lui passant une corde autour de la taille.

— Je te laisse autant de mou que tu en as besoin.

Elle acquiesce en souriant, prend du recul devant le regard courroucé de Ximus, qui avait fini par se taire, et s'élance au-dessus du vide.
Elle se réceptionne avec souplesse de l'autre côté. Elle détache la corde et la fixe à une stalagmite qui s'élève du sol, tel un pique prêt à embrocher quiconque viendrait s'empaler dessus.

— On t'attend ici, soit prudente.

Elle leur sourit franchement, hoche la tête avec entrain, et s'éloigne. Elle est dans l'obscurité la plus totale, n'ayant pas pu sauter avec leur seule torche. Heureusement, ça ne la dérange pas. Elle a une bonne vue même dans le noir. Le chemin est plus facile que de l'autre côté, ne présentant aucun escarpement, elle a juste à zigzaguer entre les monticules de calcaires. Mais plus elle avance, plus elle ressent la morsure du froid, qu'elle sentait déjà de l'autre côté du précipice. Elle suit le courant d'air jusqu'à une petite ouverture dans la roche. Elle s'accroupie, passe en travers, et se retrouve à l'extérieur, où le soleil entame sa descente. Elle est sur l'autre versant de la montagne et plus bas que prévu, ce qui facilitera fortement la suite de leur voyage. Elle rebrousse chemin, contente de pouvoir leur annoncer la bonne nouvelle.

Elle arrive à hauteur des deux hommes qui l'attendent, chacun de leur côté et silencieux. Elle reste quelques secondes à les épier de loin.

Au moins, ils ne se sont pas entre tués. Naro fait de gros efforts, et je dois bien admettre que le comportement de Ximus m'énerve. Je suis entrée dans son jeu car voir Naro ronger son frein m'a donné beaucoup de satisfaction. Mais ce n'était que les premiers jours. Depuis que l'on a commencé à grimper cette montagne, je ne lui ai jamais laissé croire quoi ce soit sur une possible relation entre nous. Je ne lui ai donné aucune raison d'espérer. Pourtant, il continue de me surprotéger. Il s'imagine que j'ai besoin de lui, et que j'aime qu'il soit au petit soin. Que dois-je faire pour que tu comprennes ? Tu es un bon ami. Je ne veux pas te blesser avec des paroles méchantes.

Elle reste encore quelques secondes de plus à admirer Naro.

Merci de ta confiance, merci de ta prévenance, et merci de voir la vraie Akira. Si tu savais combien je t'aime et combien c'est dur pour moi de rester distante. Je suis désolée, mais je ne peux pas m'empêcher d'être comme ça, je ne peux pas te laisser me refaire du mal. Je sais que ce n'est que ta bête qui te pousse vers moi. Tu ne me pardonneras jamais. Tu ne pourras jamais m'aimer après t'avoir laissé seul, dans la souffrance, sans t'aider alors que ta mère se mourrait.

Elle souffle, reprend son masque d'indifférence et approche de la crevasse.

Naro la sent approcher et se relève aussitôt, surprenant Ximus qui cherche pourquoi il s'est redressé. Il comprend un peu plus tard en apercevant Akira approcher de l'autre côté, et se lève à son tour.

Akira noue la corde autour de sa taille et les rejoint, aussi souplement que la fois précédente, sans montrer la moindre difficulté face à l'effort. Ximus est étonné mais préfère ne rien dire de peur de se ridiculiser.

— On va pouvoir passer par là, s'extasie Akira. Il y a une sortie là-bas, elle conduit à l'autre versant.

— C'est praticable ?

— Oui, beaucoup plus que ce côté-là.

— Très bien alors on partira demain.

— Et comment sommes-nous censés traverser ça ?! demande Ximus en montrant l'énorme trou qui se trouve à côté d'eux. Car je ne pense pas que l'on soit tous aussi agiles que toi Akira.

Akira réfléchit à ses paroles et reprend calmement.

— Et pourquoi ne pas attacher une corde de chaque côté, pour nous en servir pour traverser ? On s'attacherait par sécurité, comme je viens de le faire. Mais avec une corde sur laquelle se faire glisser jusque de l'autre côté, ce serait faisable.

— Probablement, concède Ximus.

— On va retrouver les autres et leur exposer l'idée. On prendra la décision ensemble, le rassure Akira.

Chapitre 36

Ximus

De retour au campement, au milieu de la nuit, Naro explique la découverte d'Akira et leur plan pour traverser la crevasse.

— Si on retourne dans cette neige et essayons de passer par le pic, ça risque de nous prendre plusieurs jours, réfléchis à voix haute Thory.

— On n'aura pas assez de viande séchée pour tenir encore plusieurs jours dans ce froid, sans oublier qu'on a le retour à faire, renchérit Laetie.

— Tenter de passer par le pic est plus dangereux qu'essayer de traverser par cette crevasse. Je pense qu'on devrait tenter le coup, juge Manzo.

— Je suis d'accord, confirme Laetie.

— Moi aussi, approuve Thory.

Tous se focalisent sur Ximus qui est le seul à ne pas avoir parlé. Il est bien évident pour tout le monde qu'Akira est forcément favorable à son plan et que Naro ne l'aurait pas exposé s'il n'en était pas de même.

Pourquoi est-ce qu'ils me regardent tous ? Qu'est-ce qu'ils attendent de moi ? N'ont-ils pas déjà pris la décision ?

— Évidemment, qu'il est plus simple d'essayer cette solution, approuve Ximus.

Ça va bien se passer... Hein, y a pas de raison d'avoir peur, y a pas vraiment de danger. Et puis Akira a réussi à le faire alors pourquoi pas moi ?

Ximus est terrorisé à l'idée de passer au-dessus de ce vide. Depuis qu'il est tombé dans la crevasse quelques jours plus tôt, il fait des cauchemars où il se voit chuter dans le vide. Mais il refuse de leur dire et paraître faible.

Trop enjoué par ce qui les attends, ils ne se couchent pas tout de suite, et les conversations sont joyeuses. Laetie fait même sa curieuse.

— Pourquoi on n'entend jamais parler de la reine Soukso ? On a longtemps entendu parler que du roi Zaïnof. Or vous, Akira, n'êtes arrivée dans nos conversations qu'il y a quelques années.

— Le roi vous garde enfermées comme un trésor ? veut rigoler Thory.

Ximus et Manzo baissent la tête, mal à l'aise.

Aïe, quelle idée de poser ce genre de question !? Maintenant Akira va être triste. Personne ne parle jamais de sa mère car elle faisait honte aux Soukso. Comment leur dire que sa mère la reine n'était pas aimée ?

Mais Akira comprend qu'on puisse se poser la question.

— Ma mère est morte en me mettant au monde.

— Je suis désolée. Avec notre constitution plus forte, les morts ne surviennent d'habitude qu'à un âge avancé, à moins d'être tué dans une rixe, ou atteint de la grande fièvre. Je n'aurais jamais imaginé que cela pouvait se produire dans d'autres circonstances.

Ça a vraiment dû être dur pour vous. Je m'excuse encore d'avoir abordé le sujet.

— Ce n'est pas grave, ça ne me dérange pas d'en parler, même si le sujet dérange beaucoup de Soukso.

— Pourquoi ? s'étonne Naro qui ne comprend pas pourquoi les Soukso réagissent ainsi.

Insiste pas toi !!

— Ma mère n'était pas comme nous.

— C'était une Sans Dons ? demande Laetie, comme si ça expliquait mieux sa mort en couche et pourquoi les Soukso ne voulaient pas en parler.

— Non, mon père n'aurait jamais enfreint la loi. Elle était une originelle, mais elle était très fragile. En fait, je pense qu'il faut connaître toute l'histoire pour comprendre.

— Tu n'es pas obligée de nous la raconter, la rassure Naro.

— Ma grand-mère m'a raconté la vie de ma mère, elle m'a expliqué qui elle était et pourquoi. J'étais la seule enfant de Bouchko sans mère, je ne comprenais pas, alors elle m'a tout révélé. Car, à part elle, personne ne veut en parler. Pas même mon père. Je vois bien ses traits tirés et sa façon de serrer la mâchoire, essayant de cacher sa souffrance à chaque fois qu'il pense à elle.

C'est normal que personne n'en parle. Si c'est pour dire des méchancetés à son sujet et te rendre triste, autant se taire.

— Pouvoir vous la dévoiler me fait plaisir, car je veux que ma mère ne soit pas connue que de trois personnes. Aujourd'hui, on parle d'elle comme "la faible reine". Mais ce n'est pas ce qu'elle était. Elle était une femme courageuse, affirme Akira avec émotion, jetant un regard aux deux Soukso qui l'accompagne. Ma grand-mère maternelle a été enlevée et séquestrée dans une partie reculée de notre territoire où elle a été violée jusqu'à ce qu'elle soit grosse[4]. Après quoi, son tortionnaire l'a relâchée dans un village avant de prendre la fuite. Ma grand-mère a cherché à mettre fin à sa vie. Mais la guérisseuse du village, qui ignorait ce qu'elle avait enduré, la soigna et la ramena ensuite à Bouchko auprès du roi et de la reine Kindsley pour qu'ils prennent soin d'elle. Le roi a fait envoyer quantité de soldats à la recherche de l'homme qui lui avait fait tout ce mal. Malheureusement, il n'a jamais été retrouvé. Ma grand-mère a continué de chercher à se succider. Seulement, le bébé qu'elle portait en elle s'accrochait, et la maintenait en vie assez longtemps pour qu'elle soit secourue à chaque fois. Quand le bébé est venu au monde, à la surprise de tous, c'était une petite fille chétive et affaiblie, par le comportement de ma grand-mère. Une fois sa fille née, ma grand-mère a réussi là où elle avait toujours échoué et mis fin à ses jours. Ma mère a grandi en orpheline, élevée par Kindsley et son mari. Zaïnof, leur fils, était dans les débuts de sa préparation martiale. Dès qu'il l'a vue, il l'a pris sous son aile pour la protéger de tous. Et malgré tous les soins qu'ils ont pu lui apporter, elle est restée fragile et faible. Mon père disait que son corps était incapable de contenir sa puissance animale, c'est pourquoi elle était en permanence affaiblie. Il a cherché à la garder enfermée dans la choza, mais elle aimait trop sa liberté et sortait toujours pour courir dehors. Malheureusement elle mettait des jours et des jours à récupérer d'une seule de ses sorties. À quinze ans, mon père et elle ont procédé à la cérémonie d'union. Quand il a dû monter sur le trône après que mon grand-père soit décédé de la fièvre, tous, lui ont dit de changer de femme. Pour les Soukso, elle n'était pas à la hauteur pour être sa reine et l'épauler. Elle leur faisait honte. Mais mon père n'a jamais pu se séparer d'elle, il l'aimait profondément. Et j'ai été conçue. Contre toute attente, ma mère a cessé toutes ses

4 Vieux patois, pour parler d'une grossesse. Il peut paraître péjoratif, mais personnellement je trouve que ça rend le fait d'avoir grossi plus jolie, car dans le sens où il est dit, il y a une raison à cet arrondissement, c'est parce qu'il y a un bébé en cours de création.

sorties, et a suivi scrupuleusement tous les conseils des guérisseurs, restant alitée tous les jours et mangeant plus que de raison. Malgré tout elle faiblissait, alors elle a fait promettre à mon père de rester vivant pour prendre soin de moi. D'après ma grand-mère, ma mère a donné sa vie pour que je me développe bien. Tous les soirs elle priait comme les Sans Dons, pour que j'ai un corps robuste qui soit capable de contenir toute ma puissance animale. Car elle espérait que je serai aussi forte et puissante de corps que de l'intérieur. Elle a absolument tout donné pour moi. Quand elle a rendu son dernier souffle, le guérisseur a dû aller me chercher à l'intérieur de son ventre. Il ne lui était pas resté assez de force pour me sortir par elle-même. Alors je ne remercierai jamais assez ma mère d'avoir fait ce qu'elle a fait pour moi. Elle n'était pas fragile, au contraire, elle était terriblement forte. Je suis fière d'être sa fille. C'est pourquoi je ne cache pas son histoire. Je n'espère qu'une seule chose, la rendre fière de moi, comme moi je suis fière d'elle.

— Je n'ai jamais su ce qui était arrivé à ta mère Akira. Je suis désolé, dit tristement Manzo. Je savais seulement qu'il ne fallait pas en parler.

— Et bien maintenant tu sais.

— Et je serai fier moi aussi, de raconter l'histoire de notre défunte reine. Femme de notre estimé roi Zaïnof, mère aimante qui nous a donné une princesse si unique.

— Merci, lui murmure-t-elle émue.

Mon père n'arrêtait pas de nous raconter qu'on était pas des faibles. Qu'on était un clan puissant, mais que notre défunte reine nous avait maudit. Qu'elle n'était que faiblesse et une honte pour tous. Jamais il n'a parlé de pourquoi elle était comme ça. Il disait juste que c'était interdit de parler d'elle pour pas s'attirer encore plus le mauvais œil. Comment est-ce que j'ai pu croire que mon père disait la vérité ? Maintenant que je connais son histoire, je suis d'accord avec toi Akira. Elle était courageuse et je suis sûr qu'elle est fière de toi, comme nous tous.

Chapitre 37

Akira

Elle n'a pas le temps de bouger que Laetie se jette sur elle pour la prendre dans ses bras. Elle ne voit pas Naro sortir à l'extérieur dans la nuit noire.

— Ta mère était une femme incroyablement courageuse pour avoir vécu tout ce qu'elle a eu à vivre avant même sa naissance. Elle t'a donné sa vie, mais n'a même pas pu te tenir dans ses bras. Et elle serait très fière de toi, comme moi je serais fière si tu avais été ma fille, lui avoue Laetie sans relâcher son étreinte.

Après cette confession tout le monde va s'allonger, pour les quelques heures qui restes, laissant Akira tranquille, seule avec ses pensées, le regard tourné vers la nuit noire.

Au petit matin, ils sont prêts à partir et commencent à plonger dans la grotte. Laetie s'extasie devant les monticules de calcaire qu'elle découvre pour la première fois. Thory et Manzo, quant à eux, sont plus sceptique vis à vis de leur environnement, restant aux aguets.

Une fois près de la crevasse, Akira s'équipe d'une corde et saute avec souplesse de l'autre côté, où elle l'accroche à la stalagmite qui émerge du sol. De l'autre côté, Naro fait de même avec l'autre extrémité de la corde, après l'avoir bien tendue.

— Thory tu passes le premier, tu vas pouvoir tester la robustesse de la corde. Tiens, passe cette corde autour de toi, je te retiens si ça cède.

Thory s'exécute, s'installant sur la corde tendue, passant ses jambes croisées autour de celle-ci et commence à se tirer de l'autre côté de la crevasse à l'aide de ses mains le long du cordage. Il parvient sans difficulté près d'Akira, et se détache. Naro récupère la corde à vide et la passe autour de la taille de Manzo, qui rejoint à son tour le reste du groupe. Laetie suit sans difficulté. Quand Naro s'approche de Ximus, ce dernier a un mouvement de recul.

— Qu'est-ce qui se passe ?
— Vas-y... Je passerai le dernier.
— C'est hors de question, laisse-moi t'accrocher la sécurité.

Ximus se laisse faire, mais ne peut réprimer un petit tremblement dans ses mains, que Naro remarque. Cependant Naro se contente de le laisser prendre son temps, lorsqu'ils approchent de la corde suspendue.

— S'il y a le moindre problème, je te tiens. Je ne te laisserai pas tomber, lui promet Naro.

Ximus soupire et hoche la tête, puis se retourne à contre cœur pour faire comme les autres avant lui. Il se donne du courage en pensant à Akira qui attend de l'autre côté. Il ne veut pas qu'elle ait honte de lui, alors il avance prudemment mais sans rien laisser paraître de son tourment. Une fois de l'autre côté, Thory lui prend sa corde de sécurité et la passe autour de sa taille avant de faire signe à Naro qu'il peut y aller.
Naro les rejoins rapidement.

— On devrait laisser la corde ici, suggére ce dernier.

— Il nous restera plus que cinq cordes. Tu es sûr ? interpelle Manzo. On pourrait en avoir besoin.

— C'est vrai, mais on devrait aussi pouvoir réussir avec cinq cordes. On n'a eu besoin de la sixième qu'une seule fois.

— Pourquoi veux-tu la laisser ici ? se renseigne Laetie.

— Quand on repartira, on ne sait pas si on sera suivi ou non. Et peut-être qu'on devra faire vite, alors si on la laisse installée on gagnera du temps.

— Tu as probablement raison, le soutien Ximus à la surprise de tous.

— J'espère que personne ne nous suivra, pense tout haut Manzo.

Akira qui regarde le plafond, sursaute quand Laetie lui pose la main sur l'épaule.

— Qu'y a-t-il ? lui demande Laetie.

— Je me demande ce qui se trouve au-dessus. C'est aussi haut que profond, on ne voit rien. Penses-tu que ça puisse être comme le trou dans lequel Thory et Ximus étaient tombés ?

— C'est possible, lui répond-elle.

Elles rejoignent les hommes qui ont commencé à avancer dans la caverne, entre les stalactites et les stalagmites. C'est plus grand que ce qu'elle avait aperçu dans le noir lorsqu'elle était venue la première fois. La grotte est très large et s'étend sur toute la longueur, jusqu'à la petite ouverture qui donne sur l'extérieur.

— Oh, regardez ça ! s'exclame Ximus qui fixe des dessins sur un mur.

— Qu'est-ce que c'est ? s'ébahit Thory.

— On dirait notre passé... souffle Laetie, admirative.

Tous étudient ces formes représentant des hommes et des bêtes sauvages, ne pouvant s'empêcher de les toucher du bout des doigts. Les peintures détaillent des métamorphoses, des bêtes devenant Homme. D'autres dévoilent des villages où vivent Hommes et bêtes.

— On dirait que ceux-là les contrôlaient tous, fait remarquer Manzo en regardant deux grosses bêtes énormes, un peu plus loin dans la caverne.

Ils s'approchent et découvrent la fameuse peinture. Elle représente une bête faisant deux fois la taille d'un homme. Ses yeux entièrement noirs reflètent le feu du campement des Hommes. Ses longues griffes sont refermées sur un ménonaure inerte, et ses crocs pointus dégoulinent de sang. À côté d'elle se tient, une bête un peu plus petite, mais avec des grandes ailes ouvertes et recouvertes de plumes bleu nuit. Elle enferme, elle aussi, dans ses serres acérées, une bête de la faune sauvage. Cette dernière est complétement écrasée, sa tête roulant à ses pieds.

— On dirait qu'ils tuaient les ménonaures et autres animaux sauvages.

— À part le ménonaure, je ne connais pas ces autres animaux qui sont dessinés. Ils ont l'air dangereux et tout aussi féroce que ceux que tu penses être leur chef.

— Ils assuraient la sécurité des Hommes, car ces animaux devaient être difficiles à tuer et causer de gros dégâts, vu la reconnaissance que les Hommes leur portent. Regardez ici, ils se prosternent devant eux, remarque Laetie.

— Mais qu'est-ce que c'est que ces monstres ? s'horripile Ximus avec dégout.

Akira ne peut contenir le frisson qui la parcours, lorsqu'elle l'entend.

— Je ne sais pas, j'en ai jamais vu de semblables, lui confie Manzo.

— Pourquoi monstres ? Ils ont l'air d'être plus qu'apprécié par les Hommes.

— Mais tu as vu celui-là avec ses yeux, et le sang qui dégouline de sa bouche ?! s'exclame Ximus. Il fait encore plus peur que l'autre, qui a pourtant décapité une créature avec une seule patte.

— Celui-là, c'est un milame, les informe Naro en leur montrant la bête ailée. Une créature absolument magnifique et sauvage. Il ne faut pas se laisser avoir par sa beauté, car elle est létale. Ses griffes sont si acérées qu'elles coupent n'importe quel cuir, sans oublier que le milame est extrêmement rapide. Il ne vous laisserait même pas le temps de faire un geste qu'il vous aurait déjà transpercé ou tailladé.

— Tu en as déjà vu ? s'enquiert Manzo.

— Oui, lorsque j'étais enfant et chassais dans la forêt sauvage.

— Tu as survécu, fait remarquer Ximus.

— Je n'ai pu voir que son plumage multicolore, de loin. Il était perché haut dans les arbres. Il nous laissait chasser moi et ma grand-mère, car nous ne nous approchions pas de lui, explique-t-il pour ne pas parler de la rencontre qui l'avait le plus marqué. Le milame est dangereux, mais pour autant, si on n'empiète pas sur son territoire, et ne l'embête pas, il garde ses distances et nous laisse tranquille.

— Et l'autre c'est quoi ? Je sais que c'est un dessin, mais on dirait qu'il sourit avec ses crocs dégoulinants, comme s'il aimait tout ce sang, fait remarquer Manzo.

— Jamais vu, répond froidement Naro.

— On dirait la mort, commente Ximus qui a peur rien qu'à le regarder.

Naro et Akira se fixent en silence, d'un air entendu durant quelques secondes, comprenant parfaitement la signification de ces deux dessins. Akira avait déjà vu Naro entrer dans sa rage de sang et avoir les mêmes yeux, il le sait. De la même façon que Naro a eu l'occasion de voir le même regard étoilé dans les yeux du milame et ceux d'Akira.

Akira se détourne et explore le reste de la caverne. Elle s'arrête devant le dessin d'une femme, devant laquelle les hommes se prosternent. Elle a un croissant de lune à l'envers, tatoué sur son front. Elle trouve ça superbe.

— Elle est magnifique. Y a quelque chose qui ressort d'elle. On sent qu'elle est spéciale. Et cette marque sur son front est ... Je ne sais pas comment dire.

Je sens mon sang bouillir en moi, et réagir à tous ces dessins depuis qu'on les a découvert. Mon instinct me dit que tout ça veut dire quelque chose. Mais quand je regarde cette marque... c'est encore autre chose qui se passe en moi, comme si elle me parlait. Contrairement à mon tatouage : un poing fermé sur mon poignet, n'a jamais signifié autre chose pour moi que le symbole obligatoire de mon clan. J'ai toujours eu l'impression que c'était pas pour moi, que c'était pas ma marque, même si j'ignore pourquoi ce sentiment m'a toujours habité. Quand je regarde cette femme et son front, tout vibre en moi. J'ai envie d'effacer le symbole qui se trouve sur mon avant-bras et me marquer de ce croissant de lune renversé. Pourquoi est-ce que je réagis comme ça ? C'est n'importe quoi ! Il faut que je me ressaisisse. C'est juste que ces peintures sont belles et cette femme magnifique.

— Je pense que cette femme était leur reine, fait remarquer Laetie qui venait d'approcher du dessin en entendant Akira l'admirer.

— Tu crois ?

— J'en suis sûre. Mon instinct me le crie, et j'ai envie de la respecter quand je la regarde.

— C'est l'impression que tu as ?

— Oui. Pas toi ?

Non, pas du tout. Je ne suis pas normale ? J'ai un problème ?

— Si, moi aussi j'ai envie de me prosterner quand je la regarde, ment Akira.

Laetie lui sourit et lui fait signe de venir.

Elles rejoignent les autres qui attendent devant la petite ouverture.

Chapitre 38

Akira

Ils se faufilent à quatre pattes à travers la petite faille qui les conduit à l'extérieur, et émergent sur l'autre versant de la montagne, sur un territoire qui n'est plus le leur, une zone inconnue. Ils sont prêts à explorer cette nouvelle région qui s'ouvre devant eux.

Le soleil a déjà bien commencé sa descente, tandis qu'un vent glacial se brise sur ce versant de la montagne, sur eux, en hurlant dans leurs oreilles.

— De ce côté aussi, on va devoir dormir sur la neige, constate Thory.

— Espérons que la descente se fera plus vite que la montée, remarque Naro.

— On dirait qu'on est plus bas, fait remarquer Manzo qui regarde le sommet de la montagne. D'ici elle paraît plus haute que quand on l'a laissé de l'autre côté, et j'ai l'impression qu'il y a beaucoup plus d'air.

— Je pense que tu as raison, adhère Naro.

— En tout cas, on est encore trop haut pour voir à quoi ressemble ce territoire, rétorque Akira.

— Pour l'instant c'est le même paysage, du blanc à perte de vue, confirme Ximus.

— Comment allons-nous retrouver notre chemin ? angoisse Laetie.
— C'est pas un problème, répondent en cœur ses cinq compagnons.

Ils sont tous dotés d'un don de pistage et de reconnaissance des lieux, leur permettant de revenir sans se perdre.
Ne perdant pas de temps, ils s'encordent et commencent à descendre. Manzo en tête de peloton, teste la neige pour s'assurer de la solidité du sol. À la tombée de la nuit, ils installent les bâches, et comme les nuits précédentes, Naro vient se coucher nu près d'Akira. Comme à son habitude elle lui tourne le dos, quand il vient s'installer. Elle ne dit rien, mais soupire d'aise discrètement en fermant les paupières. Il referme ses bras autours de sa taille, son corps s'emboitant contre le sien, à l'abri des regards sous la couverture.

Ça fait du bien de pouvoir te sentir à nouveau comme ça, près de moi. Ces deux nuits dans la faille ont été éprouvantes, j'en aurai presque regretté de l'avoir découverte. Devoir dormir si loin de toi et de tes bras... On avait beau être à l'abri du vent, sous les couvertures et près du feu, j'avais froid. Et surtout, tu me manquais. Je ne devrais pas attendre avec impatience que la nuit tombe, car dans peu de temps on sera de nouveau couchés chacun dans nos coins, sans compter le retour à la maison après... Et puis zut, j'ai réussi à survivre sans lui avant, y a pas de raison que je n'y arrive plus. J'aime être dans ses bras et je n'y peux rien. Alors pour l'instant je ferais mieux d'en profiter et d'arrêter de culpabiliser. Je vais me faire un stock de souvenir pour les prochaines nuits.

Akira ouvre les paupières de surprise. Naro l'embrasse tendrement sur la nuque, et glisse son nez dans son cou. C'est la première fois qu'il se le permet depuis qu'il l'avait quitté dans le bois. Il n'a pas pu s'en empêcher, ces quelques jours loin d'elle lui avaient paru interminable. Le cœur d'Akira s'affole, elle espère cacher son trouble en refermant ses yeux. Mais elle se retrouve à ressentir de façon plus intense le toucher des lèvres de Naro sur sa peau. Elle passe sa langue sur les lèvres et se délecte de ce contact qui au lieu de durer quelques secondes s'étire sur la minute. Elle sent le sexe de Naro prendre en envergure contre sa croupe, elle se mord la lèvre pour contenir le petit gémissement de désir qui veut jaillir de sa gorge. Elle attend les caresses de Naro, mais elles ne viennent pas. Ses bras sont toujours fermement fermés autour de sa taille. Elle sent son souffle régulier et calme dans son cou. Il s'est endormi apaisé par sa présence dans ses bras.

Les deux jours suivants, ils descendent la montagne de la même façon, et n'ont pas à se plaindre de chutes de neige. Mais la descente n'est pas forcément plus facile que la montée. Ils glissent souvent, ce qui leur demande d'être plus attentifs, et de ralentir. Ils sont fatigués, ils ont faim, mais ils continuent de se rationner quand même. Ils ignorent ce qui les attend, sans compter le retour qu'ils imaginent sans peine aussi difficile.

Le troisième jour, le manteau de neige se parsème de sapin blanc, et Naro aperçoit les premiers gibiers. C'est un festin, ils peuvent enfin manger à leur faim. Thory s'amuse à faire des percussions, et Manzo fait danser Laetie.

Les jours continuent de s'enchaîner, la neige laissant la place à la roche, puis d'autres plantes apparaissent. Le soleil commence à se faire plus chaud, et les pentes, bien que raides, se prennent bien. Il y a peu de ravin à descendre en rappel, ce qui leur permet de progresser assez vite.

— Qu'est-ce que c'est ? les sollicite Ximus en pointant l'horizon du doigt.

En contrebas de la falaise, commence à se dessiner plus distinctement de nouvelles terres.

— Je l'ignore, lui répond Akira en le rejoignant avec les autres.

Le sol y est rouge ocre. Le cours d'eau provenant de la montagne prend lui aussi une couleur ferreuse au fur et à mesure qu'il s'écoule à travers ce territoire, qui semble, hostile.

— Il n'y a pas de culture, ni d'arbres... Pourquoi ne voit-on que cette couleur sans vie à perte de vue ? s'étonne Manzo.

— Nous devrions faire des provisions pendant que nous sommes encore sur cette montagne accueillante, leur suggère Laetie. Et ne buvez plus de cette eau une fois que nous serons en bas. J'ai bien peur qu'elle soit contaminée par ce qui infecte la terre.

Ils hochent tous la tête en silence, regardant ce paysage désolant, se demandant ce qu'ils sont venus faire ici. Park, qui venait de ce territoire, ne les avait pas préparés à ça. Il ne leur avait pas parlé de cette terre infertile.

À l'abri de la forêt, ils chassent et prennent le temps de faire des provisions de baies, et de gibier. Ils se nourrissent plus que d'habitude, en perspective des prochains jours qui seront maigres. Ils se mettent en condition pour leur jeu de rôle à venir, considérant qu'il est temps d'enfiler leur déguisement. Des tenus qu'ils ont fait faire à la Grande Ville, avec l'aide des explications de Park.

Laetie et Akira enfilent leurs grandes tuniques de coton élimées, avec quelques trous. Elles nouent une large ceinture de cuire à leur taille. Dans les cheveux de Laetie se trouve noué un morceau de tissu bleu, et dans ceux d'Akira un de couleur rouge.

Akira relève ses cheveux, en un chignon fouillis, retenu par une petite dague au pommeau en bois, donnant l'illusion de n'être qu'un bâton. Puis elle remonte sa tunique le long de sa jambe et y accroche une des petites dagues que Naro lui a fait faire. Naro la contemple avec appétit, et un bruit sourd, comme un grondement, sort de sa cage thoracique quand il voit Ximus la manger des yeux aussi. Ximus relève la tête pour voir d'où vient le bruit, croise le regard de Naro et pâlit aussitôt. Akira ne leur prête pas attention, et continue de cacher ses autres petites lames un peu partout. Une dans son dos, dans un petit trou créé à cet effet à l'intérieur de sa ceinture de cuir, deux autres, à ses chevilles, dissimulées dans des bottes de cuir usées et trouées.

Thory et Manzo, eux aussi esclaves, portent des pantalons et des chemises larges en coton usés et troués. Ils nouent un grand tissu de coton coloré autour de leur taille. Celui de Thory est bleu, tandis que celui de Manzo est rouge, un peu comme le sol de cette terre. Ils sont tous les deux délavés, pour donner cette impression d'usure et de mauvaise qualité de teinture. Manzo peut garder son arc, il doit seulement faire croire qu'il le transporte avec le reste des affaires de son maître.

Naro enfile un pantalon de cuir souple qui met en valeur son postérieur. Il porte des bottes de cuir usées mais pas trouées, et une chemise de coton en très bon état, qui reste entre-ouverte sur son torse parfaitement musclé au teint halé par des années passées à se battre dehors. Il prend son fourreau double qu'il passe sur son dos et le sangle sur le devant de sa poitrine, faisant ressortir sa musculature. Il ramasse son épée et celle d'Akira qu'il avait laissées sur le sol, et les glisse en croix dans l'étui qu'il avait fait faire spécialement. Une large ceinture de cuir passe au-dessus de ses hanches, et il y accroche, en évidence, la dague que Poutchi avait offerte à Akira. Un cordon rouge subtilement tressé, est enroulé à la garde de la dague.

À l'identique de Naro, Ximus porte un pantalon et une chemise à demi ouverte elle aussi. Elle dévoile un torse recouvert d'une toison dorée. Son corps, musclé et galbé, n'a rien à envier à celui de Naro. Par-dessus la chemise, Ximus a enfilé une veste en cuir, sans manche, qui cintre et souligne son corps athlétique. Une large ceinture, comme celle de Naro barre ses hanches, où son épée pend dans son fourreau. Un cordon bleu est accroché sur sa garde, et fait un rappel au bleu de ses yeux.

Quand Ximus remarque où a atterri l'épée d'Akira, une colère noire le dévore.

— J'avais dit que je me chargerais de son épée !

— À partir d'ici elle est mon esclave. Si jamais on est séparés, elle ne va pas te courir après pour récupérer son épée, lui fait remarquer Naro.

— Ça suffit ! les coupe Akira. Mon épée sera très bien avec Naro, arrête de rejeter tout ce qu'il fait et vouloir en permanence le contredire. Naro ne te veut pas de mal. Et n'oublie pas qu'ici, on est tous dans le même camp. On est une équipe, on doit travailler ensemble et se faire confiance.

Ximus écarquille les yeux, il détaille Akira et ne comprends pas pourquoi elle s'énerve après lui. Ce n'est pas la première fois, et c'est toujours pour défendre Naro. Elle le blesse dans son égo.

— Très bien, crache-t-il. Alors reste son esclave.

Ximus s'éloigne en serrant les poings et attend que le reste du groupe soit prêt.

Naro s'avance à la hauteur de Ximus qui le regarde en diagonale, tandis que leurs compagnons prennent place auprès de leurs maîtres respectifs, voûtant les épaules, fixant le sol et portant tous les sacs.

Naro et Ximus avancent côte à côte, à deux bons mètres l'un de l'autre. Derrière eux, leurs esclaves avancent dans une file indienne très rapprochée du maître qu'ils servent. Thory prend le sac de Ximus, pour éviter d'alourdir Laetie. Manzo veut faire pareil, mais Akira lui fait remarquer qu'il sera plus facile pour lui d'utiliser son arc s'il n'a que son bagage. Alors elle se charge de celui de Naro, ce qui ne représente aucun effort pour elle.

Quand ils campent, ils prennent l'habitude de mettre un couchage de chaque côté du feu pour le maître. Celui des esclaves est installé à l'arrière de celui du maître. Ça change leurs habitudes : ils ne peuvent plus manger tous ensemble en rond autour du feu et converser gaiement. Mais ils préfèrent rester prudents au cas où ils seraient repérés par d'autres. Alors les soirées sont très calmes et moroses.

Chapitre 39

Archi

Après deux jours sous le couvert d'une petite forêt aux bois épars et odorants, ils émergent sur une terre aride où les plantations sont soit arrachées, soit squelettiques et mourantes. Il n'y a plus un seul coin d'ombre et le soleil est brûlant. Bien que l'eau ne leur paraisse pas bonne, ils préfèrent suivre la rivière, comme leur a conseillé Park.

Ils se rationnent à nouveau, tout en continuant leur comédie. Akira, Manzo, Thory et Laetie toujours en retrait des deux autres, qui ont le privilège du feu et de la nourriture. Akira mange donc avec Manzo les restes de Naro, qui elle doit l'avouer, ne ressemblent pas à des restes mais plutôt à un plat copieux, tant il leur en laisse. Thory et Laetie, eux, mangent les restes de Ximus, qui bien que généreux l'est moins que Naro. Mais étant séparés par le feu, personne ne le remarque.

Trois jours plus tard, ils ont officiellement quitté la montagne et se trouvent dans une plaine désertique où le soleil les éprouve.

— Je ne sais pas si je préfère le froid de la neige à ce soleil brûlant, finit par se demander Thory à voix haute.

— C'est vrai que la neige et le vent nous glaçaient jusqu'aux os, mais ce soleil nous cuit comme des sirels, ajoute Manzo.

— Arrêtez de parler de sirels ! hurle Ximus. Vous me mettez l'eau à la bouche. Ça fait une éternité qu'on en a pas mangé. Leur cri matinal qui réveillerait un régiment, ne me manque pas, mais leur viande juteuse me manque terriblement.

— Je me demande ce qu'ils peuvent manger ici. Il n'y aucun animal. La terre est stérile, constate Akira consternée.

— À ce rythme-là, on n'aura plus rien à manger non plus. On pourra voir qu'on n'est pas d'ici car on ignore comment ils font, ajoute Laetie.

Tous se taisent, préoccupés par cette évidence, et continuent de marcher.

Le lendemain, un homme à cheval, suivit de cinq esclaves à pied, les rejoint. Comme Ximus, il porte, sous une veste de cuir sans manche, une chemise de coton. La couleur de cette dernière tire sur un gris douteux, et s'ouvre sur une toison aussi rousse que ses cheveux qui tombent sur épaules. Une mèche tressée part de chaque tempe et se rassemble dans un lien de cuir à l'arrière de sa tête. Son visage est amaigri et couvert de taches de rousseur.

— Salutation. Vous aussi vous allez aux marchés aux esclaves ?

— Ui, lui répond simplement Naro, sur ses gardes.

— On peut faire la route ensemble si vous voulez.

— Pourquoé pas, répond joyeusement Ximus.

— Moé s'est Archi.

— Ximus.

— Naro.

— Vous êtes à pied ?

— Ui, j'aime l'exercice physique pour rester au meilleur de ma forme, lui explique Naro en faisant bien attention de pas se tromper dans sa prononciation.

— Et vous ? s'intéresse l'homme à Ximus.

— Oh moé !? Euh...

— Il a peur des chevaux, intervient rapidement Naro.

Ximus le foudroie du regard, et Naro lui jette son sourire carnassier. Ça n'échappe pas à Archi, qui comprend qu'il y a conflit entre les deux hommes.

Ils ont sûrement parié leurs chevaux et les ont perdus. Personne ne marcherait comme un esclave. Ce serait trop humiliant. Mais ce Naro a l'air de s'amuser de la situation. Il me plaît bien.

— Naro, voulez-vous un de mes étalons ? propose-t-il en montrant le cheval qui est tenu par une corde, à l'arrière du convoi, par l'un de ses esclaves.

— Merci, mais je me doé de refuser. Ce ne serait pas équitable pour mon ami qui a perdu son cheval par ma faute, avoue Naro qui avait, dans l'entre temps, trouvé une meilleure excuse à proposer pour Ximus afin qu'il ne paraisse pas faible.

— Je comprends mieux, rigole Archi. Alors souhaitez-vous utiliser mon cheval Ximus ?

— Volontiers.

Ximus est à l'aise et se pavane, à l'image d'un maître, sur l'étalon à la droite d'Archi. Naro marche à sa gauche et converse avec ce dernier, mais il veille à conserver une allure modérée, pensant à ses amis qui suivent juste derrière eux, avec leurs sacs.

Akira se réjouit que Ximus joue aussi bien son rôle, et s'amuse même de le voir si heureux d'être important. Elle le compare à un petit garçon en manque d'attention. Elle reporte ensuite son attention sur les esclaves du dénommé Archi. Ils sont cinq, et marchent derrière leur maître. L'un des esclaves, un jeune homme, tire une petite charrette, qui contient plusieurs jarres et des sacs. Il y a trois femmes, d'âges variés, et l'une d'elle porte un bébé sur son dos. Ils ont tous la peau pâle, et leurs vêtements, semblables à ceux qu'ils se sont fait faire, sont constellés de trous et de taches. Après son inspection, Akira reprend rapidement sa posture, les yeux vers le sol, et écoute la conversation des maîtres.

— Vous n'avez que ça comme birouche ?

— Ui. On voyage léger, lui répond Naro.

— Mais comment faites-vous sans réserves d'eau ?

— L'esclave de Ximus a trouvé un moyen de purifier l'eau juste avant qu'on la boive.

— Vraiment ?! C'est faramissime... Si le roé l'apprend, il vous achètera ce savoér à un très grand prix.

— Malheureusement, elle ne veut le révéler à personne. Elle nous demande de bin la traiter et en échange elle fait ça pour nous. Si on essaie de la faire parler de force, elle se laissera mourir avec son secret.

— Et vous acceptez ?

— C'est un marché plus qu'arrangeant. On lui laisse un peu de nos restes et on ne la bat pas. En échange elle nous donne l'eau dont on a besoin au fur et à mesure qu'on l'utilise, tant qu'on reste près de la rivière. Grâce à ça on voyage léger.

Archi fait une grimace tout en hochant la tête.

Ils ont des habitudes bin étranges. Laisser une esclave décider de son sort n'est pas normal. Mais elle est l'esclave de Ximus, et bin qu'à l'évidence il aime sa position de maître, il semble gentil. C'est d'ailleurs pour ça qu'il a perdu son cheval. Étonnant qu'il n'ait pas été tué plus tôt. À moins qu'il soé très proche de Naro. Car lui, il a quelque chose en lui qui fait peur, et ne me donne pas envie de m'en prendre à lui ou ses amis. Il rit des autres mais faudrait pas rire de lui. Il est de la même trempe que Scardif, sans pitié.

Avant la tombée de la nuit, ils installent un campement. Les esclaves d'Archi montent rapidement une grande tente blanche qui le met à l'abri du monde extérieur. Ils y déroulent un drap noir, installent une petite table rectangulaire et posent des coussins sur le sol. Archi les invite à se joindre à lui pour le repas que ses esclaves préparent. Akira, Manzo, Thory et Laetie restent en retrait, les observant manger.

La nuit est bien avancée quand Archi s'isole pour dormir sous sa tente, accompagné d'une de ses esclaves. Les autres se couchent sous la charrette ou à proximité, à l'arrière de la tente de leur maître. Naro s'approche alors de ses amis et leurs donne l'assiette qu'il a picorée. Akira lui jette un coup d'œil, reconnaissante, avant de tendre l'assiette à Laetie, qui n'est pas en forme, fatiguée par toute cette marche et ce soleil. Laetie veut partager avec Akira, Thory et Manzo, mais ils refusent. Naro s'allonge près du feu avec Ximus, laissant les autres se coucher un peu plus loin comme le veut leur condition d'esclave.

Le lendemain matin, Naro se réveille dès les premières lueurs du soleil et réveille ses amis, leur demandant discrètement comment ils vont. Il ne peut s'empêcher de presser la main d'Akira dans la sienne, avant de se relever et repartir près du feu pour réveiller Ximus.

Akira n'a jamais été autant éprouvée par la distance qui la sépare de Naro, depuis le début de leur croisade. Il est tout proche et pourtant inaccessible. C'est plus dur que ce qu'elle avait imaginé, mais elle prend sur elle. Depuis plusieurs jours, elle essaie de se rappeler combien il la méprise pour ce qu'elle a fait et qu'il ne lui pardonnera jamais, mais ça ne fonctionne plus. D'autant plus qu'elle commence à douter de ses convictions. Alors elle cherche à se concentrer sur la mission et où ils sont, ce qui les attend, comment se passera le retour... Et cette technique a plus de succès. Elle parvient à détourner son attention de Naro et se recentrer sur ses objectifs. Aidée de Laetie, elle prépare une petite collation pour Ximus et Naro, pendant que Manzo et Thory essaient d'approcher les esclaves d'Archi, pour savoir d'où ils viennent. Akira s'approche de Naro pour le servir, et commence à lui masser les pieds afin de discuter avec lui discrètement pendant qu'il mange.

— Qu'as-tu découvert sur celui-là ?

Naro voit où elle veut en venir et lui répond en chuchotant pour ne pas être entendu.

— Je ne connais pas ses dons, en revanche je sais qu'il n'est pas plus puissant que Thory ou Ximus. Donc sur sa seule puissance, on n'aurait pas de mal à s'en débarrasser. Pour l'instant il a l'air de vouloir qu'on fasse la route ensemble, et connait bien Scardif, l'ancien maître de Park. Il a prévu de s'arrêter chez lui dans deux jours pour la nuit. Il va nous donner le magnifique ticket d'entrée qu'on espérait pour le domaine de cet homme.

— Je ne pense pas qu'on ait besoin d'aller beaucoup plus loin pour voir ce qui se passe ici.

— Exact. Je vais essayer de faire parler Archi pour obtenir les infos qu'on veut. Il a la langue bien pendue, ça devrait être facile.

Akira hoche la tête et commence à se relever quand Naro lui saisit la main pour la tirer vers lui, la faisant basculer en avant. Surprise, elle lève la tête et croise ses iris grises. Leur visage est si proche qu'elle peut sentir son souffle sur son visage. Elle veut l'embrasser, hypnotisée par son regard, mais elle entend du bruit provenant de la tente d'Archi, et se rappelle où elle est. Elle baisse rapidement la tête avant de reculer à genoux, pour s'éloigner de Naro avant de se relever et partir près de Laetie.

Elle déteste devoir garder la tête baissée, et ne pouvoir rien étudier de ce qui l'entoure. Heureusement, elle peut ouvrir ses oreilles.

Chapitre 40

Akira

Au milieu de l'après-midi ils croisent une femme, maîtresse, ce qui les surprend. Elle porte une longue robe en coton bleu, comme le ciel, fendue sur chaque côté et ce jusqu'aux hanches, pour lui donner une grande liberté de mouvement. Une épée pend sur son côté, dans un fourreau de cuir de la même qualité que ses souliers lacés sur ses chevilles. Elle est aussi blonde que Manzo, mais sa peau est bronzée tout comme celle de ses esclaves.

Archi stoppe alors leur marche pour faire une pause et prendre le thé avec cette femme. Comme la veille, les esclaves montent rapidement la tente blanche pour que les maîtres se mettent à l'abri du soleil, à l'intérieur, pendant que les esclaves attendent dehors.

Akira écoute ce qui se dit à l'intérieur.

— Je vous en prie, installez-vous.

— Merci.

— Vous allez vous aussi au marché aux esclaves ?

— Non, je rentre sur mes terres. J'étais à Granver, pour vendre au roé ma récolte de sel de pierre.

— La production a été bonne ?

— Ui, on n'a pas de problème de côté-là. Et vous ça donne quoé chez vous ?

— On a plus de mal à récolter le moésseux. Mais si la saison prochaine est meilleure et nous apporte plus d'eau, ça devrait s'améliorer.

— C'est de nourriture qu'on va finir par manquer, remarque-t-elle. J'ai réussi à me rapprovisionner dans la capitale après ma vente, mais les étales sont beaucoup moins garnis qu'avant.

— Le roé nous a promis une nouvelle terre, ça va changer.

— Si on ne meurt pas de faim avant.

Ils boivent rapidement, car la jeune femme est pressée. Elle doit retourner sur son exploitation, et retrouver son mari. En quelques minutes tout est rangé comme si cet arrêt n'avait jamais eu lieu, et ils reprennent leur marche. Akira en profite pour réfléchir.

Du « sel de pierre », de la « moésseux », j'ignore ce que sont ces choses mais ils doivent aller le chercher dans le sol. Est-ce que c'est ce qui donne cette couleur au sol ? Infertile ? L'est-il vraiment s'il peut produire ces choses ?

Akira est sortie de ses pensées par Manzo. Il se rapproche d'elle pour lui raconter ce qu'il a appris de l'un des esclaves d'Archi, avec qui il parle depuis le début de leur trajet ensemble.

— Apparemment le travail que font les esclaves de cette femme est plus agréable que celui des autres, et moins dangereux.

— C'est dangereux ?

— Il m'a dit « j'aimerais mieux être au service de cette maîtresse que de mon maître. Ramasser le sel de pierre, mieux qu'être enfermé sous terre à ramasser du moésseux et mourir asphyxié ». Apparemment, là-dessous, c'est plein de galeries creusées par des esclaves pour ramasser ce qu'ils appellent « moésseux » et qui se propage sur la roche. C'est pareil pour le « sel de pierre ». Ce truc doit être très précieux, car il fait la fortune de leur maître. Les esclaves restent sous terres pendant des lunes, et se tuent à la tâche.

— Ils t'ont dit à quoi ça ressemble ?

— Non. Mais je vais essayer de savoir discrètement.

Akira approuve et il reprend sa place, légèrement derrière elle, non loin de Naro.

Naro

Le soir venu, Naro continue de glaner des informations auprès d'Archi.

— Où sont vos terres ?

— À côté de celle de Ramus, près de la grande blanche au sud-ouest. Et la vôtre ?

— On est au Nord de la grande blanche.

— C'est la première foé que je vous vois.

— On habitait Granver avant.

— Ah ui ? Le roé vous a offert des terres en récompenses ?

— Non, elles appartenaient à ma famille. Je suis seulement retourné exploéter le domaine. Mais il n'y a pas assez d'esclaves, alors avec Ximus on va en chercher au marché.

— Vous faisiez partie des grands maîtres qui contrôlent les esclaves à la production de la poudre noire ?

— Ui, confirme Naro ignorant complètement ce qu'est cette chose qu'il appelle poudre noire.

— C'est faramissime ! Savez-vous si les stocks sont suffisants et si on va enfin pouvoér partir conquérir le territoire qui se trouve de l'autre côté de la grande blanche.

Naro est si surpris par cette révélation qu'il ignore quoi répondre, et reste silencieux à fixer Archi.

— C’est pas grave, je sais que le roé est très strict. S'il ne veut encore rin dire, n’allez pas risquer votre vie pour mes commérages.

— Je suis désolé, lui mens Naro.

— Je suis si pressé qu’on parte là-bas. Ici, la terre n’a plus rin à nous offrir. Quelques terres ont été épargnées pour poursuivre la culture nécessaire à notre survie. Mais elles se tarissent elles aussi, et ne fournissent plus assez. Le roé Dougall à beau nous dire de rester patients, qu’on a encore assez de réserve de grain... J’ai du mal à le croér. Il gardera tout pour lui, ce salaud.

— C’est vrai que l’on commence tous à s’inquiéter de l’état des réserves, confirme Ximus qui n’a pas besoin de mentir, pensant à leur propre réserve.

— C’est exact, et il se fait tard. Nous allons donc vous laisser vous reposer.

Naro sort de la tente et essaie de se calmer.

Nom d’un ratattam, ils veulent venir sur nos terres ! Il faut rentrer prévenir tout le monde. Oui mais peut-être qu’on pourrait découvrir encore d'autres choses, si on va chez Scardif. Park m’a dit que le domaine de son maître se trouve à une journée de marche du marché aux esclaves, et que beaucoup y font halte. Qu’il est réputé pour prendre soin de ses hôtes en échange de petits cadeaux ou renseignements. Va savoir ce qu’il a comme informations.

Naro ne parvient pas à dormir, réfléchissant à tout ce qu’il a appris et se questionne sur ce que les autres ont pu grapiller comme informations de leur côté.

Akira

Ils reprennent la route aux aurores, et arrivent en début d’après-midi chez Scardif. Le domaine est clos de murs blancs, au centre se trouve une grande bâtisse blanche aux murs arrondis, avec un dôme en son centre.

Naro, Ximus et Archi se font escorter à l'intérieur. Leurs esclaves sont guidés vers l'arrière de la cour, où se trouvent pleins de petits bâtiments en torchis. On leur dit qu'ils pourront se reposer dans l'une des petites huttes.

Akira regarde les esclaves qui l'entourent. Elle voit des femmes, qui font la lessive près d'un petit lavoir, et d'autres qui s'affairent autour de marmites posées sur des feux. Elle entend un homme appeler l'une des femmes Nita, elle se redresse aussitôt.

Nita ! La femme de Park ? Alors il ne l'a pas tué ? Je dois vérifier si c'est bien elle.

Akira se dirige vers elle.

— Petite libellule, murmure Akira en passant près de Nita, et cette dernière relève la tête pour la dévisager.

— Comment m'avez-vous appelée ?

— Petite libellule. C'est bien vous ?

— Où avez-vous entendu ça ?

— Si je vous dis que quelqu'un m'envoie, car il l'a promis pour venger sa petite libellule.

— Mon mari est vivant ?! dit-elle tout doucement, une larme roulant sur sa joue.

— Oui, il a réussi.

— Alors vous êtes... Vous êtes de là-bas ?

— Oui.

— Oh mon dieu ! Oh merci...

Elle pleure, et d'autres esclaves approchent pour voir ce qui se passe.

— C'est rien, j'ai juste reçu de mauvaises nouvelles de ma sœur.

Tous repartent à leurs tâches.

— Vous êtes venu pour tenir sa promesse ?
— Oui, je vais tuer Scardif.
— Comment va mon mari ? Vous lui avez po fait de mal, hein ?
— Non, il va très bien. Il dit même et je cite : « la petite libellule aurait été heureuse ici ».

Nita essaie de calmer ses larmes mais n'y arrive pas. Alors elle laisse sa place à une autre femme, et emmène Akira avec elle jusqu'à une petite hutte.

— Vous êtes notre sauveuse. Je vous remercie vraiment.
— Vous me remercierez quand on vous aura ramenée auprès de votre mari.
— C'est impossible. Je ne peux po vous suivre. Sinon personne ne pourra dire aux autres esclaves que vous n'êtes po ce qu'ils osent nous faire croire. Ici passe beaucoup d'esclaves, je me ferai un devoir de les prévenir que derrière la grande blanche se trouve une terre accueillante pour nous. Qu'ils ne doivent plus avoir peur de fuir.
— Mais il se débarrassera de vous, si vous restez ici.
— Mais avant je donnerai de l'espoir à mon peuple. L'espoir que nos enfants puissent avoir une vie meilleure, c'est tout ce que j'ai toujours voulu. Vous me donnez cet espoir et je ne peux que le partager. Demandez-nous ce que vous voulez. Ici, personne ne vous fera de mal, ni ne vous dénoncera. Nous sommes trop heureux de pouvoir vous accueillir. Vous nous reconnaîtrez grâce à cette marque de fer sur notre poignet.

Nita avance son poignet et lui montre, une cicatrice en forme de serpent.

— Qu'est-ce que c'est ?
— C'est la marque des esclaves personnels de Scardif. On est marqués dès notre enfance, et nous ne serons po non plus vendus. Scardif marque ceux qu'il considère comme ses petits bijoux. On préférerait être comme les autres esclaves. Il nous fait

faire des choses bien pire car il sait qu'on ne sera po vendu à un autre et qu'on ne partagera po ses secrets. On le déteste...

Akira la prend dans ses bras, et la laisse pleurer.

Puis Nita lui explique comment ça fonctionne à l'intérieur de la demeure. Elle la prévient de faire attention quand elle ira voir Naro pour le servir. Car même dans cette demeure, les esclaves ne servent que leur maître. Naro devra aussi, très prochainement, les rassembler pour les présenter à Scardif, qui aime garder un œil sur les esclaves de ses invités. Souvent, il lui arrive d'en profiter pour demander un cadeau à son invité. Akira fait de son mieux pour ne pas faire transparaître son horreur, mais a quand même du mal à garder son calme.

Ils sont les pires animaux qui puissent exister.

Chapitre 41

Naro

Scardif est prétentieux et tout tourne autour de lui. De taille moyenne, il a une ossature plutôt carrée et commence à montrer un léger embonpoint au niveau de l'abdomen, malgré une musculature entretenue. Ses yeux sont vifs et examinent chaque détail. À n'en pas douter, c'est un homme rusé. Ses cheveux, légèrement grisonnant, sont coupés court. Un petit diamant brille sur son oreille gauche, ainsi qu'un plus gros sur l'index de sa main droite. La poignée de sa dague est sertie de joyaux multicolore et trône, au milieu de son ventre, glissée dans sa ceinture comme un trophée volontairement affiché. Scardif est un homme qui aime être mis en valeur, et s'il les accueille avec joie c'est dans le seul but de leur montrer sa supériorité... Naro l'analyse et voit qu'il est puissant. Pas autant que lui ou Akira, mais plus puissant que Thory. Naro n'a pas de mal à imaginer d'où vient le respect qu'il inspire aux gens. Non pas par ses richesses, mais plutôt à travers l'homme redoutable qu'il doit-être lors d'un combat.

Je sais que j'ai dit à Akira que je la laisserais tenir la promesse qu'elle a faite à Park, qu'elle pourrait tuer Scardif. Mais je commence à me demander si c'est bien raisonnable.

Trois autres hommes arrivent en fin d'après-midi. L'un d'eux, prénommé Mahl, est lui aussi relativement puissant par rapport aux autres, mais ce n'est pas ça qui le rend dangereux. Naro comprend vite, à ses manières et coups d'œil, que Mahl est un fourbe. Il faut s'attendre à des coups bas et des coups dans le dos de sa part.

— Scardif, cher ami. J'ai surpris cet esclave qui tentait de s'échapper avec cette femme. Si je ne me trompe pas, ils sont à toé, révèle l'un des invités en jetant deux esclaves aux pieds de Scardif.

Scardif s'avance et attrape le bras de l'homme qui est allongé sur le sol devant lui. Il a une marque au fer rouge en forme de serpent. Il grimace, puis lève les yeux vers la jeune femme.

— Tu as cherché à me fuir pour cette femme ?!

L'esclave le regarde droit dans les yeux pour la première fois de sa vie, la tête haute. Il n'ouvre pas la bouche et n'émet aucun son.

— Tu as raison de ne pas me répondre, ça servirait à rien. Tu sais que je ne te le pardonnerai pas, dit-il en étirant ses lèvres dans une expression sadique.

Scardif dégaine son épée, Mahl a déjà le sourire.

Il va se faire tuer, et pourtant il reste stoïque. De la bêtise ou du courage ?

L'épée s'abat et tranche un premier pied. Des cris stridents résonnent dans la pièce, tandis que l'épée s'abat à nouveau, et tranche un deuxième pied. Le sang, rouge, gicle sur les vêtements de Scardif et le sol blanc de la pièce. Naro regarde la femme qui s'accroche éperdument à son compagnon. Elle cri de terreur, tandis que l'esclave, lui, tente tant bien que mal de rester de marbre. Des perles de sueurs suintes sur son visage blafard, pendant qu'il peine à garder les yeux grands ouverts sur Scardif. Mahl et ses amis admirent la scène depuis leur poste d'observation, et ne rate pas une miette. Deux esclaves de Scardif viennent rapidement stopper l'hémorragie et bander les pieds du blessé.

Scardif fini par reporter son attention sur la jeune femme. Il l'étudie avec dégout et colère.

— Mahl aurais-tu l'obligeance de faire ton affaire dans cette esclave ?

Pour toute réponse, ce dernier avance avec un sourire qui leur donne à tous des frissons. Il attrape l'esclave par la jambe, et la traîne derrière lui, sur le sol, jusqu'à une table.

Pendant ce temps, Scardif fait signe à ses deux esclaves d'arrêter là et d'aider ce fuyard à se relever. Ils le prennent par sous les bras, et le redresse. Ça fait mal, il sert les poings, mais continue de ne rien dire. Il refuse de donner se plaisir à son maître. Il est maintenu debout par les deux hommes, et Scardif s'approche de lui.

— Tu veux garder la tête haute ? Alors profite ! Regarde bien ce qu'il va lui faire, car c'est ce qu'il lui fera tous les jours à partir de maintenant. Et il le fera aussi longtemps qu'il en aura envie, jusqu'à ce qu'il se lasse d'elle.

Scardif attrape le visage de l'homme, et l'oblige à assister au spectacle.

Mahl a déjà fini d'arracher les vêtements de la jeune femme, qu'il a allongée sur une table ouverte sur un côté jusqu'à son milieu.

C'est un lieu de perversion. Même le mobilier est conçu pour faciliter la fornication.

Elle ne dit plus rien. Elle sait ce qui l'attend, ce ne sera pas la première fois, elle espère juste que ce sera rapide. Elle pleure en silence, et attend qu'il termine. Mais il n'arrive pas. Elle ne le sent pas s'installer entre ses jambes. Elle commence à avoir peur. Et Mahl le lit sur ses traits, ce qui le réjouie, car malgré sa résilience il n'a pas envie que ce soit rapide, et sans douleur. Une première gifle s'abat sur son visage, suivi d'autres. Son visage est tuméfié, les larmes coulent sans s'arrêter. Il se déplace et commence à lui envoyer des coups de poings dans le ventre. Elle gémit de douleur, et se plie en deux sur la table.

— ARRÊTEZ ! Arrêtez ! Non... Non, pleure son compagnon.

Scardif tiens fermement son visage, l'empêchant de se soustraire à la scène qui se joue devant lui.

Mahl oblige la jeune femme à reprendre sa position de départ. Elle le supplie, en murmurant, d'en finir vite.

— Toé, viens m'aider, dit Mahl à l'un de ses compagnons de voyage. Tiens là bien.

L'homme s'approche et attrape les bras de la jeune femme pour l'immobiliser. Mahl sort sa dague, qui est accroché à la ceinture de son pantalon, et commence à inciser la peau sous le mamelon droit. Elle cri de douleur et de terreur, elle essaie de se débattre, mais elle ne peut pas s'échapper. Les rires de Scardif retentissent dans la pièce, Mahl se divertie, et les autres invités ne sont pas le moins du monde incommodé, à la plus grande horreur de Naro et Ximus.

Mahl se déplace, continuant d'inciser par-ci par-là, avant d'aller dans la fente créée dans la table. Il s'approche de son intimité, elle cri, elle se débat, elle le regarde terrifiée mais il n'en a que faire et entaille les chairs à l'entrée de sa vulve. Un hurlement à glacer les sangs retentit avant de s'éteindre aussi vite qu'il est apparu. Elle s'est évanouit sous la douleur.

— Ramène un seau d'eau, ordonne Mahl à l'un de ses esclaves qui s'exécute.

Il réveille la jeune fille, qui souffre terriblement. Son corps tremble, et elle geint sans s'arrêter. Mahl baisse son pantalon, révélant son sexe durci par le plaisir qu'il a pris à la torturer. Mahl s'insère brutalement en elle, appuyant sciemment sur la blessure qu'il vient de lui infliger. Les cris de douleurs ne lui suffisent pas, alors il appuie avec ses doigts, sur chaque blessure qu'il vient de lui faire, les enfonçant dans la chair.

L'ami de Mahl la lâche pour la gifler et lui donner des coups de poings, et ce spectacle continue sous leurs yeux à tous jusqu'à ce que Mahl en ait fini.

Scardif qui s'est beaucoup amusé, tourne ensuite son attention sur son esclave. Ses yeux sont toujours braqués sur sa femme, couverte de sang, à la limite de la conscience. D'un blanc cadavérique, le regard vide, il n'a plus rien de l'homme que Naro avait aperçu à son arrivée.

— Je ne te tuerais pas, ce serait trop gentil de ma part après l'affront que tu viens de me faire. Maintenant que tu n'as plus de pieds, tu ne pourras plus aller très loin. Il me reste à te couper la langue.

Pourquoi faire ? Pourquoi tant de barbarie ? Cet homme est déjà mort, ce n'est plus qu'une enveloppe vide.

Scardif lui ouvre la bouche sans grande difficulté. Il attrape sa langue et tente de la tirer hors de la bouche pour la couper, mais elle glisse. Il répète l'opération deux fois avant d'y arriver. Après quoi, il jette le morceau, fraîchement coupé, qui retombe dans un flop visqueux sur le sol derrière lui.

L'homme ne bouge pas, les joues sillonnées de traces de larmes, son regard vide toujours posé sur la table face à lui. Le sang coule à profusion, de sa bouche ouverte, dans un filet de sang qui vient imbiber sa tunique en coton.

— Toé qui voulais tant me quitter et partir avec elle, tu vas enfin pouvoir réaliser ton rêve. Tu vas l'accompagner chez le maître Mahl, et tu pourras assister à ce spectacle tous les jours.

À bout de force, l'homme fini par s'évanouir. Scardif se tourne vers les esclaves qui le maintiennent debout et les menaces :

— Si quelqu'un les aides à en finir avec leurs vies, je lui fais subir le même sort. Soignez-moi ça, qu'il puisse profiter du spectacle encore longtemps.

Les esclaves hochent rapidement la tête et les sortent rapidement tous les deux par une porte qui se trouve à l'arrière.

— Mes chers invités vous voulez peut-être vous mettre à l'aise avant de prendre les rafraîchissements ?

— Merci Scardif pour ses magnifiques présents, j'en prendrai grand soin, sourit avidement Mahl.

— Je n'en doute pas, c'est bien pour ça que je t'en fais cadeau.

Les hommes sortent à l'extérieur jusqu'à un petit local qu'on leur a indiqué. Ils y découvrent des douches, des grandes vasques sur pied et des jarres remplies d'eau. Il est évident que Scardif étale ses richesses devant ses invités, et ces derniers apprécient le confort.

Naro et Ximus s'aspergent rapidement le visage d'eau et sortent attendre les autres dehors.

— Reprends-toi vite Ximus. Tu as bien failli vomir tes tripes devant tout le monde. Si je ne m'étais pas décalé devant toi, je pense que Scardif aurait remarqué.

— Ils sont ignobles ! Comment fais-tu pour rester si insensible ? Tu n'as même pas éprouvé de dégoût en les voyant faire. Ne dis pas le contraire. J'ai bien vu que tout ça ne te faisait absolument rien. Ton visage était de marbre, comme si rien de tout ça ne pouvait t'atteindre. Tu es vraiment effrayant Naro.

Naro se tourne vers lui, retenant sa colère, et lui assène :

— Reprends-toi très vite, où on sera démasqués par ta faute. Et lorsqu'ils nous auront percés à jour, que crois-tu qu'ils nous feront ?

— J'essaie. J'ai tout fait pour ne rien montrer et je peux te dire que j'ai dû serrer très fort les dents pour garder ma bouche fermée et ne pas intervenir.

— Je ne te demande pas d'être comme moi, tu en es incapable. Il faut des années et des années d'entraînement, à vivre auprès d'un homme que tu rêves de tuer, pour y arriver. Mais tu dois faire mieux que ce que tu nous as fait tout à l'heure, sinon on est cuit. Au lieu d'essayer de ne pas réagir, tu devrais essayer de faire comme eux. Imite-les.

— Je ne pourrais pas torturer comme ils le font.

— Tout à l'heure, ils n'étaient que deux à être violents. Archi et l'autre rigolaient, souriaient ou commentaient. Tu n'as qu'à faire pareil, t'en amuser et te ranger à leur avis. Imite celui que tu te sens capable d'imiter, saute de l'un à l'autre en fonction de ce que tu te sens capable de supporter.

— Je vais faire de mon mieux.

— Je l'espère, et quand tu sens que ça devient trop dur pour toi, n'oublie pas qu'il n'y a pas que nous deux ici. Nos amis sont dehors avec les esclaves. Ils sont ici, sur ce territoire, dans cette galère, avec nous.

— J'y penserai.

— Penser à quoé ? demande Archi qui vient d'arriver.

— À marquer nos esclaves comme le fait Scardif, réagit rapidement Naro.

— C'est vrai que ça permet de leur rappeler en permanence à qui ils appartiennent. Mais ça nous empêche de les revendre après.

— Effectivement, c'est un problème.

Ils regagnent tous la demeure de Scardif, et sont introduits dans une nouvelle pièce où ils s'installent sur de gros coussins au sol, autour d'une petite table. Des esclaves entrent et servent le repas à Scardif, suivis par Akira, Laetie et les autres.

Akira s'avance comme elle l'a appris, gardant le regard rivé au sol, et sert Naro. Ce dernier c'est figé dès qu'il l'a vue entrée. Tous ses muscles sont bandés, sa mâchoire crispée. Il attend impatiemment qu'elle quitte la pièce et la vue de ces hommes.

Scardif les observe se retirer puis claque dans ses doigts.

Une femme très légèrement vêtue entre dans la pièce et commence à danser pendant qu'ils mangent. Archi lui fait signe d'approcher, et lui ordonne de s'occuper de son sexe gonflé. L'esclave se met à genoux sur le sol, prend dans sa bouche le membre érigé, et commence à le sucer. Pendant ce temps, l'un des hommes qui accompagne Mahl, s'approche de sa croupe ainsi offerte et la pénètre comme si c'était normal. Tout le monde continue de discuter et rigoler, parlant des femmes et de leur seule utilité en ce monde : « leur donner du plaisir ».

Ximus parvient à suivre la conversation et rigole avec eux sans détourner les yeux, suivant les conseils de Naro, qui comme précédemment reste complètement de marbre. Et ce détail n'échappe pas à Scardif.

— Naro, c'est bien ça ?!

— Ui.

— Vous n'avez pas l'air d'apprécier la soirée…

— Pardonnez-moé de ne pas prendre part, avec mes camarades, aux magnifiques réjouissances que vous nous offrez, mais ces choses m'ennuient. Cependant, je passe un agréable moment quand je vois mes camarades ainsi satisfaits. Et pouvoir manger une aussi bonne nourriture en votre compagnie me suffit.

— Je l'espère car je n'aime pas que mes invités repartent déçus.

— Il n'en est rien. Je suis particulièrement ravi. Si vous nous le permettez on sera heureux de repasser par ici lorsque l'on reviendra du marché aux esclaves.

— Dans ce cas vous êtes les bienvenus. Mais, permettez-moé de vous demander d'où vous venez ? Je n'ai pas le souvenir de vous avoér déjà vu.

— Effectivement, c'est la première foé que je passe par ici.

— C'est pourtant la route pour aller au marché aux esclaves depuis votre propriété.

— Je n'y suis que depuis peu. Auparavant j'étais à Granver.

— Je comprends mieux.

— Peut-être pourrez-vous nous apprendre des choses, tente l'un des hommes présents.

— Je n'en ai pas l'autorisation. Si Dougall l'apprend c'est ma vie qui sera en jeu, explique Naro en se rappelant ce que lui avait dit Archi.

— Vous avez raison. Nous aurons bientôt besoins de vous. Pour escorter notre roé, il nous faut ses plus fidèles soldats.

Cet homme est avide de pouvoir. Il affiche ses richesses et sa supériorité. Il espère avoir plus d'importance que son roi. Et je vois bien que ça ne lui plait pas que je lui résiste. Mais il est résigné et n'a pas le choix. Si je comprends bien, la disparition d'un de ses fidèles ne serait pas judicieuse. Je suis prêt à parier qu'il attend le moment opportun pour le renverser. Ce Dougall doit être très puissant, pour qu'il n'ait pas encore osé le faire. Va-t-il essayer de m'acheter ? Ou son besoin d'être le centre de l'attention, à prouver que c'est lui le plus fort, va gagner ?

Le repas se termine et Scardif chasse tous les esclaves dehors.

— Mahl vous revenez de Granver. Dougall vous a-t-il appris des choses sur l'avancement de son projet ?

En posant sa question, Scardif lance un regard d'avertissement à Naro, qui n'a pas de mal à comprendre. « Si je découvre que tu as dévoilé ce qui se dit ici, tu es un homme mort ». Mais c'est aussi une invitation dans ses rangs, comme un hameçon qu'on lui tend pour lui montrer la puissance du réseau de Scardif, si jamais Naro voulait changer de camp.

— Il a envoyé des hommes espionner ce qui se passe là-bas. Il attend leur retour pour préparer l'invasion.
— Vraiment ? s'étonne Archi.
— Ui, ils sont partis il y a deux lunes.
— Si tout se passe comme prévu, nous devrions être sur nos nouvelles terres avant la nouvelle saison, ajoute l'un des compagnons de Mahl.
— Nouvelle terre veut dire nouveaux gibiers, nouveaux esclaves à mater... se réjouit Mahl avec un sourire carnassier et un regard plein de haine.
— J'espère qu'ils auront de belles femelles, remarque Scardif avec son air libidineux.
— On va enfin pouvoér se battre ! se réjouit à son tour Naro imaginant avec délice le moment où il va pouvoir tous les tuer.

Scardif l'étudie et reconnait l'envie de sang dans le regard de Naro, ce qui le réjouit. Comprenant enfin ce qui attire vraiment son nouvel invité, il lui sourit et confirme ses propos.

J'aimerais mieux tous vous tuer tout de suite, mais je mettrais mes amis en danger. Vous ne perdez rien pour attendre. On se retrouvera et je vous tuerai. Pour l'instant, il faut que j'éloigne Akira le plus vite possible de cet endroit. On doit partir cette nuit. Et puis, il est aussi urgent de prévenir notre peuple. J'ai bien peur que ce ne soit pas une menace en l'air. Ce territoire est hostile et plus vite on l'aura quitté, mieux ce sera.

Chapitre 42

Akira

La soirée est bien avancée et tous s'apprêtent à rejoindre leur quartier pour la nuit. Alors que Ximus et Naro s'éloignent, Scardif les arrête.

— Naro !
— Qui y a-t-il ?
— J'aimerais beaucoup rencontrer vos esclaves.

Naro est surpris, mais acquiesce.

— Bien sûr, mais vous savez qu'ils sont peu nombreux. Nous allons justement en acheter.
— Je sais.

Scardif les suit dehors, à la recherche des esclaves.

Naro aperçoit Akira et les autres près d'un feu, en train de parler avec d'autres esclaves. Akira le sent arriver et lève la tête dans sa direction. Elle croise son regard, et remarque tout de suite qu'il est en colère et qu'il veut se battre. Elle se demande ce qui a pu le mettre dans cet état. Elle est vite ramenée à la réalité par les autres esclaves qui se dépêchent de partir, et reprend rapidement la position d'esclave qui lui revient. Quand les trois hommes arrivent près d'eux, Akira n'a pas besoin de lever la tête pour comprendre qu'il s'agit de la présentation dont lui a parlé Nita.

— Voici mes esclaves, présente Ximus en montrant Laetie et Thory. L'homme est assez musclé pour porter de grosses charges. La femme est vieille et à part pour me faire de la bonne cuisine, elle ne m'est pas très utile. J'espère en trouver quelques-uns de plus profitable au marché demain.

— Je vous le souhaite, lui répond Scardif se tournant très rapidement vers Naro.

— Voici mes esclaves, lui montre Naro qui ne souhaite pas s'attarder plus longtemps.

Mais Scardif s'avance vers Akira, et l'examine sous toute les coutures.

— Elle n'a pas l'air d'avoér froid aux yeux celle-là. Je pense que vous ne l'avez pas assez bien dressée. Aucune esclave ne devrait se permettre de lever ses yeux vers son maître comme elle l'a fait quand nous sommes arrivés.

Akira se crispe de colère devant sa remarque.

Personne ne me dressera jamais.

Elle serre les poings et fait de son mieux pour garder son calme et ne pas lui casser le nez. Elle entend la répartie de Naro, et écarquille les yeux sur le sol rouge.

— C'est comme ça que je l'apprécie. Mais ne vous y fiez pas, elle est en vérité très docile. Je lui laisse quelques libertés dans l'intimité de ma demeure pour mieux la punir. C'est un jeu entre nous, que j'affectionne particulièrement. C'est pourquoi elle doit me défier. Je l'ai formée pour qu'elle fasse les choses qui me plaisent.

— Vous voulez dire qu'elle vous provoque, afin de vous obliger à la corriger ?! Et que plus vous la corrigez, plus elle vous provoque mais qu'au final, elle fait tout ce que vous lui demandez ? susurre Scardif avec ses mirettes[5] pétillant d'excitation.

— Ui.

— J'avoue n'avoér jamais eu d'esclave qui jouait à ça avec moi. Elles ont bien trop peur, elles en sont incapables. Vous avez réussi un exploét en dressant cette esclave de la sorte. Envoyez-là moi dans ma chambre cette nuit...

— Je suis désolé. Mais je n'aime pas partager mes jouets. Si vous voulez en revanche, dès que j'en aurais fini avec elle, je vous l'enverrai en cadeau.

— Je la veux maintenant, s'emporte Scardif.

Son ton ne laisse aucune place au refus. Et Naro l'avise, impénétrable, quelques secondes.

— Qu'elle me suive, ordonne-t-il fusillant de colère Naro.

— Comme vous voulez, finit par accepter Naro en baissant légèrement la tête.

Scardif bombe le torse, et regarde Naro avec un sourire en coin, ravi qu'il reconnaisse sa domination. Et il commence à s'éloigner, confiant et fier, les bras dans le dos, comme si le monde était à sa merci. Tandis que Naro le suit de son regard noir.

Akira est sous le choc.

Naro me laisse aller avec cette ordure ? Il me laisse aller dans sa couche !!! Il ne va rien faire ?!

---

5 yeux

Akira n'arrive pas à bouger, le visage toujours rivé vers le sol, la bouche légèrement entre-ouverte. Elle a l'impression que tout tourne autour d'elle, que ses jambes vont se dérober.

Non ce n'est pas vrai ! C'est impossible. Naro ne m'abandonnerait pas encore ? Ou alors, je me suis encore trompée quand j'ai cru qu'il pouvait peut-être me pardonner. Il veut se venger de moi ?

Scardif se retourne impatient, mais Naro réagit vite. Se tournant vers Akira, il lui saisit le bras. Akira sursaute et lève la tête vers lui. Elle tombe sur ses iris ébène, et le sourire machiavélique qui se dessine sur son visage. Akira est livide.

C'est bien ça, il veut se venger !

— Montre à Scardif ce que je t'ai enseigné…

Quoi ?! Ce que tu m'as enseigné ?

— Que je sois fière de toi, ajoute-t-il sur le ton de la fausse confidence.

Naro sait que Scardif exulte en l'entendant ordonner à son esclave de faire leur petit jeu, sexuel, avec lui.

Oh ! Mais bien sûr, qu'elle idiote. Tu veux la mort, mais pas la mienne ! Tu attends de moi que je me serve de ce que tu m'as appris, pour LE TUER.

Elle est soulagée, et hoche la tête avec un petit sourire à l'attention de Naro.

— Ce sera fait, maître.

Tu me donnes une occasion de tenir ma promesse.

Puis elle part en direction de Scardif, sans baisser la tête. Après tout, c'est le petit jeu que Naro aime jouer avec elle.

Naro

Naro la regarde s'éloigner avec admiration, alors qu'elle avance tête haute avec son regard dédaigneux.

J'espère que tu ne m'en veux pas de t'avoir envoyée comme ça dans sa chambre. Mais je dois dire que Scardif viens de nous donner une magnifique opportunité de l'assassiner discrètement avant de prendre la fuite pendant la nuit. Je sais que tu es plus forte que lui, et je t'ai bien entrainée. Tu vas y arriver. Tu ne vas pas le laisser te faire de mal. Je ne dois pas m'inquiéter. N'est-ce pas ?

Dès qu'ils sont hors de vue, il se retourne et fait face aux expressions accusatrices de ses compagnons. Ximus s'apprête à le frapper, mais Thory l'arrête avant, saisissant rapidement son poing levé.

— Tu ne peux pas déclencher une bagarre pour une esclave. Si on te voit... Il y a beaucoup de monde ici, on est en infériorité.
— C'est une ordure. Il mérite d'être frappé. Il a laissé Akira partir avec ce monstre.
— On en reparlera plus tard, le raisonne Thory.

Naro s'éloigne rapidement. Il ne veut pas en parler. Il marche dans le noir, il essaie de s'empêcher de penser, mais n'y arrive pas.

Ximus à raison, Scardif est un monstre, comment j'ai pu la laisser l'accompagner ?

Il frotte ses cheveux énergiquement avec ses deux mains, puis les laisse retomber le long de son corps dans un gémissement de frustration.

Je n'aurais jamais dû l'écouter quand elle m'a demandé de la laisser s'en occuper. J'aurais dû l'étriper moi-même. Cet homme est fou, comme tous les autres. Akira n'est pas préparée pour ça. Elle sait qu'ils sont cruels, mais elle ne sait pas à quel point.

Il sent que la colère monte en lui. Il envoie son poing dans le mur qui se trouve à côté de lui, et fait tomber quelques pierres. Il reprend sa déambulation, ne sachant où aller.

Elle m'en aurait voulu à vie de ne pas lui avoir fait confiance, mais au moins elle serait en sécurité. Elle n'a pas vu ce que j'ai vu, assisté au plaisir qu'ils ont tous éprouvés devant la douleur. Leur bonheur découle du calvaire qu'ils font subir, de l'emprise qu'ils ont sur des êtres plus faibles qu'eux.

Naro se fige en entendant des cris. Il ne réfléchit pas plus longtemps et court dans leurs directions. Il entre avec fracas dans une petite hutte, et tombe nez à nez avec une femme qui panse les blessures sanguignolentes de la jeune esclave.

Leur perversion n'a d'égal que leur noirceur. J'ai trahi ma propre promesse de la protéger, de veiller sur elle.

Naro a de grandes difficultés à contenir sa rage de sang. Crispé, il s'élance vers la grande bâtisse blanche qui siège au milieu de la place, et entre par la première porte qu'il trouve.

Je n'ai peut-être pas été assez clair quand je lui ai dit que je voulais être fier d'elle. Elle ne m'a peut-être pas compris. Elle va se laisser être torturée et violée par ce monstre. Par MA faute. Je ne peux pas la laisser.

Il commence à courir le long d'un couloir mais s'arrête dès qu'il tombe sur un enchevêtrement de couloirs. Il halète, pourtant il n'est pas essoufflé par son effort physique. Il regarde les trois coursives qui s'offrent à lui, allant de l'une à l'autre, puis agacé il se lance dans celui de droite. Trois mètres plus loin, au détour d'une courbe, une esclave se met en travers de son chemin et l'arrête. Elle met son doigt sur sa bouche pour l'inciter au silence.

— Je sais qui vous êtes, chuchote-t-elle. Akira m'a parlé de vous. Ne vous inquiétez pas, je vous conduis jusqu'à la chambre de Scardif avant que vous ne réveilliez tous les invités.

— Oui, j'aimerais mieux rester discret.

— Hamel vous prépare les meilleurs chevaux. J'ai déjà confié à Laetie des provisions pour votre retour, lui apprend-elle pendant qu'elle le conduit à travers les couloirs.

Akira

Alors qu'Akira suit Scardif dans les couloirs, elle remarque un homme qui traine derrière lui des esclaves. Un peu plus loin, Scardif l'arrête devant une porte ouverte et la fait passer devant lui avant de l'obliger à observer ce qui s'y passe. Excité, il n'a pas la patience d'attendre d'être dans la chambre, seul avec elle, et attrape l'un de ses seins. Il le malaxe pendant qu'il l'oblige à épier par la porte ouverte. Mahl et deux de ses hommes sont en train de pénétrer une femme par tous ses orifices. Akira ne baisse pas les yeux, et croise ceux de Mahl, luisants de désir. De sa main droite, il commence à remonter le long de sa tunique pour aller lui caresser l'entre-jambe.

— Non ! se révolte Akira, en fixant ses iris dans les siens.

Scardif lui attrape les cheveux et tire violemment en arrière dessus. Mais Akira ne baisse pas les yeux.

— Naro a raison. C'est excitant...

Scardif la pousse plus en avant, sans lâcher son sein.

— Dépêche toé ! Ce soir, tu n'es qu'à moé !

Akira ferme ses paupières de soulagement, continuant d'avancer.

J'ai bien cru qu'il allait abuser de moi au milieu de ce couloir devant tout le monde. Je n'aurais pas pu le tuer, ni me défendre.

Scardif fait entrer Akira dans une grande chambre où se trouve un lit recouvert de beaux tissus. Il y a aussi des pierres qui brillent sur des miroirs, et des chandeliers allumés. Elle s'avance dans la pièce, et Scardif verrouille la porte derrière lui.

— Je vais t'arracher tes vêtements. Tu es à moé...

Elle se retourne et voit cet homme licencieux, s'approcher d'elle tout en desserrant sa ceinture, avec une expression à la fois mauvaise et réjouie sur le visage.

— Alors comme ça tu aimes être corrigée ?
— Non, j'aime seulement regarder les hommes en face avant de les tuer.

Scardif rigole.

— Je trouve ça en effet très amusant et rafraîchissant d'avoér une femme qui paraît insoumise. En fait, ça m'excite encore plus. Et je vais t'apprendre la soumission avec grand plaisir.

Il tire sur sa ceinture et la fait claquer dans l'air en s'approchant d'elle. Elle ne baisse toujours pas la tête, et évite la ceinture qu'il abat vers elle, en faisant une roulade en avant. Scardif est surpris par sa réaction, et comprend trop tard ce qui se passe. Quand elle se relève devant lui, les cheveux libérés, sa pique en bois se trouve déjà en travers de sa gorge. Il la regarde en clignant des yeux, et commence à cracher du sang, mais Akira ne recule pas et l'informe :

— Je suis venue venger la mort de la fille de Nita et Park. Je viens d'au-delà de la grande montagne, et on ne vous laissera jamais prendre nos terres. Aucune femme là-bas ne se fait dompter.

Il la dévisage, terrifié, ce qui fait sourire Akira. Lentement, elle retire sa pique et le laisse retomber par terre dans son dernier souffle.

Naro

— C'est ici, lui dit Nita en lui montrant une porte.

Naro se précipite sur la clenche. Mais au même moment, la porte s'ouvre devant lui. Un poing arrive vers son visage, mais il frappe l'avant-bras qui s'avance vers lui et dévie sa trajectoire, in extremis. Dans son élan, Akira le considère, surprise, et se retrouve déstabilisée, au point de retomber contre sa poitrine. Naro referme ses bras protecteurs autour d'elle, et jette un œil vers l'intérieur de la pièce.

— Tu vas bien ?
— Oui, le rassure-t-elle en se laissant aller contre lui.

Il recule et l'examine.

— Rassure-moi, c'est son sang ?

— Il n'a même pas eu le temps de comprendre ce qui lui arrivait, sourit-elle.

Naro sourit à son tour, échangeant un regard entendu. Akira tourne la tête vers Nita, qui s'approche d'elle avec un bout de tissu humide.

— Nita ?
— Tenez, essuyez votre visage et suivez-moi.

Akira attrape le linge et se le passe à la va-vite sur le visage, pendant que Naro referme la porte de la chambre. Rapidement, ils partent à la suite de Nita, qui les conduit le plus vite possible dehors, où ils longent un mur jusqu'à une petite porte. De l'autre côté les attendent des chevaux, et leurs compagnons, rassurés de les voir arriver.

Avant de monter en selle, Akira se retourne et serre très fort dans ses bras la femme qui les a aidés.

— Merci Nita.
— Non ! Merci à vous. Soyez prudent et repartez vite chez vous. Dès demain, tout le monde saura. Ils iront chercher des renforts au marché, ce qui ne prendra pas plus d'une demi-journée et ils vous traqueront.

Akira lui sourit une dernière fois, et enfourche son cheval. Un dernier regard en arrière, et Akira talonne sa monture qui part au galop dans la nuit noire.

Chapitre 43

Ximus

Vers midi, Laetie suggère de s'arrêter pour manger et laisser un peu de temps aux chevaux qui doivent se reposer avant de repartir.

Génial, on va pouvoir reparler de ce qui s'est passé. Car j'ai pas l'intention d'en rester là. Il a eu de la chance que Thory m'arrête. J'ai bien l'intention de lui faire payer, et il va devoir s'excuser auprès d'Akira ! Avoir des remords et aller la chercher ce n'est pas suffisant. Heureusement, elle est indemne.

Personne n'est contre l'idée. Ils stoppent leurs montures et descendent s'installer les uns à côté des autres. Ça faisait des jours qu'ils n'avaient pas pu se retrouver tous les six. Laetie fait passer des morceaux de viande, que les esclaves avaient accrochés sur sa scelle. Akira est la dernière à s'asseoir, Ximus se tourne vers elle pour lui parler. Et à la lumière du soleil, lui, comme ses amis, ne peut qu'apercevoir le sang qui souille les vêtements et le visage mal nettoyé d'Akira.

C'est quoi ce sang ? Je croyais qu'elle allait bien ! Elle ne s'est pas plein une seule fois depuis qu'on est parti. Qu'est-ce qui lui est arrivé ?

Il n'en faut pas plus pour le faire exploser.

— C'est quoi ton problème ? Tu nous as demandé de te faire confiance. Tu nous as assuré qu'on pouvait la laisser dans ton équipe, et ce que tu trouves de mieux à faire c'est de la laisser partir avec ce gros pervers !?

— Qu'est-ce que tu voulais que je fasse ? Que je le défie devant tout le monde, et que je bousille nos chances de retour à tous ? Que je risque la vie de tout le monde. Car nous aurions tous eu à nous battre face à beaucoup de monde. Toi comme moi, n'avons vu que ce qu'il a bien voulu nous laisser voir. On ignore tout de ce qui se cache là-bas. Aurions-nous pu tous les tuer ? Aurions-nous eu le temps après de fuir ? Et qu'aurions-nous fait des témoins ?

— J'aurai préféré mourir que de la laisser entre les mains de ce type. Et je ne suis pas le seul. Tu n'as pensé qu'à toi, pendant qu'elle, elle devait le laisser lui faire du mal, être son jouet pour la nuit. Tu sais tout comme moi, ce qu'il est capable de faire, et tu l'as laissé partir en lui disant « Montre lui ce que je t'ai appris ». Tu me dégoutes ! Ne crois pas que le fait que tu aies fini par réagir et aller la chercher avant qu'il ne la tue, me fera changer d'avis sur toi et ce que tu as fait. Tu ne vaux pas mieux que ces monstres.

— Je n'ai jamais pensé qu'à moi ! s'emporte Naro. Tu n'as pas la moindre idée de l'effort que j'ai dû faire pour la laisser partir avec lui, ni même ce que j'ai ressenti.

Laetie et Manzo le dévisagent, abasourdis par l'authenticité qu'ils perçoivent dans les petits tremblements de voix au milieu de la colère de Naro.

N'importe quoi, tes mensonges ne peuvent pas m'avoir.

— Comme si notre princesse avait une quelconque importance pour toi, continue de s'emporter Ximus excédé.

Naro met ses mains devant lui en signe de résignation et secoue la tête. Ximus en a la chique coupée. Et se retrouve, comme ses compagnons, à le fixer incrédule. Naro commence à s'éloigner, mais, il soupir et reviens sur ses pas pour leur faire remarquer avec nonchalance :

— Vous êtes si aveugles. Si ignorants. Oh, excusez-moi je ne devrais peut-être pas vous ouvrir les yeux…

Naro contemple le ciel, et secoue la tête en se mordant la lèvre.

— Votre jolie petite princesse n'est pas aussi fragile que vous aimez le penser, et elle n'a pas eu besoin de moi pour se sortir de cette situation... Regardez-là bon sang ! Regardez-là vraiment, et vous découvrirez qui elle est, s'enthousiasme-t-il.
— Et qui est-elle ? rétorque Ximus avec mauvaise foi.

Les lèvres de Naro s'étirent sur le côté, tout en retenant un rire exaspéré, engendré par Ximus.

— Une femme puissante, qui vit pour son peuple. Et vous n'êtes que des abrutis, avec des œillères.

Sur ces derniers mots Naro s'éloigne avec insouciance, les ignorant royalement et laissant Ximus ruminer tout seul. Il est parti chercher Akira, qu'il a vu s'éloigner du groupe dès que Ximus avait commencé à s'énerver.

Non mais j'y crois pas ! Il nous plante comme ça, et part la rejoindre comme si de rien était. Comme s'il ne s'était rien passé, comme s'il n'était pas responsable des blessures d'Akira. Vraiment, je déteste ce type. Avoir si peu de respect pour notre princesse, et lui donner l'illusion que si, pour obtenir l'aide de notre clan... Il me dégoute.

Tout le monde est occupé à fixer la direction qu'ils ont pris, mais Manzo capte leur attention par sa question.

— Vous croyez qu'il a voulu dire quoi, en disant qu'Akira n'avait pas eu besoin de lui ?

Thory rigole comme Naro plus tôt et retourne près des chevaux.

Akira

Akira s'est éloigné d'eux, mal à l'aise sous leurs regards.

Ils pensent que Scardif m'a fait du mal, et que c'est mon sang qui tache mes vêtements. Ils ont pitié de moi et ignorent que c'est moi, la meurtrière. Que je l'ai assassiné sans le moindre scrupule, aucun remords, aucune hésitation. Naro avait tort, ce n'est pas difficile de tuer quelqu'un. Je ne regrette absolument pas ce que j'ai fait, et je me sens bien vis-à-vis de ça. En réalité ce qui me fait peur, c'est ce sentiment de satisfaction que j'éprouve à l'avoir tué. Je ne devrais pas avoir un peu de remords ? Je ne lui ai laissé aucune chance de se repentir, même si c'était un homme mauvais il aurait pu vouloir demander pardon. Je ne risque pas de me mettre à massacrer tous ceux qui me déplaisent sans leur laisser le bénéfice du doute ?

Akira mord le bout de ses doigts, et frotte inconsciemment la terre rouge sous ses pieds. Elle se pose tant de questions. Mais comment faire, elle ne peut pas leur en parler, ils la jugeraient aussitôt. Elle a l'impression que sa poitrine n'est pas assez grande, que sa respiration est à l'étroit. Elle ouvre la bouche pour tenter de prendre une grande inspiration, et recommence à mordiller le bout de son pouce. Elle sent Naro qui approche mais ne se retourne pas.

— Tu leur dis de me regarder pour voir la femme que je suis vraiment. Mais sais-tu, toi, qui je suis ? Car moi, je ne suis pas sûre de le savoir.

Naro n'est pas surpris qu'elle l'ait entendu parler avec les autres, et esquisse un sourire. Il sait depuis longtemps qu'elle a une ouïe très développée, et il comprend son problème car il se pose la même question régulièrement.

— Tu es comme une mère qui protège ses petits. Tu guettes, surveilles, analyses les dangers et frappes dès que c'est nécessaire. Rapide et précise pour se débarrasser de la menace qui met en péril ses petits. Son peuple. Ceux qu'elle aime... Prête à les protéger quoi qu'il arrive.

— Comment peux-tu être sûr que je ne suis pas juste une meurtrière ?

— Car tu n'es pas comme moi.

— Mais toi aussi tu protèges les tiens.

— Non, moi je tue n'importe qui. Gentil ou méchant, je m'en moque quand je laisse ma bête s'exprimer librement. Il n'y a que les personnes qui me sont chères qui peuvent être épargnées dans ce cas, ce qui fait très, très peu de monde. Et j'aime exterminer ceux qui m'emmerdent. Toi en revanche, tu ne le fais pas par plaisir. Tu ne tues que si c'est vraiment nécessaire.

— Comment peux-tu en être aussi sûr ?

— Car tu ne m'as pas tué. Tu m'as observé pendant des années. Tu as analysé le danger que je représente pour les tiens. Tu as fini par juger que, tant que je ne leur ferais pas de mal, tu ne me ferais rien. C'est aussi pour ça que tu gardais tes distances. Pour te préserver et rester capable de les protéger quand le moment viendrait.

Elle doit admettre que son raisonnement est assez logique, mais il a tort sur quelques points.

— Pour être honnête avec toi, si tu es vivant ce n'est pas parce que j'ai pris le temps de t'observer. Non, ça remonte au jour où je t'ai vue pour la première fois. Je savais déjà quel homme indomptable, redoutable et mortel tu deviendrais. Mes tripes me le disaient. Mais mon instinct me disait aussi que tu étais plus que ça. Je sentais déjà que quelque chose nous liait. Peut-être que c'était comme tu dis, le sentiment que tu m'aiderais à protéger les miens. Mais mon besoin de me prémunir de toi, lui, n'existait pas avant que... Si je t'observais de loin, c'était plus parce que j'avais peur des conséquences que ça aurait pour nous deux si j'entrais en contact avec toi.

— Comme d'habitude ce n'est pas toi que tu protégeais, mais moi. Je ne t'en veux pas d'avoir gardé tes distances. J'aurais fait pareil à ta place. Et je m'excuse d'avoir réagi comme je l'ai fait. Je n'ai pas réfléchi sur le moment, et je t'ai blessée. Je n'ai jamais voulu ça. Toute ma vie, à Varice, je n'ai fait que repousser les gens, et toujours sans ménagement, car je ne m'occupais des sentiments de personne. Je n'ai pas prêté attention à tes sentiments et t'ai repoussée comme je l'ai toujours fait, car c'est la seule chose que je sais faire. Je n'ai pas su exprimer mon besoin de temps et d'espace. Car c'est juste ça que je voulais, le temps de digérer le fait qu'en réalité je n'avais jamais été seul. Me pardonneras-tu un jour ?

Elle le fixe, avec ses yeux grands ouverts, surprise par sa sincérité.

Moi aussi je me trompais. Je pensais tout connaître de toi et comprendre tes réactions, mais j'avais tort. J'ai cru que tu m'abandonnais, que tu me détestais d'avoir fait ce que j'avais fait. Je n'ai jamais imaginé que tu avais seulement besoin de temps et de solitude. Que ce n'est pas le fait de t'avoir espionné qui t'a fait du mal, c'est d'avoir cru être seul car je ne m'étais jamais montrée. Je ne suis qu'une imbécile...

Akira s'apprête à ouvrir la bouche, mais elle voit Naro décrocher le ruban qui pend à son cou depuis le début de leur voyage.

— Ma mère en avait fait un pour mon père, et un pour elle. C'est celui de ma mère, que j'ai gardé en sécurité, rangé avec tous mes secrets et souvenirs d'elle. Je n'ai pas pu partir sans. Le ruban est vert et bleu, car le vert était la couleur préférée de mon père, le bleu celle de ma mère. Les fleurs séchées cousues sur le ruban, ce sont des fleurs de kaliné, que tu connais. Ma mère me disait que les rubans, ainsi noués, représentaient leur union, et que la kaliné était là pour la protéger.

Naro prend la main d'Akira et dépose le ruban dans sa paume.

— C'est ce que j'ai de plus précieux, c'est tout ce qu'il me reste de mes parents. Mon cœur y est attaché, et j'aimerais qu'il te suive partout, pour que tu saches que quoi qu'il arrive et où que je sois, mon cœur sera toujours ici avec toi, dans ce ruban. Tu es la seule qui peut le protéger. Tu n'es pas un monstre Akira. Tu es une magnifique créature.

Akira fixe la main de Naro, qui est restée en contact avec la sienne, essayant de reprendre le contrôle sur ses battements de cœur qui se sont affolés. Naro repositionne sa main, de sorte à refermer les doigts d'Akira sur le ruban, et il garde quelques secondes le poing fermé d'Akira dans sa main, avant de rompre le contact. Akira admire le ruban à présent enfermé dans sa main, les yeux brillants. Quand elle relève la tête, il est déjà en train de s'éloigner. Mais elle l'entend « Et pour information, il y a bien longtemps que tu m'as dompté ». Son cœur a un raté. Il lui tourne toujours le dos, et marche vers le petit groupe. Il n'a pas crié, il lui a juste fait une confidence l'air de rien.

Il connait tant d'aspects de ma personnalité, de mes dons... et pourtant rien ne l'effraie.

Son cœur bat la chamade contre sa poitrine. Elle se mord la lèvre et essaie de se contenir, tandis que ses cils s'humidifient.

Il n'a pas l'intention de faire comme si toutes mes particularités n'existaient pas, bien au contraire, il veut que je sois moi-même, entière, à chaque instant. Et il m'a pardonné...

Akira laisse un soupir de soulagement s'échapper. Elle a l'impression de retrouver sa respiration. Ses lèvres s'étirent béatement, elle se sent libérée, elle se sent bien.

Tu es comme moi Naro, et si je ne suis pas un monstre alors toi non plus. Car tu te trompes, tu te sers de ton amour pour le sang pour défendre la justice. Je suis certaine que ta bête est capable d'épargner bien plus de monde que ce que tu penses.

Elle l'observe continuer de s'éloigner.

T'ai-je vraiment dompté ?

Puis, elle scrute les personnes qu'elle considère comme ses amis.

Pourquoi ne peuvent-ils pas me voir comme Naro ? Pourquoi dois-je leur cacher qui je suis ? Auront-ils peur de moi comme ils ont peur de Naro quand ils sauront ?

Son regard est attiré par un mouvement à la périphérie de sa vision, elle se concentre sur le nuage de poussière qui aurait paru anodin à n'importe qui, sauf à elle, qui y perçoit la course effrénée de chevaux.

On s'est mis à leur poursuite plus vite qu'ils ne l'avaient pensé. Elle met le cordon autour de son cou et le dissimule sous sa tunique, avant de suivre les pas de Naro et rejoindre rapidement le petit groupe.

Chapitre 44

Manzo

— On va avoir de la compagnie ! s'exclame Akira qui arrive en courant près du petit groupe.

Naro examine l'horizon et comprend ce qu'elle veut dire en apercevant le petit nuage de poussière. Pour lui ce n'est rien, mais il sait que la vue d'Akira est perçante et ne la contredit pas.

— On devrait se dépêcher de se mettre en route, répond Ximus qui commence à ranger leurs affaires avec Laetie.

— Ils se sont suffisamment reposés, ajoute Manzo en récupérant les brides des chevaux.

— Ils sont encore loin, on devrait pouvoir les semer, ajoute Thory.

— On va continuer d'avancer, mais tranquillement pour ne pas épuiser les chevaux et continuer de prendre de l'avance sur le trajet du retour, ajoute Naro.

— On devrait faire vite, rétorque Ximus.

— Pourquoi faire ? Ils vont nous rattraper de toute façon. Et on n'a besoin de garder nos forces pour se battre. On ignore combien ils sont.

— Ce n'est même pas la peine de bouger, les coupe Akira. Ils arrivent vite, ils seront là dans peu de temps.

Manzo se focalise sur l'horizon à son tour.

Des chevaux de toute évidence. Mais comment ont-ils pu nous prendre en chasse si vite ?

— C'est vrai que le nuage se rapproche.
— Mets les chevaux en sécurité plus loin et attache-les bien pour qu'ils ne se sauvent pas, lui conseil Akira.
— Tu arrives à voir combien ils sont ? l'interroge Naro.

Ximus tourne la tête vers lui, en fronçant les sourcils. Il cherche le soutient de Manzo, face à la stupidité de la question de Naro. Mais il est comme Akira, concentré sur l'horizon, perdu dans ses pensées.

Peut-elle voir combien ils sont ? Au milieu de ce nuage de poussière j'ai bien du mal à voir le cheval de tête. Et pourtant j'ai une bonne vue.

— Une petite vingtaine.

Manzo se retourne sur Akira qui contemple encore l'horizon. Il est admiratif.

Elle a réussi ! J'avais déjà compris qu'elle avait une vue accentuée comme moi, mais je n'aurais pas pensé meilleure que moi. Je suis, enfin j'étais, celui qui avait la meilleure vue des Soukso.

— Ok. Venez là, dit Naro à ses compagnons, attendant qu'ils se rapprochent pour leur exposer le plan. On ne doit laisser aucun survivant. Personne ne doit pouvoir aller chercher des renforts, ni leur donner d'information sur nous et nos capacités. C'est notre seul moyen de nous en sortir. Ça pose un problème à quelqu'un ?
— Non ! répondent-ils en cœur.

Laetie se racle la gorge, et dit timidement :

— Je ne suis pas doué pour me battre. J'ai peur de vous gêner.
— Reste près des chevaux, lui répond gentiment Naro. Et essaie de récupérer les leurs.
— Pour quoi faire ? Ils seront fatigués quand ils arriveront ici, interroge Manzo.
— Un cheval qui revient sans cavalier risque d'inquiéter. Et puis, on peut en semer dans différentes directions lors de notre avancée pour brouiller les pistes.
— Dans l'hypothèse où on survit à leur attaque, crache Ximus.
— Merci de ta confiance en nos forces, lui réplique Thory.

Ils reprennent place autour d'un feu, et attendent en jouant leur rôle respectif afin de garder l'effet de surprise sur leur ennemi qui approche.

Akira

Les cavaliers arrivent à leur porté et se mettent au pas. Naro se relève pour leur faire face, et les observes, sourcils relevés.

— Qu'est-ce qui se passe ? Pourquoé tout ce monde ? feint-il de s'étonner.

Pendant qu'ils finissent de s'approcher et avant de stopper leurs montures, Naro les analyse. Il remarque au milieu des seize nouvelles têtes, Archi, Mahl et ses deux compagnons de la veille. Parmi eux, il y en a sept d'assez puissants qui pourraient donner du fil à retordre à ses compagnons.

Ils peuvent gérer les autres, mais pour ceux-là... Je vais devoir être rapide.

— Naro, vous avez tué Scardif et volé ses chevaux. Nous venons réclamer justice et reprendre ce qu'y est dû, répond Mahl.

— Et comment comptez-vous obtenir justice ? interroge Naro avec le sourire, tandis que ses compagnons se relèvent et attendent derrière lui.

— Donnez-nous votre esclave. Celle que vous avez envoyée pour assassiner notre hôte, et payez de votre vie.

— Je ne voé pas de quoé vous parlez ?

— Ne faites pas l'innocent, j'ai tout vu.

— Ah ui ? Comment est-ce possible ? Vous êtes pourtant toujours en vie, se moque Naro.

— Alors que je baisais une esclave, elle est venue mater, et on peut dire qu'elle n'a pas froé aux yeux. Elle est restée à me fixer, à me défier de la baiser par tous les trous.

Akira redresse aussitôt la tête, elle ne peut plus jouer à l'esclave. Elle le fixe, abasourdie par ses propos.

« Votre esclave sait comment exciter un homme... »

Naro ne sourit plus, il a la mâchoire contractée et fait de gros efforts pour se contenir. Mais il l'écoute faire son monologue. Sa rage de sang tapie sous la surface, prête à bondir à son signal.

« J'allais rejoindre Scardif pour la sauterie, quand je l'ai vu ressortir couverte de sang pour se réfugier dans vos bras. J'ai cru qu'elle essayait de le fuir et que vous l'aidiez. Je vous ai laissé partir en courant dans les couloirs. J'attendais que Scardif prononce sa sentence, par respect pour mon hôte. Mais quand je suis arrivé dans ses appartements, je n'ai trouvé que son cadavre. D'ailleurs, à ce que je vois, le sang est toujours sur elle ! Vous ne pouvez donc pas nier, ricane-t-il. Vous n'avez aucune chance ! Mourrez dignement pour payer votre affront, et dédommager la famille de Scardif avec vos esclaves. Sinon, vous ne serez pas le seul à payer ce crime de votre vie. Nous tuerons également votre famille. Sans oublier cette esclave, que je me ferai une joé de prendre à ma façon avant de la laisser à mes compagnons pour qu'ils jouent à leur tour avec elle. Elle me suppliera de la tuer. »

Espèce de chacal, tu crois vraiment que tu peux me toucher et me faire ce que tu veux ?! Tu crois que tu peux menacer mes amis de la sorte ?

Les yeux de Mahl la détaillent de façon obscène, et ses lèvres retroussées, écœurantes, donnent la nausée à Akira. Naro n'en peut plus, ses griffes prête à lacérer, il fait un pas en avant mais se fige en entendant Akira.

— Il n'a eu que ce qu'il méritait. Et bientôt ce sera votre tour aussi.

Akira parle, bien droite, en fixant ses iris dans ceux de Mahl, qui continue de la reluquer avec désir. Le fond de ses yeux promet à Akira mille châtiments pour son bon plaisir, mais dès qu'il se retrouve happé par ses yeux étoilés, il n'y a plus que peur.

— Tais-toé esclave ! Tu n'as pas le droé de parler. Et baisse la tête ! De quel droé oses-tu nous fixer ? s'emporte Mahl, sur la défensive.

Akira rigole fièrement.

— Vous n'avez pas d'ordre à me donner. Aucun de vous, d'ailleurs.

Ils sont tous hébétés de voir une esclave si fière, avec un tel mordant, et son maître qui ne l'arrête même pas.

— Je voé que votre esclave a pris le pouvoér sur vous, commente Archi visiblement déçu.

— Je ne suis pas une esclave ! leur apprend-elle. En fait, personne ici ne l'est.

Les visages ahuris l'écoute poursuivre ses explications.

— Je suis la princesse des Soukso, je viens d'au-delà de la montagne.

L'ennemi pâli, et avale avec difficulté sa salive. Ils comprennent qu'en face d'eux ne se tiennent pas deux originels et leurs esclaves, mais bien six. Cependant Mahl reprend contenance et rie.

— Merci pour l'information. Je me ferai une joé de vous livrer à mon roé, après vous avoir brisée.
— Vous pensez vraiment que je suis idiote ? Et que je vous aurais dit tout ça, si je pensais que vous aviez une chance contre nous ? Il la dévisage surpris, et elle ajoute avec un sourire cynique : vous aviez le droit de savoir qui allait-vous tuer !

Naro n'attend pas plus longtemps, et saute aussitôt sur lui, le faisant tomber de sa selle. Les autres suivent le mouvement et entrent dans la bagarre.
Deux hommes font demi-tour avec leurs chevaux, mais Akira court sur le côté en attrapant ses poignards et vise rapidement leur nuque. Ils tombent à terre, inertes. Elle se retourne et trouve deux hommes qui l'ont suivi et comptent l'attaquer par derrière. Elle entre aussitôt dans la danse du combat, esquivant et virevoltant entre ses deux opposants. Elle continue, ne leur laissant aucune chance de la toucher, et taillade avec le petit poignard qu'elle sort de son holster de cheville. Elle vise des zones critiques puis des tendons, et les laisse se vider de leur sang une fois tombés à terre. Elle inspecte l'environnement qui l'entoure. Ximus a été évincé du reste du groupe et semble en difficulté face à un homme de grande taille et de forte corpulence. Un homme, qui comme Thory, se bat avec sa force brute. La peau épaisse de

Ximus ne peut rien contre la force de ses coups. Il perd en rapidité et encaisse de plus en plus d'attaques. Akira court aussi vite qu'elle le peut, elle se prépare et reçoit le coup mortel qui se serait fracassé sur le crâne de son ami. Elle ressent une douleur vive lui traverser la joue, le poing de son adversaire a effleuré violemment sa tempe. Des minuches volent devant ses yeux pendant quelques secondes, mais elle n'y prête pas attention. Elle n'a pas le temps et contre-attaque l'offensive suivante qui s'abat sur elle. L'homme, surpris, écarquille les yeux et s'arrête quelques secondes pour observer cette femme qui n'a pas eu la moindre réaction à son coup précédent. Akira sur le qui-vive profite de l'ouverture pour sauter derrière lui, à l'abri de ses poings, et saisit sa tête entre ses mains. Il entre voit à peine ce qui lui arrive, qu'Akira lui brise la nuque d'une torsion forte, rapide et nette. Il s'effondre sur le sol, et libère son champ de vision. Ce qui lui permet de voir l'homme qui grimpe sur un cheval pour fuir au galop. Elle ne prend pas le temps de réfléchir et court jusqu'au cheval le plus proche. Elle saute dessus, le talonne pour se lancer à bride abattue à la suite du fuyard.

Naro

Naro commence par Mahl, ravi de lui faire ravaler sa langue et lui crever les yeux. Et bien qu'il aurait aimé prendre son temps avec lui et s'imprégner de son sang, il ne peut pas se le permettre. Il doit être rapide s'il veut s'occuper des plus dangereux, de ceux qui représentent une réelle menace pour ses compagnons.

Et le voilà en train de vérifier le sol tout autour de lui. Il examine les cadavres, et relève la tête, horrifié.

Merde ! Ils ne sont pas tous là.

Il observe de droite à gauche, et constate que Manzo est bien amoché. Laetie est déjà en train de s'occuper de ses blessures.

Thory rassemble les chevaux, un bandage ensanglanté sur le bras gauche, et Ximus est debout, le regard dans le vide vers sa droite. Il se tient les côtes et attends que Laetie passe à son cas.

Akira ? Où est Akira ?

— Ces deux-là nous ont donné du mal à Thory et moi. J'ai bien cru qu'ils finiraient par avoir le dessus. Je dois bien reconnaître que si je suis encore en vie, c'est grâce à ce que Naro m'a appris, confie Manzo à Laetie.

Naro arrive rapidement près d'eux. Il se moque bien de savoir comment ils vont, et les agresse en leur criant dessus.

— OÙ EST AKIRA ?!
— Elle... Elle... bégaie Ximus.
— Elle est où, bon sang ?!
— Elle... l'a tué ! souffle-t-il doucement.
— Elle est où ? Qui l'a TUÉ ?! hurle-t-il en secouant Ximus.

Ce dernier ne répond pas, et continue de fixer un corps indistinct qui git sur le sol, plus loin. Il parvient à montrer du doigt la masse sombre qu'il regarde. Il n'en faut pas plus pour Naro qui se précipite vers le corps.

Ce n'est pas elle ! Ce n'est pas elle ! Elle n'est pas morte...

Naro ferme les paupières sur ses yeux mouillés, et laisse une larme rouler. Il essaie de reprendre le contrôle sur sa respiration. Il sait qu'il doit réfléchir calmement. Il rouvre les yeux pour regarder à nouveau le cadavre entre ses bras.

Il est là ! Il est mort.

L'homme qu'il cherchait plus tôt a été tué, il ne fera plus de mal à personne. Naro regarde à nouveau autour de lui, perdu.

Mais Akira... où est-elle ? Elle n'est pas morte hein ?!

— Akira !!! hurle Naro.

Thory s'approche avec un étalon.

— La dernière fois que je l'ai vu, elle partait à la poursuite d'un fuyard.

Elle est partie à la poursuite de quelqu'un. Et elle n'est pas partie après celui-là. Il ne va rien lui arriver. Il n'y a pas de danger. Akira ne se laisserait pas faire de toute façon. N'est-ce pas Akira ? ... Reviens-moi.

Naro lâche le corps de l'homme, et se relève. Il prend les rênes que lui tend Thory, et avant de monter sur le cheval donne un coup de pied dans le cadavre.

Tu m'as filé entre les doigts, ordure, mais quelqu'un t'a eu quand même et tu ne pourras pas faire de mal à la femme de ma vie. Personne ne pourra lui faire de mal ! Les cinq plus puissants de votre groupe sont morts, je m'en suis chargé. Toi et ton pote vous avez essayé de m'échapper, mais vous n'avez pas survécu non plus à mes compagnons. Vous ne pouvez plus faire de mal à personne...

Naro relève la tête vers l'horizon.

Akira je viens te chercher.

Il met un pied dans l'étrier, mais s'arrête quand il entend Thory questionner Ximus qui arrive avec Laetie. Elle le tient par le bras, et Manzo les suit.

— Que s'est-il passé ? Et Ximus !
— Pardon ! Je... Je...
— Tu n'as jamais vu de mort avant ?! se moque Thory.

Manzo lui lance un me oeillade noire, mais Thory s'en moque car il a réussi à faire sortir Ximus de sa torpeur.

— Bien sûr que si ! C'est juste que ...

Ximus revoit dans son esprit la scène, la facilité avec laquelle Akira a achevé cet homme. Il frissonne et avale sa salive.

— C'est juste que quoi... continue de l'asticoter Thory.
— C'est Akira qui l'a tué ! s'emporte-t-il. Il allait m'avoir. Je suis sûr que son coup aurait décroché ma tête de mon corps. Mais elle s'est interposée et a pris le coup à ma place comme si de rien était. Il était fort ! Je n'ai jamais eu à faire à quelqu'un d'aussi puissant avant. Ses coups m'assommaient à chaque fois, j'avais de plus en plus de mal à reprendre mes esprits entre ses attaques. Et, Akira est arrivée. Elle a pris le coup et à peine une minute plus tard, il s'effondrait sur le sol. Elle a fait ce que j'avais été incapable de faire. Elle l'a décapité, elle... Elle l'a cassé comme si... Comme si cet homme n'avait été qu'une branche entre ses doigts.

Naro voit bien que Ximus est en état de choc, un mélange de peur et d'incompréhension dans le regard. Mais ce qui l'agace, c'est Laetie et Manzo qui l'observent incrédules, se demandant s'il n'a pas reçu un coup trop fort à la tête.

— Je vous l'ai déjà dit : elle n'est ni fragile, ni sans défense. Grâce à elle, votre peuple est en sécurité. Vous n'avez pas à la craindre, elle est toujours la Akira que vous connaissez. Sauf que vous, vous l'imaginiez fragile. Seulement, elle ne l'a jamais été.

Après quelques secondes de silence, et devant leurs mines de déterré, Naro ajoute :

— Restez vous-même avec elle, ne changez pas. Prouvez-lui qu'elle peut, elle aussi, être elle-même. Qu'elle n'a pas à avoir peur de perdre votre amitié et votre confiance. Ne la regardez pas comme si elle était un monstre, car elle n'en est pas un, c'est même tout le contraire.

— C'est pas un problème pour moi, assure Thory joyeusement, espérant faire réagir ses compagnons. J'ai toujours su qui elle était et je l'adore ! Je sais, qu'elle sait que je sais, et ça n'a jamais rien changé entre nous. En fait, on s'entend même super bien. Naro a raison les gars, vous devez vous reprendre avant qu'elle ne revienne.

Laetie sourit à la remarque de Thory et acquiesce tout en examinant les blessures de Ximus. Manzo tient sa tête bandée, et répond à Naro qui monte en selle.

— Elle sera toujours notre princesse, et je crois bien que je n'ai jamais été aussi fier d'être Soukso.

— Bien. Rassemblez vos affaires, et tenez-vous prêt. On va bientôt partir.

— Mais et Akira ? demande Manzo.

— Je vais la chercher.

Naro part au petit trop, et récupère sur son passage, les poignards fichés dans les nuques des deux corps tombés en fuite. Il les essuie sur son pantalon avant de repartir. Il aperçoit rapidement la silhouette qui revient vers eux.

Akira

J'ai réussi à le rattraper. Personne n'ira chercher de renforts. Naro devrait me faire confiance plutôt que de venir me questionner.

Quand il se retrouve près d'elle, il fait faire demi-tour à son cheval et elle passe au pas pour laisser leurs montures marcher côte à côte.

— Je crois que c'est à toi, dit-il en lui tendant ses poignards avec un sourire.
— Merci, fait-elle surprise, avant de les remettre à leur place.

Tu ne me poses pas de questions ? En fait, tu sais que j'ai tué l'homme en fuite, tu n'as même aucun doute. Tu n'es pas venu pour vérifier le travail, mais juste pour me retrouver.

Akira jubile intérieurement.

— Ils avaient aucune chance ces fuyards, exulte Naro.
— Ils ne le savaient pas.
— Merci à ton professeur, se félicite-t-il. Par contre, ce que tu as fait tout à l'heure c'était dangereux et pas très malin. S'ils avaient...
— Quoi ? Qu'est-ce que j'ai fait ? le coupe-t-elle, piqué à vif.
— Dire qui tu étais ! S'ils avaient eu le dessus sur nous, ce qu'ils t'auraient fait aurait été bien pire que ce qu'ils avaient prévus au départ.
— Il n'y avait pas de risque. Même si on avait pas été là, tu les aurais tous massacrés.
— Je ne suis pas infaillible Akira. J'aurais pu échouer. Tu n'imagines pas la peur qui m'habite depuis qu'on est ici. Je suis constamment effrayé à l'idée de ne pas réussir à veiller sur toi. Qu'ils te fassent devenir leur esclave et ce que ça veut dire pour eux. Quand tu leur as dit qui tu étais... C'était comme... Je me suis

acharné sur eux. Je ne voulais leur laisser aucune chance de mettre la main sur toi. Quand ça été fini et que j'ai vu que l'une de mes proies m'avait échappé... J'ai cru devenir fou à l'idée de t'avoir perdu. Certains de ces hommes étaient très puissants. On a eu de la chance d'en sortir indemne.

Akira réalise qu'il a raison. Elle a présumé de leur force, et les a mis plus en danger qu'ils ne l'étaient déjà.

— Comment vont les autres ?
— Laetie va bien et s'est occupée des blessures des gars. Rien de grave, rassure toi. Mais je préfère te prévenir. Ximus est en état de choc.
— Oh...

Maintenant ils vont comprendre qui je suis, et avoir peur de moi.

— Ne t'inquiète pas, ce n'est pas à cause de toi, la rassure Naro comprenant où vont ses pensées. En fait, je crois qu'il est choqué d'avoir été aussi proche de la mort. Ce n'est que la deuxième fois pour lui depuis qu'on est partis de Bouchko.

Akira sourit.

Merci d'essayer, mais je sais ce qui le choque vraiment. Ne t'inquiète pas pour moi Naro. Tant pis s'ils ont peur. S'il y a une chose que j'ai comprise, c'est que je dois être moi-même pour pouvoir les protéger. Et on doit rentrer prévenir tout le monde de ce qui se prépare.

— C'est vrai que ça n'aura pas été facile pour lui, reprend-elle en entrant dans son jeu. J'espère qu'il s'en remettra, c'est quelqu'un de courageux.
— Il est irréfléchi, et se prend pour le meilleur. Sans compter qu'il pense que seuls les Soukso sont bons. Il refuse de voir que

l'on est tous pareils. Je ne sais pas comment tu fais pour l'apprécier.

— Il le sait, mais ne veut pas l'admettre. Son père passait son temps à le battre en lui répétant qu'il ne devait faire confiance à personne, et qu'il devait être le meilleur. Il pensait que les Soukso étaient le seul peuple digne. Il a grandi avec cette rengaine permanente, alors il lui faut du temps pour accepter que c'est faux. Il n'est pas aveugle. Mais admettre une vérité qui bouleverse tout ce qu'on vous a appris et tout ce que vous croyez, ce n'est pas facile. Quand je repense au fait que ça fait deux fois qu'il manque de mourir et qu'il a, à chaque fois, été sauvé par d'autres. Il doit se sentir méprisable.

— Ce n'est pas parce que j'ai grandi dans la haine avec Merick, que je suis devenu comme lui. Je sais me servir de mon cerveau, et de mes yeux, pour me faire mon propre jugement.

— C'est différent. Tu as eu l'amour de tes parents. Certes, écourté par leur mort précoce, mais tu l'as ressenti et tu chéris son souvenir. Tu ne cherches pas à gagner leur affection et approbation.

— Ses tentatives ont fini par fonctionner ?! Tu vas lui donner une chance, alors ? demande Naro, jaloux qu'elle prenne la défense de Ximus.

Elle le foudroie du regard avant de répondre.

— Sois pas idiot. Tu sais parfaitement qu'il n'a aucune chance.

— Alors, pourquoi tu ne lui as pas dit ?

— J'ai essayé ! Mais, soit il se voile la face et croit vraiment m'aimer, soit il fait ça dans le seul but de te contre-carrer car il ne veut surtout pas te laisser une seule chance.

— Il est évident qu'il se voile la face, comme pour le reste, répond Naro moqueur.

— J'ai bien remarqué qu'il te perçoit comme une menace, contrairement à Thory. Et il fait tout ce qu'il peut pour te tenir à distance de moi, ajoute Akira en ignorant la remarque de Naro. Je pense qu'il continuera comme ça jusqu'à ce qu'on rentre et qu'un Soukso devienne mon partenaire.

— Pour lui, je suis Varkie, alors forcément je suis une menace qui risque de tuer sa princesse.

— Ce n'est qu'un prétexte qu'il brandit contre toi. Dire la vérité à haute voix serait pire. Et tu n'es pas plus discret que lui. Ton attitude, vis-à-vis de moi depuis qu'on est partis, lui a clairement montré que toi aussi tu essayais de me conquérir.

— Je n'ai pas besoin de te conquérir.

— Vraiment ?

— Tout ce que je veux, c'est rester à tes côtés et te protéger. Je suis bien plus capable que lui pour ça. Ce n'est pas de ma faute s'il prend ma protection pour une forme de séduction.

— Tu es de mauvaise foi, ricane-t-elle.

— Honnêtement !? J'ai conscience d'avoir perdu ma place auprès de toi, en tant que partenaire, il y a longtemps. Mais je ne peux pas pour autant laisser un gars comme lui essayer de prendre ma place, lui affirme-t-il sérieusement.

Akira pouffe de rire devant les enfantillages de Naro, qui lui réchauffent le cœur. Elle se sent heureuse, et alors qu'ils approchent des autres, elle ne peut réprimer le sourire qu'il a fait naître sur ses lèvres et dans son cœur, lui faisant oublier le reste pendant quelques minutes.

Chapitre 45

Thory

Ces deux-là sont vraiment incroyables. Je ne suis pas fier d'être Varkie, je suis fier d'être leur ami. Naro a raison, ils ont des œillères. Ils ne voient même pas l'évidence. Pourtant, en ce moment encore, ça crève les yeux que ces deux-là sont fait l'un pour l'autre.

Thory tend les rênes d'un étalon frais[6] à Akira, qui se dépêche de changer de monture.

— C'est bon on peut partir. On a fini de tout remballer. Et normalement Laetie en a fini avec nous, ajoute Thory pour informer les deux nouveaux arrivants.

— On les laisse comme ça ? demande-t-elle en étudiant les corps éparpillés sur le sol.

— On n'a pas le choix, lui répond Naro.

— Avec un peu de chance, ils serviront à nourrir un animal errant affamé. Ou ils nourriront cette terre qu'ils ont dépouillée, dit crûment Laetie, à la surprise générale.

— Ils feraient au moins une chose de bien, enchérit Manzo.

---

6 Expression qui se dit d'un cheval reposé.

— On s'en tient au plan. On avance le plus possible, et de temps en temps on relâche des chevaux vers d'autres directions pour brouiller les pistes et que personne ne sache que l'on repart vers les montagnes. On devrait être tranquille quelques jours, avant qu'ils soupçonnent que ce n'est pas normal de ne voir revenir personne, rappelle Naro.

Akira le reluque pendant qu'il parle, et il sent son regard sur lui. Alors il se tourne vers elle, et avec une expression joueuse lui fait un clin d'œil.

— On est parti.

Akira talonne machinalement son étalon, mais ses pensées restent bloquées sur le sourire qui est apparu sur les lèvres de Naro. Un sourire simple, léger, mais plein de chaleur et qui la réchauffe. Continuant de mettre à mal ses défenses. Elle sursaute quand Ximus arrive près d'elle.

— Tiens, tu l'avais oublié près du feu où Naro te l'avait laissé avant de se lever, lui dit-il en lui tendant son épée.
— Merci, lui répond-elle en se saisissant de son arme, n'étant pas sûre de ce qu'elle devait lui dire.

Elle se mord la lèvre, hésite quelques secondes avant de tourner son regard vers lui. Il lui sourit timidement, lui aussi hésitant, mais sincère. Elle avait craint d'être méprisée pour être capable de prendre des vies aussi facilement, ou encore qu'ils aient peur d'elle en comprenant l'envergure de sa puissance. Mais Ximus ne la regarde pas avec crainte. Elle commence à se détendre, et relâche un peu la pression qu'elle exerçait sur la bride. Elle veut lui retourner son sourire, mais elle perçoit dans les yeux bleus de Ximus une vague de tristesse. Elle perd son élan, et ses épaules s'avachissent. Il détourne son visage. Elle ne comprend pas pourquoi ce revirement, et se met à douter à nouveau. Elle ne voit pas la larme de Ximus, qui menace d'être exposée. Et elle est loin d'imaginer que si Ximus est triste, c'est parce qu'il commence à réaliser qu'Akira ne sera jamais sa femme. Il arrive malgré tout à parler avec assurance.

— Merci de m'avoir sauvé. Si tu n'avais pas été là, je serais mort à l'heure qu'il est.

— Si je n'avais pas été là, tu n'aurais pas été embarqué dans tout ceci.

— Mais, on n'aurait pas découvert la menace qui pèse sur nous.

— Oui c'est vrai.

Ils continuent d'avancer en silence.

Qu'est-ce qu'il fait ce crétin ? Il va tout gâcher. Il a pas compris l'avertissement de Naro ?

Thory presse sa monture, et arrive entre eux au moment où il lance gaiement :

— Alors ma belle, prête à retourner dans la neige ?

Surprise, Akira se retourne et sourit devant la mine réjouie de Thory.

— J'avoue que cette chaleur extrême et le manque d'eau n'est pas des plus agréable. Mais le froid de la neige n'est pas mieux. Alors non je ne suis pas prête à retourner dans la neige, mais je suis prête à rentrer chez nous.

— Une fois qu'on sera chez nous, j'espère que tu viendras boire un verre avec moi, si tu vois ce que je veux dire...

Thory plein de malice, lui fait un clin d'œil, absolument pas discret. Akira éclate de rire, et attire l'attention de tous ces compagnons.

— Quelle question ! Bien sûr. Je suis toujours disponible pour boire un verre avec mes amis.

Je suis content que Ximus ait fait l'effort de venir te parler. Mais pas sûr qu'il soit doué pour te rassurer. En tout cas, sache que même si je suis Varkie, je reste ton ami, qui que tu sois.

Ils s'arrêtent le temps de changer de chevaux et laisser leur monture se reposer un peu de leur poids. La nuit est éclairée par la nouvelle lune, ce qui leur permet de continuer d'avancer. Au petit matin, ils laissent partir deux chevaux vers l'Est et deux vers l'Ouest.

Ils s'arrêtent quand le soleil est à son zénith. Les chevaux sont fatigués et la chaleur ne les aide pas. Laetie leur donne à boire, pendant que Manzo et Thory dressent la bâche comme ils ont vu faire les esclaves avec les tentes blanches. Ils se trouvent tous à l'ombre et mangent en silence ce qui reste du baluchon que Nita leur avait préparé. Ils ont peur, peur de leur découverte, peur de l'expérience qui vient de leur arriver, peur de ce qui les attend peut-être en chemin. Et ils sont éreintés. Une fois tous repus, Laetie se lève pour refaire les pansements des blessés, puis tous s'allongent à l'ombre pour se reposer pendant que Naro fait le guet. Akira prend sa relève quelques heures après, pour lui permettre de se reposer à son tour. À la tombée de la nuit, ils ne perdent pas de temps pour ranger la bâche et repartent vers la montagne d'où ils viennent.

Grâce aux chevaux, le trajet est plus rapide, et ils arrivent dans le couvert de la forêt après quatre jours. Le terrain commence à se faire plus abrupte, mais ils parviennent à avancer, doucement, avec les chevaux, jusqu'à la fin de journée.

— Enfin de l'eau fraîche, se réjouit Laetie, qui se penche au-dessus de la rivière pour remplir sa gourde.

— Je vais aller chasser, s'exclame Naro.

— Inutile, lui répond Manzo.

— Pourquoi ?

— Parce qu'il serait préférable de ne pas allumer de feu. On a peut-être l'air à couvert, mais maintenant on est en hauteur, sur la montagne. Je pense que si tous les regards sont tournés sur elle en ce moment, quelqu'un pourrait percevoir la petite lumière provenant de notre feu.

— C'est bien vu, avoue Naro. Tu es un gars vraiment futé, Manzo. Tu me plais !

— Ravi de te plaire, se réjouit Manzo, qui se rappelle très bien les corps que Naro a laissé derrière lui. Ça me donne une chance de garder ma tête sur mes épaules, contrairement à cet idiot qui croyait pouvoir ramener Akira avec lui, ironise-t-il.

— Ta tête n'a aucune raison de quitter tes épaules... lui confirme-t-il avec une lueur froide dans le fond des yeux. Excepté si tu fais du mal à celle que j'aime. Dans ce cas, peu importe qui tu es et à quel point je t'apprécie. Je t'arrache la tête.

Manzo avale sa salive avec difficulté et blafard rejoint Thory qui rigole.

— Il est sérieux, n'est-ce pas ?

— Très ! Mais ne t'inquiète pas pour ta jolie tête, tu ne feras jamais de mal à sa moitié.

— Mais faudrait encore la connaître, pour être sûr de rester à bonne distance de cette fille.

— Pas sûr que savoir qui elle est change grand-chose, rigole Thory.

Si je pouvais, je te dirais qui elle est. Mais je risque de mourir moi aussi si je révèle leur secret. Et puis, vous n'avez qu'à ouvrir les yeux.

— On devrait ouvrir l'œil nous aussi, les interrompt Ximus sérieux. Peut-être qu'on croisera sur cette montagne ou chez nous, les éclaireurs qu'ils ont envoyés. On pourrait les empêcher de rentrer chez eux avec des informations.

— Tu as raison, confirme Naro.
— Des éclaireurs ? s'inquiète Akira.

Naro acquiesce, se rappelant que depuis qu'ils ont rejoint la demeure de Scardif, et fui, ils n'ont pas encore fait le point ensemble sur les renseignements qu'ils ont obtenus.

— Installons-nous d'abord, conseille Laetie. Ce retour est très fatigant, les garçons ont besoin que je refasse leurs pansements, et Akira devrait se laver.

Ils installent leur campement un peu plus loin et au crépuscule, Akira et Laetie s'éloignent pour se baigner dans la rivière.

Akira

Akira frotte énergiquement son visage, avec l'eau claire de la rivière, à plusieurs reprises. Puis elle s'attaque à sa poitrine, où les doigts malsains de Scardif l'ont touché, avant de remonter à nouveau vers son cou et son visage. Quand elle avise ses mains, où du sang séché reste collé, elle les gratte, jusqu'à ce qu'il ne reste plus rien.

Laetie la regarde se frotter à nouveau la poitrine, le cou et le visage. Elle comprend que cette obsession n'est pas uniquement pour enlever du sang, mais ne dit rien. Elle sort de la rivière et lui laisse un peu d'intimité. Akira sort quelques minutes plus tard, et enfile des vêtements propres.

Les garçons vont à leur tour se laver dans la rivière. Et quand ils reviennent Laetie vérifie les plaies des blessés avant de refaire les pansements.

Ils sont assis en cercle, fatigués, mais prêts à partager ce qu'ils ont appris.

— Nous sommes certains qu'ils prévoient de venir nous attaquer et prendre nos terres, révèle Naro.

— Et ils ont l'air pressés de venir nous attaquer, enchéri Ximus. Ils attendent seulement l'ordre de leur roi pour commencer leur invasion.

— Et il attend quoi pour donner cet ordre ? demande Laetie.

— A priori, il attend ses éclaireurs, informe Naro.

— Ils avaient également l'air inquiet au sujet des réserves en poudre noire. Comme si leur attaque en dépendait. Ils espèrent en avoir le plus possible. Peut-être même que tant qu'ils en ont pas assez ils n'attaqueront pas.

— De la poudre noire ? C'est quoi encore, ça ? demande Manzo.

— Je crois que personne chez nous ne sait ce que sait. Archi pensait que nous faisions partie des maîtres responsables de sa fabrication. Et il aurait aimé savoir où en étaient les stocks, pour savoir si leur attente serait encore longue, avoue Naro.

— Ça doit encore être quelque chose de terrible. Comme leur moésseux et sel de pierres.

— Oui, Archi en a parlé avec la femme que l'on a croisée, se rappelle Naro.

— Ils sortent ça du sol, explique Manzo. D'abord, ils font creuser des galeries là-dessous par les esclaves, ensuite ils leur demandent de récupérer ces choses même s'ils en meurent.

— C'est ces trucs qui rendent les terres stériles, remarque Akira.

— En tout cas, leur roi Dougall, pense que c'est assez important pour attendre d'en avoir un stock suffisant avant de nous attaquer. Ça doit être assez dangereux pour qu'il pense être supérieur à nous grâce à son utilisation.

— Vous pensez qu'ils sont nombreux ? demande Laetie.

— Oui, répond Ximus. En l'espace de deux jours nous en avons croisés deux, qui parlaient de différentes personnes. Et une fois chez Scardif on en a rencontré trois nouvelles, qui parlaient encore d'autres personnes. En une demi-journée, ils ont réussi à rassembler plusieurs hommes, et ils étaient plus puissants que la majorité des hommes que l'on a chez nous, ne peut-il s'empêcher de constater.

— Nous sommes nombreux, alors pourquoi ne le seraient-ils pas ? Même s'ils vivent différemment de nous, ils sont comme nous et se reproduisent... Ils seront nombreux. Et comme l'a dit Ximus, plus puissants que nous, j'en ai peur, enchaîne Manzo.

— Pourquoi sont-ils plus puissants que nous ? Je sais que nous devenons plus faibles à chaque nouvelle génération, mais pourquoi pas eux ? demande Laetie.

— Peut-être que les hommes qu'on a affrontés descendent d'hommes et femmes très puissants, qui leur ont transmis. C'est pourquoi on ne perçoit pas encore chez eux d'affaiblissement dans leur puissance animale, répond Naro. Manzo, Ximus ou Thory font partie des plus fort chez nous. Et ils ne sont pas aussi nombreux que voudrait nous le faire croire Merick ou Zaïnof.

— On n'est pas non plus qu'une dizaine, le corrige Ximus.

— Heureusement. Car s'ils parviennent à traverser la montagne et nous attaquer, on aura besoin de beaucoup de force, reprend Naro.

Tous restent silencieux, à réfléchir à tout ce qu'ils ont vu et entendu.

— On empêchera ses porcs de s'en prendre à nos familles, nos femmes, nos amis... Je donnerai ma vie, pour les empêcher de violer, torturer, et transformer en jouets les nôtres, rage Ximus qui se souvient que trop bien ce qui s'est passé chez Scardif. Et je suis même prêt à m'unir aux Varkies pour repousser l'envahisseur.

— C'est notre combat à tous, lui confirme Laetie. Personne ne laissera personne. Nous n'avons qu'un seul ennemi, et il vient de cet endroit.

Akira serre la main de Ximus qui tremble de colère, pour le calmer. Elle constate que les yeux de Naro sont devenus noirs de rage en se souvenant des mêmes choses que Ximus.

Que s'est-il passé dans la maison de cet homme pour que la rage de sang de Naro face surface aussi vite, et sans le moindre sang versé ?

Naro sent qu'on l'observe et croise le regard d'Akira, ce qui le sort aussitôt de sa transe. Ses yeux reprennent leur teinte grise, mais il y brille une inquiétude silencieuse, tandis qu'il continue de la fixer.

Il disait vrai l'autre jour. Il s'inquiète pour moi ? Il a peur de ne pas réussir à me protéger. C'est ça qui le met dans cet état de rage ? Qu'est-ce qui peux réussir à le faire autant douter de lui et de ses capacités ?

Elle lâche la main de Ximus, et s'éloigne à travers les arbres. Une fois seule, elle saute, grimpe rapidement au sommet d'un sapin et scrute l'horizon. Personne n'est à leur poursuite.

On aura peut-être le temps de se préparer. Et peut-être qu'ils ne passeront jamais cette montagne.

Salut toi !

Tout d'abord merci d'avoir embarqué avec moi, dans mon imagination. Naro et Akira sont contents, eux aussi, que tu t'intéresses à la suite de leur histoire. Et ne t'inquiète pas, la suite et fin arrive bientôt.

N'hésite pas à me laisser un commentaire pour me dire ce que tu as ressenti, apprécié... C'est avec plaisir que je lirai ton avis, il pourra m'aider et aider les autres lecteurs.

Oh, et si tu constates une erreur oubliée, un problème dans le texte, la mise en page... que je n'aurai pas vus, tu peux m'envoyer sans soucis un petit message sur les réseaux sociaux. C'est l'avantage de l'auto-édition, je peux corriger rapidement.

Retrouve mon site internet en flashant directement ce code.

Composition et mise en page réalisées par
Kohlena Xander

Couverture réalisée par
Oliviaprodesign

Carte réalisée par
Isabelle

Correction réalisée par
Cassandre-Anne Pilla

Printed by Amazon Italia Logistica S.r.l.
Torrazza Piemonte (TO), Italy

60151690R00217